T.T.β

D1336369

La Bavure

Jean-François Coatmeur

La Bavure

ROMAN

Albin Michel

Première édition : Denoël, 1980

© Éditions Albin Michel S.A., 2000
22, rue Huyghens, 75014 Paris

www.albin-michel.fr

ISBN : 2-226-12040-8

Première partie

AMAZING-GRACE

Mercredi 8 août.

Depuis qu'il vivait séparé de Liz, Laugel, quand il revenait dans le Sud-Finistère pour ses visites légales à l'enfant, consacrait quelques instants à revoir les négociants de Quimper, avec lesquels il avait gardé de bons contacts. Ce 8 août, il avait compté expédier ses affaires en quelques heures, de manière à prendre la route d'Eguisheim en début d'après-midi, et il n'avait retenu la chambre que pour une nuit à l'hôtel de la Duchesse-Anne où il descendait régulièrement. Une fois encore, Pellen, le patron, s'était obligeamment proposé de faire garder Sébastien pendant sa tournée. Mais l'enfant ne voulut rien entendre, et force fut à Laugel de l'emmener. Toute la matinée, il traîna dans ses jambes, et ballotté d'une antichambre à l'autre il se lassa rapidement. Laugel lui-même souffrait de cette présence, ne souhaitant pas si peu que ce fût mêler son fils à un métier qu'il n'aimait guère : sans Liz, jamais il n'aurait abandonné ses forêts vosgiennes pour le démarchage en vins et spiritueux. C'était un taciturne, bien plus à l'aise la MacCulloch en main au

11

milieu de ses futaies que le cul collé au fauteuil d'un bureau directorial. Et pourtant, après le divorce, quand il était rentré au pays, Laugel n'avait pas eu le courage de troquer le complet-veston contre le bourgeron de peine : ces sept années avaient fait la cassure et il avait continué à promouvoir par monts et par vaux les crus alsaciens, faiblesse qui lui laissait un remords.

Lorsque vers onze heures il se présenta aux Caves réunies, un de ses meilleurs clients, il essuya un nouveau mécompte : le responsable avait dû inopinément s'absenter et on ne pouvait pas le recevoir avant seize heures.

Laugel prévint Pellen qu'il occuperait la chambre une nuit supplémentaire. Il enrageait de ce contretemps qui fichait par terre un plan comme toujours minutieusement réglé. Il se rappelait la hâte avec laquelle, à peine débarqué la veille à Saint-Caradec-d'en-Haut, il en était reparti avec Sébastien, refusant d'écouter Liz, qui l'invitait à liquider d'abord ses obligations professionnelles à Quimper et à revenir ensuite prendre l'enfant. Il attendait ces grandes vacances avec une telle impatience ! Des semaines, il avait compté les jours. Et maintenant que la portion qu'on lui octroyait était entamée, il s'irritait pour ces quelques heures que le métier allait lui voler !

Ils entrèrent dans un restaurant quai de l'Odet, où ils durent attendre. C'était le plein été et c'était un mercredi, traditionnellement à Quimper jour d'affluence. Très vite Sébastien se sentit des fourmis dans le corps ; il glissa de son siège et partit en exploration. A deux reprises, Laugel alla le débusquer derrière le comptoir du bar. Il détestait d'avoir à tenir en public ce rôle de nounou. Sébastien effleura le premier plat, mais bouda la viande. Laugel éleva la voix. L'enfant parut impressionné : il sonda quelques secondes le visage sévère et se remit à manger.

Laugel l'observait. Il collectionnait dix détails qui le crispaient, sa façon, par exemple, d'empoigner à pleine main la fourchette, ce doigt qui pataugeait dans la sauce, le coude étalé sur la nappe, le menton au ras de l'assiette. Il se retenait, il se disait, il n'est pas responsable, Liz n'a jamais été bien exigeante... Il contemplait son petit, les mains potelées qui serraient le couvert, la bouche entrouverte dans l'effort. Par instants, Sébastien relevait les yeux, attendant une approbation que son père d'un sourire lui donnait. Laugel songeait à l'absurde cruauté du système. Durant quelques semaines, on lui prêtait son fils. Il allait l'emporter très loin, comme un aigle dans son aire. Un mois de grandes vacances, pendant lequel on se l'arracherait, d'Eguisheim où il s'était installé, à Oderen, sa ville natale, dans laquelle résidaient toujours sa mère et son frère cadet. Un mois de cajoleries, pour compenser le vide de la longue séparation. Et l'enfant se prêterait à la surenchère, il userait jusqu'à plus soif de cette tendresse jalouse. Et ce serait de nouveau Saint-Caradec, la reprise en main. Toute sa jeunesse, Sébastien oscillerait entre ces deux pôles, enjeu d'une compétition inégale. Chaque occasion de retrouvailles un peu plus difficile, la lente dérive, au bout de laquelle, un jour, il y aurait deux inconnus face à face. Il ne le verrait pas grandir, il ne serait pas là durant le subtil modelage de son corps et de son esprit. Déjà cette fois, après six mois, quelle métamorphose ! Sébastien s'était affiné, la chevelure blonde, bouclée, frottée de cuivre, avait foncé, et dans les yeux

13

de porcelaine traînait un filet de ruse qu'il ne reconnaissait pas. Le passé se dissolvait. En revenant de Saint-Caradec la veille, il avait parlé à son fils de la hutte de bambous qu'il lui avait fabriquée derrière le cryptomeria du jardin, le dernier été passé avec Liz. Sébastien l'avait écouté, étonné : Liz avait depuis longtemps abattu la hutte, et l'enfant ne s'en souvenait plus.

Ils atteignirent tant bien que mal seize heures. Laugel fut reçu par Chotard, le patron des Caves réunies, avec qui il discuta tarifs et cuvées. Sébastien ne tenait plus en place. Ils sortirent de chez le négociant un peu avant dix-sept heures. Laugel gara la R 16 place de la Résistance et ils marchèrent jusqu'aux allées de Locmaria, où les manèges du 15 Août s'étaient déjà installés. L'enfant y fit d'innombrables tours, et quand son père arrêta le jeu, il commença à pleurnicher. Il l'enleva dans ses bras robustes, traversa l'Odet et remonta le quai, parmi la foule très dense. Ils poussèrent une pointe jusqu'à la place Saint-Corentin, parce que Sébastien avait aperçu au milieu des stands bariolés un étal de jouets. Laugel lui acheta un ourson qui tirait une langue rose. Ils revinrent vers le quai. Sébastien s'était calmé et trottinait à côté de lui, sa peluche contre sa poitrine. Ils s'arrêtèrent dans le square de l'Evêché. Sébastien s'assit un moment près de son père, puis il posa l'ourson sur le banc et se mêla aux enfants qui s'ébattaient dans les allées. Laugel rongeait son frein, parmi les élégantes oisives qui papotaient au soleil en surveillant leur couvée.

Ils échouèrent dans un salon de thé. Sébastien trempa sa brioche dans le bol de chocolat et la délaissa presque immédiatement.

« Tu ne termines pas ton gâteau ? »

L'enfant secoua la tête, et sans préavis déclara :
« Je veux revoir maman. »
Laugel serra les dents. La phrase lui taraudait le
cœur : aucun doute, il était jaloux, banalement
jaloux !
« Bois au moins ton chocolat ! »
Sébastien reprit le bol, le reposa aussitôt. Il lar-
moyait, la narine grasse, des traces brunes étalées sur
le menton.
« Je veux revoir maman !
– Ça suffit ! Allons, bois ! »
Le gosse éclata en sanglots. Des clients, autour
d'eux, se retournaient. Laugel se leva, furieux, attrapa
l'ourson, arracha l'enfant de sa chaise et l'entraîna,
cependant que ses plaintes s'amplifiaient. Ils revinrent
à la voiture, lui le tirant, comme une bête qu'on mène
à l'abattoir, au milieu des badauds qui les regardaient,
goguenards.
La pendule de la réception marquait 18 h 25 quand
ils pénétrèrent dans le hall de l'hôtel. Pellen, assis
derrière son comptoir, remonta du doigt ses fines
lunettes sur son front cireux et dit, bonhomme :
« Le grand chagrin ! Ça ne va pas, Sébastien ?
– Il est fatigué », dit Laugel, qui coupa court et
gagna l'ascenseur.
A peine dans la chambre, Sébastien s'étendit sur le
lit et réclama son ourson. Il resta un moment silencieux, puis il se remit à geindre. Du dos de la main,
Laugel lui tâta le front, qu'il trouva très chaud. Ses yeux
étaient pleins d'eau, un cercle rouge tachait les pommettes. Laugel se redressa, perplexe. Dès lors qu'il
s'agissait du petit, ce colosse, qui pour lui-même n'avait
jamais dérangé un médecin de sa vie, perdait pied. Il

envisagea de demander conseil à l'hôtel, mais ne put s'y décider, par crainte du ridicule. L'enfant reniflait, la gorge encombrée de graillons. Il suivait le moindre mouvement de son père d'un regard noyé, un pouce dans la bouche, l'autre main posée sur le jouet dont il lissait entre ses doigts des touffes laineuses.

Laugel finit par appeler Liz.

« Albert ? Je vous croyais déjà loin !

– Sébastien est malade. »

Il lui décrivit les symptômes observés. Liz écouta avec calme.

« Aucune raison de paniquer : tu sais comment sont les gosses ! Il vaudrait quand même mieux que tu le ramènes. Mon pauvre Albert, je ne t'imagine pas dans le rôle d'infirmière ! »

Il fit lever Sébastien, qui se laissa porter passivement jusqu'à la voiture et allonger sur la banquette arrière. Il reprit la direction de Saint-Caradec-d'en-Haut.

Peu après dix-neuf heures trente il arrêtait la R 16 devant le mur du jardinet. Liz, en salopette verte, un foulard orange noué sur la nuque, conduisait une tondeuse sur la mini-pelouse. Elle coupa le moteur, détacha son écharpe et vint vers eux en s'essuyant les mains à la salopette. Elle tapota le front de l'enfant.

« Oui, il est bien chaud. »

De la sueur huilait ses joues. Dans les cheveux mi-longs en désordre, des brins d'herbe s'étaient pris. Ses ongles étaient lisérés de noir. Elle avait saisi dans ses bras l'enfant, qui se laissait aller contre sa poitrine, et elle gravissait les quatre marches, repoussait du pied la porte d'entrée entrouverte. Ils pénétrèrent dans le séjour.

– Sers-toi quelque chose. Je reviens. »

Elle emporta Sébastien à l'étage. Laugel restait planté devant la cheminée, empêtré dans ses pensées. Tout était rentré dans l'ordre. Liz était avec Sébastien là-haut, il l'entendait qui lui parlait, sa voix était comme une incantation berceuse. L'ombre s'appesantissait. Au-dessus de la double porte à croisillons vitrés, la pendule comtoise piquait les secondes. Rien n'avait changé depuis son départ deux ans plus tôt, le rouet aux deux rayons brisés, le lustre torsadé dont l'un des abat-jour exhibait son armature, tout était resté au point exact où il l'avait quitté, comme si le temps s'était immobilisé. Le même laisser-aller bohème, la robe jetée sur l'un des fauteuils du salon, la marée des journaux au pied des meubles, cette pile de sous-vêtements oubliée sur un coin du bahut, et partout des cendriers débordants... Cette incroyable décontraction qui, au fil des jours, l'avait braqué, lui l'homme soigneux jusqu'à la manie, qui ne tolérait pas un grain de poussière, brossait chaque matin ses chaussures, et ne confiait à personne le repassage de ses pantalons : piqûres d'épingle parmi beaucoup d'autres qui avaient fini par creuser la brèche.

Liz redescendait l'escalier au petit trot.

« 38° 9. Un refroidissement, je pense. Il paraît très chargé. Je lui ai donné du Phénergan. Il dort, complètement assommé. »

Il était debout devant elle, les bras au dos, se balançant sur ses jambes fortes.

« Ça commence mal ! Tu me vois lui infliger plus de mille bornes de voiture ?

– Attends, dit Liz, on verra demain. La fièvre, c'est tellement capricieux chez un môme... »

Elle était passée dans la cuisine et se lavait les mains

au-dessus de l'évier où traînaient deux assiettes grasses.

« Tu veux casser une croûte ? C'est prêt : de la salade niçoise, et j'ai un bon camembert. »

Il dit non, puis l'y suivit, s'assit le dos au réfrigérateur, à sa place d'autrefois. Liz ratissait du tranchant de la main la nappe en nylon imprimé et posait deux couverts. Elle apporta la jatte, le vin, la miche. Il se servit, commença à manger. La salade niçoise, le plat préféré de Liz – l'un des seuls du reste qu'elle réussît ! Elle s'était assise devant lui, et rongeait sa laitue, à menus coups de dents rapides.

Ils restèrent d'abord silencieux. Le robinet gouttait dans l'évier, le frigo, par crises, faisait sa musique de long-courrier. Il la regardait, plus touché qu'il ne se l'avouait, constatait qu'elle était toujours aussi belle : le cou délié, la poitrine ferme se mouvant, libre, sous le tricot de coton vert d'eau, le visage de madone sans aucun apprêt, coiffé de la toison auburn en jachère, avec deux mèches qui tombaient en vrille sur le front. Aussi belle, aussi négligée : il manquait un bouton à la bretelle du bleu de travail dont la bavette bâillait, et la transpiration avait dessiné sous ses aisselles de larges auréoles pâles. Identique, et pourtant... Il discernait sur le front bombé deux lignes d'ombre, qu'il n'avait encore jamais remarquées. Le cerne des yeux avait durci, et à l'angle des paupières de minuscules craquelures s'étaient formées.

Elle se leva, la bouche pleine, prit un flacon sur le buffet et avala une pilule blanche avec un verre d'eau.

« Je l'oublie toujours !

– C'est quoi ?

– Du Valium. J'ai eu de petites misères ces derniers

mois. Je ne dormais plus, les nerfs en pelote, enfin tu vois... »

La fourchette tremblotait dans sa main.

« Qui est-ce qui te soigne ?

– Un type de Quimper, le docteur Garamance. Un jeune, très bien... »

Elle sourit :

« Rassure-toi : rien de grave... »

Il secoua la tête, continua de l'observer. Qu'est-ce qu'il ressentait pour elle encore ? Ce n'était pas l'amour, bien sûr, ni même à ce stade le désir : il pouvait la détailler à loisir sans que son corps en fût troublé. Le désir s'était assoupi depuis longtemps, bien avant la cassure officielle. Non, c'était plus subtil, un fond tenace de sympathie, nourri de cinq années de cohabitation, de petits bonheurs et de soucis partagés – cette réserve de souvenirs, qui était leur commun patrimoine et dans laquelle ils picoraient l'un et l'autre quand ils se retrouvaient avec une mélancolie douce... Laugel songeait à des situations de roman – ces époux affranchis qui, lorsque l'occasion les réunit, se ressoudent, l'espace d'une coucherie nocturne. Par jeu, il s'imagina ce qui se passerait, s'il le lui demandait. Elle accepterait sans doute, avec ce soupir d'indulgence narquoise qui l'avait si souvent heurté. Et elle se donnerait à fond, elle serait une partenaire très sérieuse... Mais éteinte la crise, quand ils se retrouveraient flanc contre flanc... Non, de cette épreuve-là il ne voulait pas. Il la regardait, qui pelait sa poire entre ses phalanges aux ongles en deuil, la lèvre coincée sous les incisives, les deux virgules d'étoupe lui balayant le front, et il se disait que, tout compte fait, le bilan de leur aventure conjugale était mince : une

19

nébuleuse de souvenirs qu'ils tournaient et retournaient en s'attendrissant chacun sur soi, façon assez misérable de se nier leur échec, ces cinq années mortes – et puis l'enfant, l'authentique point de rencontre, mais pour combien de temps encore ?

C'est de Sébastien précisément que Liz parlait, des petits faits du dernier trimestre, de ses progrès en lecture, de la bonne opinion que son maître d'école, à Saint-Caradec, avait de lui. Elle avait repoussé son assiette, s'était renversée contre le dossier de la chaise, et discourait, la cigarette aux lèvres, yeux mi-clos, jambes croisées. Il subissait, résigné, la voix péremptoire, pur produit de deux générations d'instituteurs de campagne, il se disait que cela aussi avait été à la source de bien des frictions : cette logorrhée le soûlait, lui rendait pénible, par contraste, sa propre gaucherie, son élocution trébuchante de marcheur des montagnes.

Par moments pourtant, ce soir, la voix achoppait, quelque chose glissait le long de son visage, comme un masque, sous lequel il apercevait deux yeux tristes qui l'examinaient, et il avait l'impression étonnante d'un immense désarroi.

Cette observation insolite le troubla et peu à peu l'amollit. Sans honte, il se livra avec elle à la musique du souvenir. Une fois de plus Liz évoquait cette nuit où, aussi éperdus l'un que l'autre, les parents de la jeune femme étant absents, ils avaient sorti de ses draps le vieux Boudigou, parce que Sébastien avait vomi un biberon. Et Boudigou, un ancien de la coloniale, grincheux et postillonnant en diable, qui leur avait fait une de ces scènes !

« C'est vrai qu'il n'était pas commode, dit Laugel.

Tu te rappelles sa réflexion, quand il a eu examiné le gosse ?

– Que c'était nous deux qu'il fallait traiter d'urgence ! C'était un brave type quand même, ce Boudigou. Il est mort au début de l'année. »

Il y eut un silence, dans lequel l'horloge du salon vint poser ses huit notes fêlées. Ils échangèrent un regard de complicité. Liz fumait cigarette sur cigarette, des Gitanes filtre, dont elle détachait au préalable le cylindre protecteur, vieille manie qu'il lui reprochait à nouveau, comme tant d'autres fois :

« Tu n'es pas raisonnable ! Qu'est-ce qu'il en pense, le toubib ?

– Le pire, dit-elle avec légèreté. Et pas seulement lui, mes parents, Leporon, tous : une vraie conspiration ! »

Loïc Leporon était le patron de *L'Envol*, une petite feuille quimpéroise dans laquelle elle dirigeait une rubrique féminine.

Il l'interrogea sur son travail.

« Du tonnerre ! On œuvre en pleine pâte humaine, tu vois, on se dit qu'on sert à quelque chose... »

Ses yeux brillaient. Laugel comprenait qu'elle avait enfin trouvé une tribune à sa mesure. Il avait souffert qu'elle fût une si piètre maîtresse de maison, mais il ne lui reprocherait pas ses contradictions, elle était totalement sincère. Elle était sans doute de ces êtres dont le zèle a besoin, pour s'accomplir, des grands espaces.

« Et ce qui ne gâte rien, ajouta-t-elle, ça me laisse des loisirs. Même avec mes traductions, j'ai pas mal de temps libre. »

Elle travaillait également depuis peu pour un importateur nantais. Ces revenus, joints à la pension qu'il lui versait, lui permettaient de vivre.

« Olivier a été très chic », dit Laugel.

Olivier Fallière était le fils du sénateur-maire de Saint-Caradec-d'en-Haut. Ami d'enfance de Liz, c'était lui qui, après son divorce, lui avait fait obtenir cet engagement à *L'Envol*, dont il connaissait le directeur Leporon.

« Oui, dit Liz. Au fait, tu sais qu'il s'apprête à convoler ?

– Ah ?

– Oui, en septembre, je crois. Une demoiselle à particule de la Sarthe. »

Elle dit aussi que Léon Fallière, le sénateur, lui adressait ses amitiés : elle l'avait rencontré la veille et lui avait annoncé la visite de son ex-mari.

« Et toi, ça va le boulot ? »

Il dit oui, rien de spécial.

« Je continue à tirer les sonnettes. La routine...

– Comment déjà s'appelle ce petit vin sec qui...

– L'edelzwicker.

– Oui. Tu pourrais m'en avoir ? Je ne le trouve pas ici.

– Bien sûr. Tu me donneras tes ordres avant mon départ. »

Il consulta sa montre, dit :

« 20 h 25. Il faut que je me sauve. »

Il se mit debout.

« Je te téléphone demain matin pour Sébastien.

– C'est cela. Ne t'inquiète pas. »

Elle restait assise, le coude calé sur la cuisse, la Gitane entre deux doigts, dont elle suivait des yeux le panache diaphane qui s'étirait.

– Je ne t'ai pas demandé des nouvelles de ta mère, dit-elle.

– Ça va, merci. Et tes parents ?

– Assez bien. Maman a ses varices, mais à part ça... »

Elle écrasa sa cigarette, se leva, prit un paquet de lettres posé sur le buffet.

« Tu veux bien me les poster ? Avec le môme, je ne sais pas si je pourrai beaucoup m'éloigner. »

Machinalement, il parcourut les enveloppes, tandis qu'il gagnait la porte du séjour. Il soupira : Liz décidément était toujours aussi tête en l'air ! Il se retourna, tapota de l'index l'un des plis, lut :

« "Carol – Motel des Genêts – Route de Bénodet – Quimper". Carol, ce n'est qu'un prénom ? Tu es sûre, ajouta-t-il, que tu n'as pas oublié le nom ? »

Elle répondit avec vivacité, au point qu'il se demanda s'il ne l'avait pas vexée :

« Non, je n'ai rien oublié ! »

Elle corrigea le ton :

« Tu sais, dans mon boulot, il m'arrive de côtoyer des gens assez curieux ! »

Il n'insista pas, dit :

« Il y a un motel à Quimper ? Je ne savais pas...

– C'est tout récent. Un peu après le Rallye. On en dit du bien. »

Ils étaient à la porte extérieure.

« A demain, Liz.

– Oui, à demain. »

Quelques secondes, elle retint sa main. Pour la deuxième fois, il fut frappé par l'expression inexplicablement sérieuse de son visage. Et il eut le net sentiment qu'elle voulait lui dire quelque chose, quelque

chose d'important. Ses lèvres remuèrent, imperceptiblement.

Mais elle desserrait l'étreinte, le sourire se remettait
en place, elle répétait :

« A demain, Albert. »

Et tandis que la R 16 s'ébranlait, il la vit, immobile
sur le seuil, qui le regardait partir avec un petit geste
des doigts.

Il y pensa un moment pendant qu'il ralliait Quimper. Puis il se dit qu'il se faisait des idées. Il n'avait pas
le moral, ce soir. Etait-ce l'écho de la conversation avec
Liz ? Ce trop long vagabondage dans leur passé ? Ou
l'indisposition de Sébastien qui malmenait ses horaires ? Oui, c'était bien cela : une minuscule anicroche
au programme, et il accusait le coup. Il n'était qu'une
vieille bête de célibataire maniaque.

Il posta les lettres de Liz à la gare et rentra sa voiture
au parking de l'hôtel. Remonté dans sa chambre, il
aperçut sur la moquette l'ourson, que le petit avait
oublié. Il l'assit sur le chevet, se dit qu'il le lui rappor-
terait demain.

Il rêvassa un moment, assis sur son lit, dans la
pénombre qui s'épaississait. Il revoyait Liz, sa main qui
s'attardait contre la sienne, le visage soudain si grave.
« J'aurais peut-être dû passer la nuit là-bas ? Mais non.
Nous nous serions fait du mal l'un à l'autre. »

Il se leva. 21 h 20. Il n'avait pas sommeil, ne savait
comment remplir cette soirée imprévue. Il opta finalement pour un film. Il ressortit, gagna à pied un
cinéma sur l'avenue qui jouait *Robert et Robert.* Il prit
une place au balcon et s'installa dans son fauteuil à la
fin de l'entracte, alors que déjà les lumières de la salle
déclinaient.

22 h 10.

Liz était assise au salon et fumait devant le téléviseur, dont elle avait réduit le son au maximum pour ne pas déranger Sébastien. Quand elle était montée dans sa chambre tout à l'heure, elle avait constaté qu'il était beaucoup moins chaud. Un bobo sans conséquence ; dans vingt-quatre heures il serait frais comme un gardon.

Liz bâilla. Le spectacle qu'elle avait sous les yeux, une série américaine du troisième dessous, était rien moins que passionnant. Pourtant elle ne bougeait pas. Elle avait besoin de ces images, de ces chuchotements auprès d'elle qui reculaient l'échéance : le moment où la maison résonnerait seulement du bruit de ses pas, où elle gagnerait sa chambre. Et là, étendue dans son lit, yeux ouverts sur la nuit, elle attendrait l'engourdissement, longtemps peut-être... Presque chaque jour c'était le même scénario. A mesure que la soirée s'avançait, l'anxiété s'insinuait en elle, et le poids de sa solitude lui devenait insupportable.

Liz jeta dans un cendrier le bout de sa Gitane qui lui brûlait les doigts, alluma aussitôt une autre cigarette, après l'avoir étêtée. Elle fumait beaucoup trop, bien entendu. Mais cette drogue aussi, pensait-elle, l'aidait à oublier. La première fois quelle avait consulté Garamance à Quimper, il lui avait assuré que son cas était classique :

« La plupart des personnes dans votre état éprouvent cette sorte de malaise irraisonné à la tombée du jour. »

25

Irraisonné... A l'époque c'était juste, son angoisse ne reposait sur rien de précis, elle ne pouvait incriminer que ses nerfs malades. Alors que maintenant... Elle posa sa main sur son sein, compta les pulsations. « Je vais doubler la dose de calmant, sinon, ma fille, tu n'y couperas pas, nuit blanche garantie. » Elle avait la gorge prise dans un étau, une barre lui comprimait la poitrine. « Je suis malade, bien plus qu'ils ne le croient tous. Dès que j'en aurai terminé avec cette histoire, je m'occupe de moi, sérieusement. »

Sans transition, elle songea à Albert. Elle l'imaginait, assis à côté d'elle sur le divan, si carré, si tranquille... Elle avait failli lui demander de rester et, à la dernière seconde, un réflexe de pudeur avait bloqué les mots. Elle soupira, se dit, il reviendra demain, il a promis de téléphoner dès le matin. Demain... Elle poussa un nouveau soupir, saisie d'une inexplicable tristesse. Une voiture passait en trombe au carrefour. De plus loin encore, par la fenêtre ouverte sur cette tiède soirée d'été, lui parvenait le staccato nasillard d'une bombarde. Il y avait fête à « Saint-Caradec-d'en-Haut, un *fest-noz*, le dernier en date des attrape-nigauds pour touristes en manque de couleur locale.

Elle se mit debout. Non, décidément, les aventures de Starsky et Hutch n'arrivaient pas à la distraire. Elle changea de chaîne, écouta quelques répliques d'une dramatique à son épilogue, se lassa, éteignit. 22 h 20. Elle allait monter se coucher, elle lirait un peu, et à Dieu vat...

Elle s'offrit une dernière cigarette, pénétra dans la cuisine, prit deux cachets, alla remplir un verre sous le robinet. Le verre échappa de sa main, se brisa sur l'évier. Les deux notes du carillon de l'entrée venaient de tinter et se prolongeaient.

Elle porta la main à sa poitrine. Une visite à cette heure ? Elle n'attendait personne... Pour la seconde fois, le carillon chanta. Elle se dit, il va réveiller Sébastien, s'avança jusqu'au hall, s'arrêta.

« Qui est-ce ? »

On lui répondit aussitôt, une voix d'homme enrouée qu'elle n'identifia pas. Le détail lui-même des paroles lui échappa, elle ne comprit que deux mots :

« ... Gourmelon... déranger... »

Les Gourmelon habitaient l'un des pavillons voisins. Ils n'avaient pas le téléphone, et il leur était déjà arrivé de venir frapper chez elle. Elle fit un pas :

« C'est vous, monsieur Gourmelon ?

– Oui, répondit la voix couverte, je... »

Il s'interrompit, eut une longue quinte de toux. Le pauvre, songea Liz, il a l'air mal en point. Mais comment est-ce que ce n'est pas sa femme qui... Elle alla jusqu'à la porte, tourna les deux clefs, celle de la serrure, celle du verrou de sûreté.

Le battant fut si brutalement poussé qu'il la heurta au front. Une forme s'introduisit, un coup de talon referma la porte, un bras se tendit. Liz étouffa un cri, pendant que son cœur enclenchait la vitesse supérieure. Devant elle, à la hauteur de son visage, l'œil noir d'un canon braqué, et derrière, une tête difforme, monstrueuse sous le bas qui l'encapuchonnait jusqu'à la racine du cou.

Liz s'était adossée à un radiateur, elle se disait, ce n'est pas vrai, je rêve, des trucs comme ça, ça n'existe que dans les mauvais polars... Elle était à Saint-Caradec-d'en-Haut, un bled sans histoires, elle entendait toujours, là-bas, le chant bon garçon de la bombarde qui menait le branle des danseurs...

Le pistolet s'agita, lui intima l'ordre de bouger. Elle se décolla du radiateur, passa dans le séjour. Elle continuait à se dire, je délire, c'est le film de tout à l'heure qui me monte au cerveau. Ses jambes flageolaient.

« Arrêtez. »

C'était le premier mot qu'il prononçait depuis qu'il était entré, d'une voix éteinte, que l'écran de la cagoule contribuait à dénaturer. Elle se retourna, l'examina : les mains gantées de cuir noir, l'imper beige sale, froissé, boutonné jusqu'au col et d'où dépassaient les fuseaux d'un survêtement bleu, prolongés de chaussures de basket blanches. Derrière ce déguisement, un homme s'abritait, qu'elle connaissait sans doute, sinon pourquoi...

« Qui ? articula la voix sourde. Je veux son nom ! Qui est-elle ? »

Liz avait gardé sa cigarette à la main. Elle se força à la porter à ses lèvres. Non, elle ne rêvait pas. L'homme, d'emblée, annonçait la couleur, il allait essayer de la faire parler, et après... Elle avait très peur, et pourtant son esprit ne s'affolait pas. En fait, elle comprenait qu'elle l'attendait, inconsciemment, ce soir... Sa tentative avortée pour retenir Albert relevait de cette timide prémonition. Elle le regardait intensément, essayait de reconstituer le modelé du visage déformé par la résille. Elle dit :

« Je ne vois pas de qui vous voulez parler. »

Et elle expectora un nuage bleuté. Il se courba et du revers de la main gauche la gifla. Elle vacilla, lèvre supérieure éclatée, tandis que la cigarette sautait et s'abattait sur le dallage dans un geyser d'étincelles.

Sans modifier sa posture, l'homme écarta la jambe, écrasa le mégot sous sa chaussure de sport.

Liz avait réussi à ne pas crier. Elle pensait à Sébastien avec une grandissante terreur. S'il y avait du bruit, il allait se réveiller, appeler... Elle répéta sans hausser le ton :

« Je ne sais pas. »

Mais il était évident qu'il ne la croyait pas – il ne pouvait pas la croire, alors que c'était la pure vérité. Non, elle ne savait rien de cette femme, si ce n'était une voix, une voix lointaine et méfiante. Elle dit encore (elle se persuadait qu'elle devait boucher les silences, gagner du temps, par n'importe quel moyen) :

« De toute manière vous me tuerez. Même si j'étais en mesure de vous répondre, vous me liquideriez. Vous ne pouvez plus me laisser vivre. »

Elle ne le quittait pas des yeux, s'obstinait à vouloir percer ce paravent hideux qui lui volait un visage. « Je le connais, je le connais. »

A nouveau la voix malsaine, comme rabotée par la résille :

« Je me fous de votre baratin ! Répondez : qui ? »

Bouffée d'espoir, déraisonnable ; puisqu'il s'était caché, peut-être avait-il l'intention de l'épargner ? Son cœur poursuivait sa gigue effrénée. Elle songea, je ne tiendrai pas. Garamance disait... Qu'est-ce qu'il disait, Garamance ?

Là-haut, un grincement de sommier, une sorte de plainte. Sébastien qui s'agitait dans le sommeil... L'homme aussi avait entendu, il détournait la tête. Elle dit, très vite :

« C'est Faluche, notre chatte ; elle va avoir des petits. »

29

Il parut se contenter de l'explication, répéta :
« Qui ? »
Il me croit seule, se disait Liz, et il faut qu'il continue à le croire. Mais qui l'a informé ? Son cerveau demeurait très lucide, alors que son corps n'était qu'une épave ballottée sur quoi déjà elle n'avait plus de prise. L'homme raidit le bras, et le pistolet se rapprocha encore. Elle n'avait jamais vu une arme à si faible distance, aucun type d'arme : ni son père ni Albert n'étaient chasseurs. Fascination de cette pastille noire au bout du poing ganté. Les yeux, d'une fixité inhumaine, sous la soie du bas, les lèvres qui remuaient à peine :
« J'arriverai bien à vous faire parler ! Qui est-elle ?
– Je vous dis que je ne... »
Nouvelle gifle qui la projetait à un mètre sur le côté et lui arrachait un cri aussitôt regretté. Elle se raccrocha à une chaise. Le sang coulait dans sa bouche, amer. Sébastien, il va nous entendre... Terreur, révolte... Non, ce n'était pas possible, Sébastien, mon petit bonhomme, je n'ai pas le droit... Tant pis, elle amenait le pavillon, elle renonçait à tout, pour son petit. Que son tortionnaire fasse ce qu'il avait à faire, très vite. Et qu'il s'en aille, mon Dieu qu'il s'en aille...
« Carol, lâcha-t-elle.
– Carol qui ?
– Je l'ignore.
– Carol, c'est pas un nom ! »
Exactement la réflexion d'Albert. Elle se répéta, si j'avais osé, rien que quelques mots, et il serait là...
« Je ne lui en connais pas d'autre. »
Ses jarrets fléchissaient, elle se dit, la crise, ça ne va pas louper... Spasmophilie... Elle s'appuya au bahut

pour ne pas tomber. Mais son esprit, miraculeuse-
ment, demeurait net, s'acharnait. Qui pouvait savoir
que j'étais seule ce soir ? Les objets autour d'elle tanguaient. Sa mâchoire se durcissait. Spasmophilie. Le
mot cognait dans sa tête, avec la régularité d'un métro-
nome. Spasmophilie. Garamance assurait qu'en soi la
crise n'était pas grave :
« Simples effets secondaires. A moins que... »
A moins que quoi ? Qu'est-ce qu'il ajoutait, Garamance ?
Le pistolet touchait presque son front, et elle ne
discernait plus de l'arme qu'une tache floue. A quelques centimètres, la face simiesque, aplatie par le tissu
translucide, dont une des mailles avait sauté : il y avait
une grande échelle qui lui balafrait la joue droite.
Cette observation futile mobilisait son attention quelques secondes, puis une musique emplit sa tête... cet
air chargé de langueur par quoi tout pour elle avait
commencé. Des images jaillissaient. La place Saint-
Corentin à Quimper, quelques mois plus tôt, elle sous
le porche de la cathédrale s'abritant de l'averse, la
voiture qui stoppait, un visage à la portière, grimaçant
sous l'ondée :
« Vous montez ?
Elle s'était assise à côté de lui.
« Vous allez où ?
– Chez Leporon.
– D'accord, je vous dépose au journal. »
La remontée de la rue Kéréon, les hachures blêmes
de la pluie, le chuchotement mou des essuie-glaces...
Elle ne l'avait pas vu appuyer sur la touche. Et elle
était saisie par l'appel de la cornemuse qui s'élevait,
mat et solitaire. Elle avait écouté en silence le solo

naïf, puis l'entrée des cuivres qui venaient soutenir la mélodie d'accords pleins, amplifiés par les deux haut-parleurs des portières. Il avait dit alors :

« Vous aimez ?

– Oui, beaucoup. Comment déjà est-ce que cela s'appelle ?

– *Amazing-Grace.*

– Ah ! oui... Mais c'est curieux, j'ai l'impression... on dirait... oui, on dirait que votre enregistrement est différent. Il me semblait que la partie centrale... »

Il avait eu un petit rire :

« C'est vrai, je l'ai un peu bricolé ! Comme cela on peut mieux savourer... »

« Qui ? » hurla la voix à son oreille.

Elle sursauta, débandula de son souvenir. Elle n'avait pas dû s'évader longtemps, quelques secondes, au plus. Mais on voit tant de choses en une seconde, quand on va mourir... Il avait posé le pistolet sur une chaise derrière lui, et lui avait saisi la gorge. Elle suffoquait.

« Je suis malade, très malade, mon cœur...

– Trouvez autre chose ! Ça ne mord pas ! »

Les yeux jaunes, étirés à quelques centimètres, je le connais, je le connais ! cette voix...

« Carol, répéta-t-elle dans un souffle.

– Où est-elle ? »

Les lèvres de Liz frémirent :

« Mo... »

Le son était-il sorti ? La serre était de plus en plus rigide contre son cou. Un nuage noir passa devant ses yeux. Ses oreilles sifflaient. Cette cornemuse si triste... Elle voulut encore parler, se débattit :

« Mo... Mo... »

Pour lui, pour Sébastien, mon gosse, mon pauvre petit... Et déjà c'était trop tard. Son cœur se désintégrait. Elle eut un hoquet. Une douleur fulgurante sous les côtes. Son corps se détendit, s'aplatit comme une baudruche qui se vide. Et elle franchit la dernière porte.

Les bras ballants, il la regardait rapetissée sur le carrelage, contre un des pieds du bahut. Il mit un genou à terre, écouta le cœur, songea avec ennui, elle est morte, trop tôt, beaucoup trop tôt... Il se releva, souffla fortement. Il crevait sous ce bas ! Pourquoi toutes ces précautions ? La fille avait raison : elle ne pouvait plus vivre. Il ôta sa cagoule, s'épongea le front de la manche de l'imper.

Il y eut derrière lui un très mince craquement de bois. Il se retourna d'une masse, aperçut au milieu de l'escalier l'enfant en pyjama bleu qui l'observait, bouche ouverte. Il jura merde, d'où il sort celui-là ? Parlez d'une poisse ! Le môme, non, ça, c'était pas prévu !

Jeudi 9 août.

Dès qu'il eut fait sa toilette, brossé ses chaussures et pris son petit déjeuner, Laugel, comme convenu, téléphona à Saint-Caradec. Il n'obtint pas de réponse, mais n'en fut pas d'abord alarmé. Il n'était que sept heures trente. Liz avait sans doute mis à profit le sommeil de l'enfant pour se rendre au bourg. La maison était à l'écart des commerces, Liz avait pu, par exemple, aller à la boulangerie. Il calcula, tant pour l'aller, tant pour le retour, et pour peu qu'elle eût rencontré quelqu'un...

Ayant réitéré sa tentative une dizaine de minutes plus tard, toujours sans résultat, il commença à se poser des questions. Il se rappelait qu'en lui confiant ses lettres Liz envisageait d'être bloquée à la maison par l'indisposition de l'enfant. Même si elle avait dû s'absenter, elle aurait fait diligence. De plus en plus nerveux, il essaya une troisième fois. La sonnerie là-bas s'étirait. Il imagina Sébastien réveillé, l'écoutant. Peut-être l'enfant allait-il descendre et décrocher lui-même ? Est-ce qu'il était en âge de se servir du téléphone ? Il ne savait pas. D'autres pensées lui traversèrent la tête, pendant qu'il continuait à guetter le déclic – les plus abracadabrantes : que la santé de Sébastien avait empiré, qu'il avait fallu l'hospitaliser d'urgence... Et Liz ne l'aurait pas prévenu ? Il trancha dans le vif, décida d'aller voir sur place.

Quand il arriva à Saint-Caradec, le quartier sommeillait encore dans la tiédeur estivale. Laugel sortit de la voiture et éprouva un malaise. Tous les volets du pavillon étaient clos. Or Liz était très matinale, et l'un de ses premiers gestes lorsqu'elle descendait était de repousser les lourds contrevents de bois ocre.

Il remonta l'allée, gravit les quatre marches, sonna. Les deux notes musicales tintèrent longtemps sans éveiller d'autres échos. Il appuya sur la poignée de fer forgé, la porte s'ouvrit d'elle-même. Il fit un pas :

« Liz ? »

Le nom s'écrasa dans le silence.

Alors l'angoisse pesa sur ses épaules. Il traversa le corridor, poussa la porte vitrée du séjour, s'arrêta. La pièce était dans l'ombre et il ne vit rien. Seule la partie droite de la salle recevait la lumière du jour, qui s'infiltrait par les fentes des contrevents.

Il avança encore. Et ce fut l'horreur. Il jeta un hurlement, se mit à courir. Au bas de l'escalier, une forme minuscule, étendue. Il la souleva, la pressa contre son cœur, Sébastien, non, mon petit, non... Et il promenait ses lèvres sur les joues glacées, cherchant désespérément le souffle de la vie. Sa main tâtonna sur le mur, buta contre un commutateur. La lumière dure d'une applique inonda le cadavre tout raide dans le pyjama bleu pâle, les petits poings serrés, la face noire. Il cria : « Liz ! Liz ! »

Il l'appelait au secours, il la suppliait, sa femme, la mère... Il fallait qu'elle vienne, il avait besoin d'elle pour supporter l'innommable...

Et il l'aperçut, ratatinée au bas du buffet avec dans ses yeux morts la même vision d'épouvante.

« Liz, Ô Liz... »

Il chancela. Sa raison chavirait. C'était un cauchemar, ces choses-là ne sont pas possibles, il allait se réveiller...

Non, son petit était bien mort, il tenait son petit, mort, dans ses bras. Il voyait leur ombre double projetée sur le mur. Dans la rue des volets claquaient. Le basset des Gourmelon jappait sa joie à son maître. Et au-dessus de la double porte la pendule continuait à soliloquer avec indifférence.

Comme un automate, il alla jusqu'au téléphone, l'enfant serré contre sa poitrine, il composa un numéro, jeta d'une voix sans timbre :

« La police... Venez à Saint-Caradec-d'en-Haut, chez Elisabeth Ropers... On vient de tuer mon gosse et sa mère... »

Laugel ne devait pas garder une conscience claire des heures qui suivirent. Il se rappelait qu'avant même la descente des policiers il avait téléphoné à son frère à Oderen, en lui demandant de prévenir leur mère avec beaucoup de ménagements. Elle avait le cœur fragile et elle adorait le gosse, qu'elle se faisait une fête de revoir bientôt...

Beaucoup plus tard, quand il y repensait, il croyait voir défiler devant ses yeux les images hystériques d'un film monté par un cinéaste dément. Un grouillement de formes impalpables qui vibrionnaient autour de lui dans un brouhaha de propos indistincts. Des visages sortaient du brouillard, la fièvre baissait de plusieurs degrés, les nuées s'éclaircissaient, et deux silhouettes se détachaient de ce théâtre d'ombres, s'affinaient, prenaient corps. Deux hommes. L'un qui paraissait être le chef (il saurait bientôt qu'il s'agissait du commissaire Nargeot, du SRPJ, opérant sur commission rogatoire du juge Bernard de Quimper), d'un âge certain, cravate et costume strict, voûté, cheveux fournis déjà blancs rejetés en arrière, un visage sérieux, presque triste, marqué par les yeux d'un gris très pâle, dont les paupières battaient rarement, ce qui leur donnait la transparence rêveuse des contemplatifs. Quand il se déplaçait, il pesait sur sa jambe droite, sa démarche était heurtée, inharmonieuse.

Le second, qu'il appelait « David » ou « Cadoc », était beaucoup plus jeune, un rouquin flamboyant, bien découplé, à la dégaine sportive, col ouvert, pantalon et blouson de toile mastic.

Laugel ne se souvenait pas de la teneur précise de

leurs premiers entretiens, mais il en conservait dans sa mémoire la tonalité chaleureuse. Il se rappelait qu'ils avaient prononcé des mots de sympathie et que leurs visages exprimaient la commisération, celui de Nargeot surtout, qui avait l'air de s'excuser de sa présence. Oui, Laugel revoyait les yeux pâles mouillés de pitié, et lorsque le commissaire avait dit : « le grand malheur qui vous frappe », il était manifestement sincère.

Quand ils l'avaient prié de les accompagner dans leur visite des lieux, ils l'avaient fait avec une extrême délicatesse. Ensemble, ils avaient parcouru les diverses pièces de la maison. Partout c'était un spectacle de désolation : meubles fracturés, serrures forcées, tiroirs vidés de leur contenu qui jonchait le parquet. Laugel avait articulé le mot « cambrioleurs », et tous deux avaient opiné en silence.

Ce n'est qu'après, une fois qu'ils étaient redescendus dans le séjour, qu'un déclic avait joué, qui mettait un terme au temps de la compassion. Il s'était trouvé devant des professionnels chevronnés, deux machines à interroger. On s'était mis à jauger et minuter ses faits et gestes : à quelle heure, la veille, il était venu chercher l'enfant, à quelle heure il l'avait ramené, à quelle heure il avait quitté Liz, où il avait passé sa soirée. Déjà l'étonnement perçait :

« Vous avez dîné avec elle ? Vous étiez pourtant divorcés ? Elle ne vous a rien dit de particulier ? Vous n'avez rien remarqué dans son attitude ? »

A travers la psalmodie des questions et des réponses, vision sauvage de deux corps qu'on emporte, ce paquet entortillé dans une méchante couverture brune, si petit qu'un seul agent l'a pris sous son bras, arrêtez ! C'est mon gosse qu'on enlève ! Un pied blanc, une boucle blonde qui danse, images pour toujours clouées dans son remords. Et les deux mots qui résonnent, effroyables, jamais plus... jamais plus...

Un grand remue-ménage. Une volée d'énergumènes s'abattait dans le séjour. Des flammes blanches l'aveuglaient. Pour *Le Télégramme* ! Pour *France-Soir* ! Laissez-moi seul ! Pour *Ici-Paris* ! Une page de couverture ! Je voudrais être seul, pleurer, hurler, dormir... Oui, reposez-vous, nous comprenons...

L'hôtel de la Duchesse-Anne, enfin... Dormir... Pellen est debout devant lui, il dit :

« Mon pauvre monsieur ! Dire qu'hier encore... »

Il a deux larmes qui s'irisent à l'angle de ses paupières fripées. Dormir... La chambre. Sur le chevet, l'ourson au regard humide. Et maintenant il peut pleurer tout son soûl, ses dents mordant l'oreiller. Il n'y aura plus personne pour comptabiliser ses larmes. Il est seul, au corps à corps avec sa peine, des heures, des heures... jusqu'à ce que la fatigue, maternelle, ferme ses yeux.

Le ricanement du téléphone le réveilla. Le jour baissait. Il avait dormi en travers du lit, tout habillé. En bas, la voix compatissante de Pellen :

« Le commissaire est là. Je vous le passe.

– Oui, dit Nargeot, j'ai besoin de votre témoignage, quelques détails. Je vous attends à la réception, mais prenez votre temps. »

Ils étaient là tous les deux, qui le regardaient s'approcher, avec ses yeux rougis et ses vêtements froissés. Et malgré les civilités du préambule il voyait bien qu'ils piaffaient d'impatience de recommencer la joute interrompue.

« Quel était l'état exact de vos relations avec votre ancienne épouse ?

– Je vous l'ai déjà dit !

– Vous n'avez jamais envisagé de reprendre la vie commune ?

– C'est idiot ! Liz et moi, on était au moins d'accord sur ce point !

– Pourquoi êtes-vous revenu à Saint-Caradec si tôt ? (Est-ce qu'ils ne le savaient pas ?)

– Je vous répète que Sébastien était malade.

– Oui, dit le rouquin, malade. L'autopsie nous le confirmera. »

L'autopsie... Laugel se cachait les yeux. Et il se révoltait, il élevait la voix :

« J'en ai assez de vos sous-entendus ! Qu'est-ce que vous manigancez ? Vous parliez du crime d'un rôdeur, ce matin ?

– On n'a pas le droit, dit Nargeot, d'exclure la mise en scène. Auquel cas l'assassin pourrait être un familier des victimes...

– Pour quelle raison ?

– Une vengeance, par exemple, contre votre femme. Il a pu croire que l'enfant était absent.

– Une bavure, quoi », dit le rouquin d'un ton dégagé.

Une bavure... Laugel n'oublierait jamais ce mot. Et il lui sembla que Nargeot lui aussi en était choqué. Pour une fois, il cillait. Il disait, comme en confidence :

« Sinon ce serait tellement atroce... A moins d'un brutal accès de folie... »

Et Laugel lisait dans les yeux tristes fixés sur lui

comme un appel muet, dont il ne déchiffrait pas le sens.

Vendredi 10 août.

Le lendemain matin, il rendit visite aux parents de Liz à Saint-Caradec. Ropers, le père, avait été l'homme d'un seul poste. Jeune normalien affecté à l'école de garçons du bourg, il s'était sans coup férir acclimaté au lieu et n'en avait plus bougé. Il avait terminé sa carrière comme directeur de l'établissement, avait fait construire dans le lotissement municipal proche du terrain de sports un pavillon où il vivait depuis sa retraite.

Laugel était venu spontanément vers ses ex-beaux-parents, avec lesquels il avait coupé toute relation depuis le divorce, parce qu'il croyait que la mort de Liz et de Sébastien rendait caducs leurs anciens différends. Il ne dépassa pas le hall. Le vieil instituteur lui opposa un visage froid et blanc, d'une maigreur ascétique. Ses yeux étaient durs derrière les lunettes aux montures fines et on imaginait mal qu'ils eussent pu pleurer. Sans remarquer la main tendue, il l'écouta qui lui proposait son concours, se mettait à sa disposition pour les démarches. Il était immobile, bras croisés, les traits impassibles, comme s'il recevait des aveux. Sa femme se montra quelques secondes, essoufflée, manœuvrant péniblement ses jambes couturées de varices. Elle lui décocha un regard vipérin et s'éclipsa.

Ropers le laissa s'entortiller dans ses phrases, puis il dit :

« Je vous remercie, mais nous n'avons besoin de personne. Nous nous occupons de tout. »

Laugel n'insista pas. Une fois dans la voiture il s'interrogea. L'inimitié des époux Ropers ne datait pas d'hier. Jamais pourtant elle ne lui était apparue si criante. Comme s'ils lui en voulaient aussi de ce qui était arrivé. Coupable, songeait-il, c'était vrai, il était coupable. Puisqu'à l'instant où il aurait pu protéger Liz et Sébastien, il n'avait pas été à leurs côtés.

Il s'arrêta au milieu du bourg pour prendre un journal. En traversant la place de l'église, il se trouva presque nez à nez avec Maguer, le garagiste, qu'il connaissait bien : c'était par son entremise qu'il avait acheté sa première R 16. L'homme regarda ailleurs et le dépassa sans un mot.

Au café-tabac Le Nahour, plusieurs hommes buvaient devant le bar. Dès qu'il passa la porte, les conversations s'éteignirent, on baissa la tête. Et tout durant qu'il réglait son achat et retraversait la salle, il y eut ce silence de tombe, et ces regards fuyants mais qui, il le sentait, l'accompagnaient jusqu'à la sortie.

Il reprit la voiture, ulcéré. Qu'est-ce qu'on lui reprochait ? Il flairait l'hostilité partout, ne parvenait pas à lui trouver de motifs rationnels, sinon que ce pays ne l'avait jamais vraiment adopté. Et maintenant que la dernière attache était brisée, il le rejetait et déjà peut-être l'avait condamné.

Il rentra à l'hôtel, s'assit sur son lit pour lire le quotidien. Il y avait une photo de Liz en première page, un grand article adorné d'un titre-choc, qui se prolongeait en rubrique régionale. La mort de l'enfant était abondamment commentée. On fustigeait « cet acte bestial qui a soulevé l'indignation d'une population unanime ». On y rapportait tout ce qui plaidait en faveur de la thèse du crime sordide : le ou les malfaiteurs sans doute surpris et s'affolant. Mais on ajoutait que les enquêteurs ne négligeaient pas d'autres pistes. On indiquait qu'Albert Laugel, l'ex-mari et le père, qui était aussi le témoin principal, avait été longuement entendu par la police. Et pour que nul n'en ignorât, on gratifiait en prime le lecteur d'un gros plan réussi la veille qui montrait l'Alsacien arborant un museau de dogue prêt à mordre.

Laugel referma le journal et s'abîma dans une rêverie morose. Il était seul. Il n'y avait guère que Pellen, à l'hôtel, pour lui témoigner de la sympathie vraie, et ils se connaissaient si peu ! Il n'avait personne sur qui s'appuyer, pas même un endroit à lui où abriter son chagrin. Rien que le décor sans âme d'une chambre de passage.

Vers midi, Cadoc revint à la charge. Il l'appela du commissariat de Quimper :

« Oui, on a encore des choses à se dire. Si vous pouviez passer à la boîte ? Ça serait plus commode pour tout le monde. »

Il se rendit à l'hôtel de police, rue Le Hars. Cadoc, fort amène, le fit entrer dans une petite pièce aux murs nus et lui avança un siège. Lui-même, qui avait ôté son blouson, s'assit derrière une table en bois verni, décolorée comme un bureau de salle de classe.

« Nous avons reçu le rapport d'autopsie. Désirez-vous que je vous en entretienne ? Je mesure ce que cela peut avoir de pénible pour vous.

– Parlez, dit Laugel. Oui, je veux savoir.

– Bien », dit Cadoc.

Il dénoua une chemise, saisit une des pièces du dossier.

« Je vous fais grâce des détails, mais il y a là deux précisions assez importantes. D'abord, l'origine exacte du double décès. En ce qui concerne l'enfant, le légiste confirme en tous points les premières constatations médicales : mort par strangulation. Par contre, pour Mme Ropers, l'expert parle de « réflexe syncopal »...

– C'est-à-dire ?

– C'est-à-dire que la mort ne serait pas en relation directe avec les ecchymoses relevées sur le cou de la victime. S'il y a eu début de strangulation, Mme Ropers aurait, en définitive, succombé à une attaque cardiaque. »

Il reposa le document.

« Vous voyez l'intérêt de cette information ?

– Pas vraiment, dit Laugel.

– Mais si. Il n'est plus interdit d'envisager un homicide accidentel – une dispute, par exemple, une bagarre qui se serait mal terminée. Or, imaginons que l'enfant, qui était couché à l'étage, qui dormait, selon votre propre témoignage, se réveille et descende. Le meurtrier, déjà affolé par son geste, perd absolument les pédales, encore plus si l'on admet que l'enfant le connaît. D'où le deuxième crime, celui-là prémédité et en quelque sorte nécessaire, puisqu'il ne vise qu'à couvrir le précédent. »

Il semblait très satisfait de sa démonstration.

« Qu'est-ce que ça change ? Vous avez parlé de deux points importants ?

– Oui, dit le rouquin. La datation des décès. Le rapport est formel : l'un et l'autre sont survenus entre 22 h et 22 h 30. »

43

Pendant quelques secondes, Cadoc tourna et retourna en silence ses documents. Il releva les yeux :
« Est-ce que vous pourriez me rappeler ce que vous avez fait hier soir ? »

Laugel se braqua :
« Je n'étais pas avec Liz au moment de sa mort ! Je ne vois pas pourquoi vous vous excitez tant sur ma soirée, que du reste vous connaissez par cœur !
– Des détails ont pu vous échapper, ou à nous-mêmes. »

Il chercha de l'index parmi les notes éparses sur le bureau.

« Le veilleur de nuit de la Duchesse-Anne vous a vu sortir à 21 h 25 et rentrer à l'hôtel à minuit moins le quart.
– Je vous répète que je suis allé au cinéma, au Korrigan, avenue de la Gare.
– Bien sûr, bien sûr, dit Cadoc. L'ennui c'est que personne ne vous y a remarqué !
– Peut-être parce que personne ne me connaît, à Quimper. Vous voulez que je vous résume *Robert et Robert* ? »

Cadoc sourit :
« Allons, mon cher, ça prouverait quoi, hein ?

Il avait l'air de bien s'amuser. Laugel soudain prit feu. Il se mit debout, cria :
« Vous déconnez ! Je n'ai pas tué Liz ! Je n'ai pas tué mon gosse !
– Du calme, conseilla le rouquin. Asseyez-vous. Personne ne vous accuse, nous déblayons, c'est différent. »

Mais la suite démentait ces propos conciliants :
« Nous avons enregistré plusieurs témoignages. Je dois avouer qu'ils ne vous sont pas très favorables. On

44

vous a vu à la pâtisserie Frioux, avant-hier après-midi, corrigeant sévèrement l'enfant...

– C'est faux ! »

Cadoc agita sentencieusement un feuillet :

« Une dame Lesaux, de la ferme "Ty-Eol", à Saint-Caradec-d'en-Haut, elle a déposé sous serment... Quant aux déclarations de votre ex-belle-famille... »

Il hocha la tête d'un air préoccupé.

« Vous aviez de fréquents accrochages sur la fin, n'est-ce pas ? Vous vous emportiez. Il vous arrivait de quitter la maison et d'aller errer seul dans la campagne... Votre belle-mère a affirmé qu'un jour de Noël, alors que vous déjeuniez chez elle... »

Laugel ferma les yeux. On en était là, le sordide étalage, les ragots de bas étage...

« Nous avons reçu des lettres, poursuivait Cadoc. Non signées, je le précise. On ne vous aime pas, à Saint-Caradec. Bien entendu, ce genre de littérature... »

Il se pencha sur le bureau :

« Si vous pouviez me raconter les circonstances de votre divorce... »

Cela dura des heures. Cadoc ne haussait jamais le ton. Il avait en permanence une expression enjouée, comme s'il se fut agi d'un match dépourvu d'enjeu. Il plaçait ses banderilles, rompait aussitôt.

Et c'était justement ce qui déplaisait à Laugel. Il n'aimait pas ce type, avec ses contorsions et sa cordialité de façade.

Vers trois heures, Cadoc fit apporter du pain au jambon et du café. Il l'invita à se servir. Laugel dit non.

« Vous avez tort », dit le rouquin.

Il croisa les jambes et planta ses dents saines dans la croûte craquante. La lumière baissait dans la petite pièce, dont la fenêtre avait des carreaux dépolis. Cadoc allumait la lampe du bureau au moment où Nargeot parut. Il y eut entre les deux policiers un échange muet, puis le commissaire dit :

« Vous pouvez vous retirer, monsieur Laugel. Naturellement, ne vous éloignez pas : nous aurons peut-être encore à utiliser vos services. »

Laugel leur tourna le dos sans un mot. Il les détestait, l'un comme l'autre, Nargeot et sa gueule de *mater dolorosa*, le rouquin, le faux débonnaire qui menait ses interrogatoires comme un assaut d'escrime, ils se valaient. Simplement, ils s'étaient réparti les rôles.

Il rejoignit sa voiture, qu'il avait garée rue Dutieux, et rallia l'hôtel, exaspéré et fourbu. Et ce n'était pas fini, il lui restait à affronter les chasseurs d'images ! Ils étaient une demi-douzaine qui bivouaquaient à la porte de la Duchesse-Anne, et qui papillonnèrent autour de lui quand il traversa le trottoir. Il montra le poing :

« Foutez-moi le camp ! »

Et ils en bavaient de volupté ! Les flashes partirent tous azimuts. Il les bouscula, pénétra dans le hall, les sangsues collées à ses pas, en dépit de Pellen qui était accouru et s'indignait. Il réussit à sauter dans l'ascenseur, retrouva sa chambre, où il tourna en rond une demi-heure comme un possédé, nerfs vibrants, marmottant des injures, contre les flics, les charognards de la presse, la connerie humaine...

Il se passa le visage sous le robinet, se calma, se rendit compte qu'il n'avait pas déjeuné et qu'il avait faim. Il attendit encore un peu et redescendit, après avoir contrôlé par la fenêtre que les alentours de l'hôtel étaient libres.

Il prit l'avenue de la Gare, se mêla aux passants, tout désorienté d'être redevenu un marcheur anonyme qu'on ne montrait pas du doigt. Il dîna au Monaco, en face de la gare, revint lentement vers la Duchesse-Anne. Il faisait encore chaud. Des gens, en tenue légère, bavardaient à des terrasses. Les flèches de la cathédrale étaient roses dans le soleil déclinant. Laugel épiait les abords de l'hôtel, et ne détectait aucune présence indésirable.

Ce fut à l'instant où il s'apprêtait à traverser la chaussée qu'on prononça son nom. Il virevolta, aperçut Nargeot qui s'avançait sur le trottoir de sa démarche chaloupée, tenant en laisse un boxer au poil fauve.

«Je sors de l'hôtel. J'étais contrarié de vous avoir raté. »

Il avait marché vite, il était essoufflé. Le boxer léchait les chaussures de Laugel en agitant la queue.

«J'ai une bonne nouvelle pour vous, dit Nargeot.

– Une bonne nouvelle ! » murmura Laugel d'un ton amer.

Nargeot parut très malheureux de sa maladresse.

«Pardonnez-moi, je voulais dire... Il s'agit d'un témoignage reçu après votre départ de la rue Le Hars. Un homme qui se rappelle vous avoir vu arriver au Korrigan avant-hier soir à la fin de l'entracte.

– Qui ?

– M. Olivier Fallière. Vous le connaissez ?

– Oui. Mais je ne l'ai pas vu au Korrigan.

– Fallière était placé dans la salle deux rangs derrière vous. Il déclare que vous n'avez pas quitté votre fauteuil jusqu'à la fin du film. Ce qui règle le problème. Nous ne vous ennuierons plus. Oubliez ces moments désagréables.

– Oublier... »

Laugel secoua la tête. Il apercevait les yeux tristes du commissaire qui l'observaient. Ses cheveux de neige frémissaient dans la brise du soir. Nargeot dit :

« Je suis désolé, sincèrement. »

Et il le laissa, s'en alla de son allure cassée, le boxer devant lui tendant la laisse comme un chien d'aveugle.

Vendredi 10 août, soirée.

« Messieurs et chers concitoyens, dit le sénateur-maire, bonsoir. »

Il s'arrêta, promena un regard comblé sur la foule qui lui faisait face, des hommes uniquement, de tous les âges, certains accourus de très loin, portant encore les bottes ou le bleu de travail, et qui s'entassaient au coude à coude dans le grand salon, piétinant allégrement les kirmans d'origine et le parquet de chêne marqueté.

Léon Fallière pouvait être satisfait : une fois encore Saint-Caradec-d'en-Haut avait répondu présent à son maire. Pourtant, la réunion n'avait été annoncée que quelques heures plus tôt – un avis laconique, tracé au marqueur rouge et qu'il avait fait placarder à la porte de la maison commune :

« COMITÉ DE PROTECTION DES CITOYENS – Le sénateur-maire recevra ce jour, vendredi 10 août, à 20 h 30, en sa résidence privée de la « Croix-Verte », ceux de ses administrés que le problème intéresse, et entendra leurs suggestions. »

Il était vingt heures trente très précises : le sénateur aimait l'ordre, donc la ponctualité. Fallière était plutôt petit, plutôt trapu, avec un visage coloré tout rond, aux traits mous, épicés d'un carré de moustache poivre et sel. Il compensait sa rusticité foncière par l'extrême soin qu'il accordait à ses tenues, toujours impeccables quelles que fussent les circonstances ou le moment du jour – ce soir, classique costume anthracite au veston croisé, cravate à pois grenat et pochette assortie.

Fallière se tapota le front de son mouchoir, but une gorgée d'orangeade. La température dans la pièce était lourde, malgré les deux baies ouvertes sur le parc, dont on apercevait les grands arbres se détachant sur la ligne bleue des collines. Deux domestiques en veste blanche se faufilaient dans la presse et proposaient des rafraîchissements.

Les dernières conversations s'éteignaient. Léon Fallière s'adossa au précieux lit clos (ciselures et patine d'époque, un siècle et demi de loyaux services) et commença :

« Mes chers amis, de toutes parts, je reçois des appels, me demandant d'agir. Je n'ai pas cru que je pouvais me dérober...

– Bravo ! » dit une voix au premier rang.

Le visage de Fallière se creusa de deux fossettes attendries.

« Oui, je vous ai compris ! Nous sommes enfants de la même terre, nous l'aimons, nous n'aspirons qu'à y vivre en paix. Le civisme, nous l'avons dans le sang, à Saint-Caradec-d'en-Haut ! Il est gravé sur le granit de notre monument aux morts, c'est lui qui a nourri le sacrifice de nos héros, ceux de 14-18, comme ceux des temps noirs de l'Occupation ! Alors, de grâce, messieurs les Censeurs, ne vous trompez pas de cible ! Des leçons de républicanisme, à Saint-Caradec, nous n'avons à en recevoir de personne ! »

On applaudit longuement. Les yeux mi-clos, Léon Fallière savourait en dodelinant de la tête. D'un petit geste de chef d'orchestre il arrêta les claquements de mains :

« Vous êtes venus me voir et vous m'avez dit :

"Monsieur le maire, aidez-nous ! Aidez-nous à redonner à notre belle région la tranquillité d'antan ! Nous ne sommes que d'honnêtes citoyens qui voulons travailler et vivre en paix. C'est pourquoi, nous vous le disons, monsieur le maire, nous en avons assez ! Assez des lâches casseurs du samedi soir ! Assez des rançonneurs de vieillards et des tueurs de gosses !" »

Des ovations éclatèrent. La salle s'embrasait, traversée de larges ondulations, électriques. Les faces étaient congestionnées, des discussions ici et là se nouaient, que brisa la voix forte de l'orateur :

« Voilà ce que vous m'avez déclaré. Et moi, votre maire, je vous réponds : votre révolte est légitime, salubre ! Oui, je suis avec vous ! »

Une seconde fois il brisa de la main la lame qui montait, poursuivit d'un ton plus calme :

« Bien entendu, je ne m'engage pas à la légère sur une voie qui n'est pas sans embûches. Il y a longtemps que ce problème me préoccupe. Investi par votre confiance, plusieurs fois renouvelée, de la sauvegarde de vos intérêts, j'ai déjà pu prendre des contacts utiles en très haut lieu. Aujourd'hui donc j'ai le droit de vous dire que notre effort est suivi avec sympathie, même si les règles du jeu politique interdisent qu'on le cautionne de manière officielle... Vous m'avez compris !

– Oui ! Oui ! cria la salle.

– Il est l'ami personnel de X, le ministre », chuchota à son voisin le correspondant d'*Ouest-France*, Charreteur.

Ils venaient juste d'arriver, et se tenaient à la porte, en retrait.

« Celui qui à la télé hurlait à la mort, avant même l'ouverture du procès de...

– En personne. Ils sont comme cul et chemise. Il paraît que X assisterait au mariage du fils Fallière, en septembre prochain. »

« Nous ne sommes pas seuls ! clamait Fallière. Partout dans le département des bonnes volontés se regroupent et font face. Comme le rappelait récemment le président Romerio, ce magistrat courageux qui a tant fait pour la cause de la légitime défense... »

Applaudissements nourris.

« Le fils est ici ? » dit le voisin.

Charreteur rit en sourdine :

« Ça m'étonnerait !

– Ah ? Pourquoi ?

– Parce que père et fils sont loin d'avoir la même optique. Olivier Fallière professe des opinions, sinon de gauche, n'exagérons pas, disons, de type libéral très avancé.

– Tiens ! Je croyais qu'il était notaire ? » Charreteur gloussa encore :

« C'est vrai que ça surprend un peu, un notaire éclairé ! Pour en revenir à notre sujet, Olivier Fallière est en total désaccord avec son père et il s'est arrangé pour qu'on le sache. La première fois qu'il a été question de leur fameux "comité de protection" – ça fait des mois que l'idée est dans l'air ; en ce sens le double assassinat a été une bénédiction pour nos boutefeux ! – donc à l'époque il y a eu un édito féroce dans *L'Envol,* l'hebdo quimpérois, sous la signature de Loïc Leporon. Leporon est un ami de fac d'Olivier Fallière. On murmure que c'est ce dernier qui aurait inspiré, voire rédigé le papier dans ses grandes lignes. Je vous passerai l'article. »

Le maire était à présent engagé dans un dialogue « démocratique et constructif » avec le public des premiers rangs : modalités techniques de la constitution du groupe, précautions à prendre, limites d'action, etc. Derrière cependant la fièvre avait encore monté. De petits cercles s'étaient formés, où l'on palabrait haut et musclé. Une voix soudain se détacha, éclata, rageuse :

« Vous rigolez, mon vieux ! L'assassin on sait bien où le trouver ! Il suffirait que la police... »

Le maire tourna vivement la tête :

« Attention, mon ami ! dit-il avec force. Pas de propos inconsidérés. Nous ne sommes pas des justiciers. Protéger nos femmes et nos gosses, défendre nos biens, voilà notre raison d'être, notre seule raison d'être !

– Très juste ! Bravo ! Laissez-le parler !

– En ce qui concerne ces sous-sections de quartiers, enchaîna le maire, je pense que la solution la plus rationnelle... »

A la porte, Charreteur allumait une pipe.

« En tout cas, dit-il, pour l'encadrement de ses troupes, Léon Fallière n'aura pas de problème. Ça fait belle lurette qu'il emploie des vigiles à son usine d'Ergué-Gabéric. Et ici même... Vous avez vu la gueule de ses gorilles, à l'entrée de la propriété ? »

Samedi 11 août, 8 heures.

Cadoc frappa, entra sans attendre la réponse, dit « Salut » et s'assit après avoir caressé au passage le boxer qui accourait en agitant son moignon de queue.

Nargeot l'observait par-dessus ses demi-lunes :

« Tu as chiadé la note des R.G. ?

– C'est fait.

– Je t'écoute, David. »

Il croisa les bras. Cadoc ouvrit une chemise cartonnée.

« Je résume. Laugel, Albert, Charles, Marie, trente-neuf ans, né à Oderen (Haut-Rhin). Solides études de type primaire supérieur. Ses maîtres songent pour lui à l'Ecole normale, mais par goût ou par nécessité il s'oriente vers la vie active dès l'âge légal. Jusqu'à son mariage travaille comme forestier avec son père, aujourd'hui décédé. Objecteur de conscience, puis après quelques démêlés avec l'autorité militaire, se résout à faire son service. Passe pour un contestataire, mais pas d'activité politique connue. Rencontre Elizabeth Ropers à l'occasion d'un stage de ski de fond que la jeune fille effectue à Rouge-Gazon, près de Bussang, dans les Vosges, et l'épouse six mois plus tard. Représentant en alcools alsaciens depuis son mariage, activité qu'il poursuit encore. Actuellement fixé à Eguisheim (Haut-Rhin), mais revient fréquemment à Oderen, où résident sa mère et son frère cadet. Le rapport le présente comme cultivé, passionné de lecture et en bonne part autodidacte.

– Rien sur le divorce ? »

Le rouquin posa le dossier sur ses genoux.

« Rien à dire vraiment que nous ne connaissions ou ne soupçonnions déjà. Il est évident que les deux époux étaient le plus dissemblables possible, si l'on fait abstraction d'une certaine tendance libertaire qui paraît leur avoir été commune. Elle, c'était l'intellectuelle, fille et petite-fille d'instituteurs, licence de langues et deux certificats de psycho, militante dans des tas de machins, très style « cause des femmes », tu vois... En fait, elle épouse un paysan. Ces trucs-là marchent rarement longtemps. Il semble bien que Laugel assez vite en ait eu sa claque. »

Il passa ses doigts en fourche dans sa crinière de feu.

« Par parenthèse, je le comprends. La gueule des féministes de choc, moi ça me fait froid dans le dos !

– Toujours excessif, David, dit Nargeot. Elizabeth Ropers n'avait rien d'une harpie ! Qui a demandé le divorce ?

– Laugel.

– Motif ?

– N'apparaît pas très consistant : absences fréquentes de la dame, repas pas préparés, intérieur négligé, des foutaises ! Dans la réalité, on peut estimer que tous deux trouvaient leur compte dans la séparation. Ils se revoyaient périodiquement pour le gosse. Pas d'animosité sensible. Tu as entendu dire que le soir de l'assassinat elle l'a invité à dîner avec elle, et c'est plausible. Les propos tenus par les beaux-parents sont très sujets à caution : entre eux et lui ça n'a jamais été le grand amour.

– Pourquoi ?

– Je crois qu'ils avaient rêvé d'un autre parti pour leur fille. Un bouseux, même évolué, tu comprends... On a beau avoir la tripe républicaine ! Ropers, l'instit, ne doit pas être marrant tous les jours, et on imagine que lorsqu'il a quelqu'un dans le nez ! Voilà, je pense que c'est à peu près tout.

– Donne. »

Nargeot feuilleta le rapport, puis il le referma, parut le soupeser.

« Des noms, dit-il, un profil, des dates... Et pourtant nous restons à la porte. La vérité de ce couple, sa vérité profonde, qu'est-ce que nous en savons ? Ils ont vécu ensemble, ils se sont séparés, ils se sont revus... »

Il eut un petit geste d'impuissance, plaça la chemise sur le bureau.

« Il voulait peut-être malgré tout renouer ? dit Cadoc. Elle, non. Une altercation qui tourne au vinaigre et...

– Mais il y a le gosse, coupa Nargeot, et ça c'est un morceau dur à avaler ! Aucun témoignage sérieux ne met en doute son affection pour l'enfant. D'ailleurs, je ne vois pas un être normal qui aurait pu de sang-froid... Un gosse de cinq ans à peine ! »

Un silence. Dans le bureau des inspecteurs, le rire épais de l'O.P. Le Dizet, qui déferlait, inextinguible.

« Je te rappelle, dit Cadoc doucement, que le gosse n'aurait pas dû être à la maison ce soir-là. L'assassin peut-être l'escomptait ? D'où surprise, affolement...

– Oui. Ce que tu as appelé une bavure... Il ne s'agit donc pas de Laugel, dans cette hypothèse... »

Il se mit debout.

« A quelle heure les obsèques ?

– A quinze heures. On y va, je suppose ?

– Oui.

– Tu espères que l'assassin...

– Je ne sais pas, dit Nargeot. Laugel en tout cas y sera. »

Cadoc caressait d'un doigt, à rebrousse-poil, le dos du boxer, qui s'était couché sur ses chaussures.

« Laugel... Pourquoi t'intéresses-tu tellement à lui ? Puisque de ton propre aveu il y a peu de chances qu'il soit dans le coup ? »

Nargeot lentement ôtait ses lunettes, en repliait les branches.

« C'est vrai, pourquoi... Disons, un instinct, l'impression que le drame, d'une certaine manière, passe par lui. Impression très floue, tu vois, très peu rationnelle... »

Le silence tomba, chacun suivant ses pensées. Les deux hommes s'accommodaient très bien de ces temps morts dans leurs conversations. Bien que tout les séparât, l'âge, le grade, le caractère, ils avaient sympathisé dès leur premier contact. Nargeot, pourtant pointilleux en matière d'étiquette, acceptait que son subordonné le tutoyât ; lui-même lui parlait comme à un fils. Resté veuf, sans enfants, il vivait dans la vieille ville, place au Beurre, avec sa mère déjà âgée et de santé fragile. Un être grave, secret, l'antithèse de son collaborateur qui bouillonnait d'activité, pratiquait le jogging et le karaté, additionnait les succès féminins sans jamais se laisser mettre le fil à la patte. Cadoc n'avait plus de famille, hormis une marraine habitant Vannes, qui l'adorait et dont il parlait souvent avec tendresse. Nargeot ne se confiait jamais sur son mariage, mais Cadoc sentait confusément qu'il projetait sur lui l'affection mise en réserve pour ce garçon qu'il n'avait pas eu.

A son tour il se leva, réveillant le boxer assoupi. Il tapota de l'auriculaire un journal plié à l'angle du bureau :

« Tu as lu le papier du sénateur-maire ? Sur la naissance du "Comité de Protection" ?

– Oui. Fallière n'a pas perdu de temps : l'article était écrit avant même la réunion d'hier soir.

– Qu'est-ce que tu en penses ?

– Beaucoup de mal. C'est la conjonction de la cagoterie et du cynisme ! Au bout, la violence qu'on prétend vouloir juguler. Le titre même du papier me révulse : "En notre âme et conscience..."

– Mais enfin, qu'est-ce qu'il veut ? Il ne peut pas ignorer que la loi...

– Il n'ignore rien, dit Nargeot avec une passion sourde. Il a fait ses comptes, crois-moi. Il chauffe sa place ! Léon Fallière connaît admirablement sa clientèle. Il existe dans nos régions un courant en faveur de "l'auto-défense". Fallière désire l'accaparer, l'incarner. Le drame de Saint-Caradec est survenu à point nommé pour lui fournir un argument massue. Il va donc l'exploiter, à fond. »

Il glissa ses lunettes dans sa pochette.

« Ce qui sortira de tout ceci, je ne le sais pas. Rien de bon pour nous, en tout état de cause. Déjà la grenouillère s'agite, on exige des résultats ! Le juge Bernard m'a appelé deux fois ce matin. Bientôt ce sera Claron, le procureur, et pourquoi pas la chancellerie !

David, mon petit père, on n'a pas fini d'en baver, fais-moi confiance ! »

Cadoc soupira :

« Ce qui veut dire que mes vacances...

– ... attendront. J'ai besoin de toi.

– Tu es odieux, Saint-Just ! »

Il affublait son patron de ce sobriquet, sans que Nargeot s'en offusquât.

« Ta nouvelle bagnole ?

– Précisément, elle est arrivée, et tu sais que j'avais projeté...

– C'est quoi déjà ?

– Une Fiat Grand Sport décapotable...

– Ah !... Ça va chercher combien, ces joujoux-là ? »

Cadoc sourit

« Beaucoup trop ! La tantine de Vannes a été chou.

– Vu. Elle t'a encore prêté à fonds perdus ! Comment elle va ?

– Couci-couça, mais un moral ! Et chez toi ? »

Nargeot eut un geste las, dit :

« Ma mère te réclame, David. Si on cassait une petite croûte ensemble, demain midi ? »

Cadoc dit oui, c'est noté, et se retira.

Samedi 11 août, après-midi.

15 h 45. Un ciel lisse, d'un blanc éblouissant, une chaleur meurtrière, sans un souffle. Tout à l'heure, dans l'église de Saint-Caradec-d'en-Haut pleine à craquer, dont on avait ouvert toutes les portes, une femme s'était trouvée mal.

Et maintenant Liz et Sébastien partaient pour le

dernier mouillage. Roulement feutré du fourgon, piétinement du cortège et, derrière, les deux notes du glas, obsédantes. Laugel conduisait le deuil, avec son frère Paul arrivé d'Oderen la veille très tard. Leur mère n'avait pas pu faire un si long voyage. Elle lui avait écrit quelques lignes tremblées, mon pauvre petit, reviens-nous vite...

A quelques mètres devant lui, les deux cercueils, l'amoncellement des œillets et, occupant toute la largeur du véhicule, la gerbe somptueuse dont les lettres d'or dansaient sur le ruban moiré : LE SÉNATEUR-MAIRE. Derrière Laugel et son frère, nettement séparés, la famille de Liz, puis la foule, énorme, tassée, engorgeant la rue. Les chaussures piétinaient sur l'asphalte poudreux. Comme un bourdonnement de ruche parvenait à Laugel la rumeur des conversations. Il y avait ceux qui parlaient de Liz et de l'enfant, ceux qui parlaient de lui. Il y avait ceux qui se lamentaient sur cet après-midi perdu, alors que dans les champs, à cette époque, on avait tant à faire. Aux portes des maisons, au coin des ruelles, passants et curieux se découvraient, esquissaient un signe de croix, les lèvres battaient pour une prière.

Laugel transpirait, les chevilles endolories, mal à l'aise dans le vêtement de cérémonie que son frère lui avait apporté d'Alsace. Au fond, toute blanche sous le soleil, la ligne ondulante des collines. Une alouette, à la verticale du fourgon, pépiait. Par intermittence montait d'une haie lointaine le jappement d'une tronçonneuse.

Il s'avançait, les yeux vides. Il était redevenu l'étranger. Cette terre pourtant, comme elle l'avait séduit ! Il l'avait passionnément aimée dans son opulence

59

printanière, dans les odeurs de cannelle de ses fumées de septembre, dans le sourire ridé de ses soleils d'hiver... Aujourd'hui il la regardait sans voir, le cœur froid, somnambule se mouvant au milieu d'un décor lunaire. Il entendait le claquement de ses chaussures, il notait la poussière montant sous les roues du fourgon, il emmagasinait tout, et en même temps il était ailleurs, bien loin, parmi les vignobles bleus, crénelés comme une mer. Etranger...

Ils passèrent le portail du petit cimetière enchâssé entre les cyprès. Ils montèrent une allée, s'arrêtèrent devant une fosse.

Voilà, il était arrivé au terme, lieu de confluence pour toujours de sa peine et de sa mauvaise conscience. Les boîtes tanguaient, celle-là si petite, ne la heurtez pas... Le grincement des cordes qui remontaient en raclant le bois... Liz et Sébastien avaient trouvé leur couche d'éternité, la mère et son enfant, blottis côte à côte jusqu'aux trompes du Jugement. La prière tombait, mate, sur la foule soudain figée. Et le maire qui sortait du rang, tout de noir vêtu, qui lisait son feuillet, ses phrases ricochaient contre les croix :

« Unis dans la compassion et le refus d'accepter... Oui, devant la tombe fraîche de ces innocents, faisons le serment que ce crime odieux... »

Le cantonnier-fossoyeur aux gros bras velus crachait dans ses paumes et empoignait la pelle. La terre s'écrasait, sonore, contre le chêne. Laugel tressaillait, cœur crevé, il vacillait un peu. La main de son frère le soutenait. A quelques mètres les parents de Liz... quelques mètres, un infini de haine.

Il n'y eut pas de condoléances officielles, et Laugel en fut soulagé : il n'aurait pas pu tenir sa place Quelques mains tendues pourtant, celle du prêtre, suant sous ses ornements, celle de Leporon, le patron de Liz, celle d'Olivier Fallière.

C'était fini. Le clan Ropers s'éloignait à petits pas dans l'allée centrale, tous serrés frileusement les uns contre les autres. Le cimetière se vidait, redevenait un jardin paisible où les moineaux piaillaient. A son tour Laugel fuyait comme un coupable sans regarder derrière lui. Paul lui avait pris le bras.

« Tu rentres quand ?

– Je ne sais pas, dit Laugel. Dans quelques jours, sans doute. J'ai tout mon temps, je suis en vacances. »

La phrase faisait mal. La pression de la main se durcit.

« Ça m'ennuie de te laisser. Si je téléphonais à Marthe ? Que je sois avec toi au moins ce soir ? »

Paul et sa femme tenaient depuis peu un petit restaurant aux portes d'Oderen, et Laugel savait combien en saison l'absence du chef était fâcheuse.

« Mais non. On a besoin de toi là-bas. D'ailleurs ce soir, je ne peux pas t'expliquer, mais je préfère être seul. »

Paul approuvait de la tête avec sympathie et n'insistait pas. Il avait du mal parfois à suivre les méandres de cette sensibilité sauvage, mais la respectait. Tout à l'heure déjà Laugel avait refusé avec une pointe d'agacement de monter dans la voiture de son frère :

« Je peux encore conduire ! »

Albert avait été très heureux de la présence de son cadet, ils avaient parlé la veille, jusque tard dans la nuit. Maintenant c'était l'heure du silence.

Ils parvinrent à la voiture de Paul. Ils s'embrassèrent.

« Courage, vieux. Je te téléphone dès mon arrivée.

– C'est cela. Embrasse bien notre mère. Tu lui diras que... »

Il hésita, ne trouva rien d'autre qu'un maladroit : « Je serai de retour bientôt. » Il resta sur place pendant que la 305 effectuait sa manœuvre, répondit de la tête au geste d'au revoir de son frère, regagna la R 16 qu'il avait garée au parking de l'église. Quand il passa, le café-tabac vrombissait de voix excitées. A travers le brouhaha, il devina la mitraillade des regards sur sa nuque, mais il ne se retourna pas. Il ouvrit la portière de la R 16. Un pas derrière.

« Monsieur Laugel ? »

Il reconnut Olivier Fallière.

« Vous rentrez à Quimper ?

– Oui.

– Ma voiture est en révision. Est-ce que vous pourriez me déposer ? Pardonnez-moi, peut-être préférez-vous...

– Mais non, entrez, monsieur Fallière. »

Ils sortirent de Saint-Caradec.

« Je ne vous ai pas encore remercié, dit Laugel, pour votre témoignage.

– Je suis heureux d'avoir pu vous obliger. Je l'aurais fait plus tôt, mais j'ignorais que vous étiez en butte aux tracasseries des flics. C'est Loïc Leporon qui m'en a parlé, le directeur de *L'Envol* : il a des antennes à la police et sait beaucoup de choses.

– Une coïncidence providentielle, dit Laugel. Moi, je ne vous ai pas remarqué au cinéma. »

Fallière eut un rire malicieux :

« Ça ne risquait pas de se produire ! Je n'étais pas au Korrigan mercredi soir ! »

Laugel tourna la tête :

« Dangereux, non ?

– J'avais déjà vu *Robert et Robert*. Et puis... En fait, je crois que Nargeot a sauté sur le prétexte à pieds joints. Il devait se rendre compte que son affaire était bien mal emmanchée... Ils ont été odieux, n'est-ce pas ? »

Laugel haussa les épaules :

« Je suppose qu'ils faisaient leur métier.

– L'imbécillité me révolte, d'où qu'elle vienne, flics ou populace. On ne l'a que trop vue tous ces temps-ci... »

Laugel se rappelait l'article de journal qu'il avait lu le matin même, relatant la réunion de la veille au domicile du sénateur-maire, les déclarations que ce dernier y livrait à ce propos : « En notre âme et conscience ». Il se dit qu'Olivier y faisait allusion, mais il ne se crut pas autorisé à lui en parler. Durant un long moment, ils n'échangèrent que des banalités.

Ils approchaient de Quimper. A une courbe de la route, les deux flèches de la cathédrale venaient d'apparaître.

« Je vous dépose où ?

– Où êtes-vous descendu ?

– A la Duchesse-Anne.

– J'habite rue du Parc. Si vous pouviez m'arrêter place Saint-Corentin ?

– Bien sûr. Vous ne vivez plus à Saint-Caradec ?

– Non. J'y ai mon étude, mais j'ai pris un appartement à Quimper : je ne pouvais plus supporter l'atmosphère du bourg ! Et je ne me sentais pas le droit de l'imposer à ma future femme.

– C'est vrai, dit Laugel, Liz m'en avait parlé. Tous mes compliments.

– Oui, la grande aventure... C'est dans moins de quatre semaines. »

Laugel avait relevé dans les derniers mots un soupçon d'amertume. Olivier aussi en avait conscience, car il se reprenait :

« Béatrice est une personne remarquable, très simple en dépit de son milieu. Nous étions d'accord tous les deux pour une cérémonie dépouillée. Hélas ! Le poids de la famille ! On se croit affranchi, et on se laisse entortiller ! Ce ne sera pas un moment agréable, ni pour Béatrice, ni pour moi-même... »

Il s'interrompit :

« Excusez-moi. Mes problèmes doivent vous paraître bien mineurs au regard des vôtres !

– Mais non, dit Laugel ! Je vous souhaite beaucoup de bonheur. »

Ils entraient dans Quimper. Au ralenti Laugel progressait vers la cathédrale par de petites rues encombrées de travaux de voirie.

« Vous repartez bientôt en Alsace ? demanda Olivier.

– Je ne sais pas. J'ignore absolument ce que seront les heures qui viennent. »

Il s'arrêta, reprit aussitôt :

« Oui, la tentation est bien forte de repartir tout de suite et de... de replonger dans la vie, de m'abrutir de travail... »

Un peu étonné il s'écoutait se livrer à cet homme qu'il connaissait mal et dont il sentait sur lui le regard attentif.

« A d'autres moments, continua-t-il, je me dis que je n'ai pas le droit, que ce serait une sorte de lâcheté... »

Très bas, presque pour lui-même, il ajouta :
« Je voudrais savoir.

– Savoir ?

– Connaître le visage de celui qui a tué mon gosse. »
Fallière observa un moment de silence. Puis :

« J'imagine que la réponse, vous n'allez pas l'attendre de la police ? Vous ne souhaitez pas rester passif ? »
Laugel approuva d'un petit signe.

« Comment comptez-vous procéder ?

– Je n'ai pas de plan, dit Laugel. Je ne sais même pas si j'aurai assez de volonté pour... Si c'est le crime d'un rôdeur, je n'ai évidemment pas la moindre chance. Mais il peut s'agir de tout autre chose, la police aussi y a pensé, Liz rencontrait beaucoup de monde... »

En prononçant ces mots il entendait en contrepoint la réflexion de son ex-femme au moment où il la quittait : « Tu sais, dans mon boulot, je côtoie des gens curieux ! » Il dit :

« Vous connaissez bien Leporon ?

– Très bien, c'est un ami.

– J'aimerais lui parler.

– Aujourd'hui ? On est samedi, et je ne pense pas...

– Non, bien sûr, un autre jour.

– Alors là rien de plus aisé. Ses bureaux sont rue du Moulin-Vert. Vous connaissez ?

– Oui, je vois.

– Le numéro... Attendez. Il y a un salon d'esthéticienne, et juste en face un café-tabac, vous trouverez facilement. Leporon sera très heureux de bavarder avec vous. »

Ils arrivaient à la place de la cathédrale, pétillante

d'estivants. Laugel arrêta la R 16 en double file. Olivier fouillait dans son portefeuille :

« Voici ma carte. Si vous avez besoin de moi, n'hésitez pas.

– Merci, dit Laugel, merci pour tout. »

Ils se serrèrent la main. Les yeux d'Olivier s'étaient embués, ses joues, ses lèvres tremblaient.

« Liz pour moi c'était... toute mon enfance et... »

Il ne put continuer, il s'excusa d'un haussement d'épaule et sortit sans se retourner.

... Laugel ne l'avait pas prémédité. Tout à l'heure il était sincère, quand il disait à son frère qu'il rentrerait bientôt en Alsace. Il n'avait pas prévu cette fièvre, impérieuse, qui sourdait dans ses veines. Jusqu'où l'entraînerait-elle ?

Il tourna vers les quais pour rentrer à l'hôtel.

Lundi 13 août, en fin d'après-midi.

Loïc Leporon était un petit homme très affable, au visage presque enfantin, que ni le collier de barbe blanche ni les lunettes à grosse monture d'écaille ne suffisaient à durcir.

La disparition de Liz l'avait beaucoup marqué.

« Liz était une collaboratrice hors pair. Sans elle *L'Envol* ne sera plus tout à fait le même.

– C'est pour cela que j'ai voulu vous voir, dit Laugel. Vous l'avez approchée régulièrement. Avez-vous eu l'impression ces derniers temps qu'elle eût des problèmes, des soucis inhabituels ? »

Leporon soupira :

« La police aussi me l'a demandé. Que vous dire ? »

Il finit de bourrer sa pipe à tuyau tronqué, l'alluma, se renversa en arrière, fit rouler le siège du fauteuil tournant.

« Je la voyais finalement assez peu. Chaque mercredi matin, quand elle me remettait son texte, ou alors de manière exceptionnelle. Nous avions en ces occasions de longues conversations, toujours enrichissantes pour moi. Mercredi dernier encore... »

Il réfléchissait, en tirant à petits coups sur son tuyau.

« Non, je n'ai rien remarqué de particulier... toujours ce foisonnement d'idées pour rendre la rubrique plus efficace... nerveuse, certes...

– Plus qu'à l'ordinaire ? »

Leporon pesait chacun de ses mots avant de les livrer.

« J'essaie de me rappeler. Il y avait toujours ce flot verbal... Je revois ses mains, perpétuellement en action, si éloquentes elles aussi ! Plus nerveuse... Franchement, je ne puis l'affirmer. Vous savez qu'elle suivait un traitement ?

– Oui, dit Laugel. En quoi consistait son travail auprès de vous ? Je n'en ai qu'une idée sommaire.

– Quand elle est entrée à *L'Envol,* nous y avions une modeste section d'aide aux lecteurs, du style "réponses à tout". Elle m'a soumis son projet, et elle m'a convaincu : on ne résistait guère à Liz ! C'est elle qui a créé "Le Courrier d'Eve", d'abord mensuel, puis hebdomadaire, et qui a vite connu une grande faveur auprès du public féminin.

– Elle m'en a parlé, dit Laugel. En somme, une espèce de courrier du cœur ? »

La pipe de Leporon battit l'air vigoureusement :

« C'était l'anti-courrier du cœur ! Liz avait en horreur la guimauve. Son objectif : assister réellement les femmes en difficulté, celles qu'elle appelait les victimes. »

Il se pencha sur le bureau :

« Il faudrait que vous lisiez ses courriers. Vous constateriez, sous l'enveloppe très personnelle, le sérieux, la richesse de ses conseils. Il n'y a rien d'excessif à son propos à parler d'apostolat ! Un peu à mon corps défendant, je l'avais autorisée à fournir à ses correspondantes son numéro de téléphone privé, et je sais que sa porte leur était largement ouverte. »

Laugel suivait son idée

« Elle devait s'attirer bien des inimitiés ?

– C'est vraisemblable, dit Leporon. Les attitudes qu'elle préconisait étaient parfois si brutales ! Je suppose que certains n'appréciaient pas ! Mais... »

Il devinait le cheminement de la pensée de Laugel, se donnait un temps de méditation supplémentaire à l'abri d'un rideau bleu, remarquait :

« Mais de là à imaginer cette abomination... »

Laugel se mit debout.

« Puisque vous me le proposiez... Est-ce que je pourrais jeter un coup d'œil sur les articles ?

– Certainement. »

Il délesta le fourneau de sa pipe dans un cendrier, se leva.

« J'ai là toute la collection. Si vous voulez me suivre. »

Ils passèrent dans une resserre entièrement tapissée de rayonnages métalliques, sur lesquels étaient empilés des paquets de journaux ficelés par liasses. Leporon alluma et désigna une rangée :

« La rubrique qui vous intéresse commence ici.

68

C'est dans l'ordre, à l'avant-dernière page. Vous avez la petite table devant la fenêtre, si vous désirez vous asseoir.

– Merci.

–Je vous laisse. Prenez tout votre temps. »

Il sortit. Laugel défit la cordelière, commença de parcourir le premier numéro. Et tout de suite elle fut là, vivante, avec sa passion, ses partis pris, ce besoin agressif de convaincre, qualités et défauts confondus qui un temps l'avaient séduit, avant de lui devenir insupportables. Recettes à l'emporte-pièce : « Votre mari vous trompe ? Trompez-le. – Ce fiancé est une nouille débile : rompez d'urgence. – Votre chef de rayon, madame, n'est plus d'âge à jouer les Apollons. Offrez-lui donc *L'Art d'être grand-père* : il ne s'en remettra pas », etc. Philippiques au vitriol contre le sexe dominateur, règlements de comptes sans nuances... Mais aussi que de réflexions profondes, soutenues par une sensibilité juste et par la volonté d'assister ces femmes frustrées, déboussolées, auxquelles elle s'acharnait à rendre l'espérance !

Il lut d'affilée plusieurs « Courrier d'Eve », dans leur intégralité, puis picora ici et là. Le soir tombait. Dans la pièce voisine Leporon marchait, et Laugel se demanda s'il ne le retenait pas au bureau abusivement. Au fait, qu'est-ce qu'il cherchait ? Il voyait les piles, interminables... Il sortit les derniers numéros parus, qu'il survola d'un œil déjà distrait. Son cœur sauta. Un mot venait d'accrocher son regard, un prénom. C'était au bas de la rubrique, une sorte de post-scriptum :

« Pour Carol. J'aimerais vous aider. Mais votre cas,

vous en conviendrez, déborde les limites de cette chronique. Et je n'ai même pas votre adresse ! Eve. »

Laugel reposa le papier, releva les yeux. Il gardait un souvenir cru du bref incident survenu le mercredi soir précédent dans le hall de Saint-Caradec, quand il avait fait observer à Liz que la suscription d'une de ses lettres était incomplète. Carol... c'était bien ce prénom. Il nota la date de la parution : le 12 juillet, un mois plus tôt. Il replia le journal, remit les liasses en ordre. Il retrouva Leporon, qu'il remercia, et il le quitta sans lui souffler mot de sa découverte.

A la poste, il contrôla l'adresse du motel figurant sur la lettre en question, et dont il n'était plus très sûr : « Motel des Genêts, route de Bénodet. » Il repartit aussitôt.

Une très jeune femme se tenait à la réception, élancée, fin visage et gros chignon sage qui dégageait le front bombé et étirait les yeux.

« Monsieur ? »

Il se courba pour murmurer :

« Y a-t-il une personne ici qui se fait appeler Carol ? »

Les paupières délicatement ombrées battirent sur les prunelles myosotis, le front vaste se plissa, et Laugel se sentit rougir, comme s'il lui avait adressé une offre déshonnête.

« Carol, dit-elle, vous ne connaissez pas son nom ? »

Il secoua la tête. Elle parcourut du doigt un registre, mais il la voyait distraite, vaguement troublée.

« Non, il n'y a rien. Un simple prénom, vous pensez... D'autant que nos clients ne sont pas tenus de décliner leur identité.

– Mais quand ils reçoivent du courrier ? »

Elle pointa le doigt :

« Les casiers, juste derrière vous... »

Il pivota, remarqua, accrochées au mur, les deux séries de boîtes superposées. Dans l'une d'elles une dame âgée en peignoir jaune et bigoudis mauves était occupée à fouiller.

« Il y a autant de cases que de lettres de l'alphabet, continua la réceptionnaire, chacun peut y accéder librement, la règle de notre motel étant de respecter au maximum l'indépendance de nos clients. »

Laugel se retourna, buta contre le regard interrogateur. Il bredouilla :

« Merci, excusez-moi. »

Et tourna les talons.

Il revint lentement vers Quimper. Les abords de la ville à cette heure étaient congestionnés par le retour des travailleurs de la zone industrielle et des vacanciers qui rentraient des plages. Laugel regrettait sa démarche, qui lui avait beaucoup coûté sans rien lui apporter de tangible. Mais il avait beau se répéter qu'il avait eu tort de s'enflammer sur un prénom, il rechignait à tourner la page. Carol... Il n'avait pas rêvé ? Pourquoi Liz avait-elle si vivement réagi à sa remarque anodine l'autre soir ? Et il était un fait, incontestable : il avait bien posté une lettre à ce prénom, elle était arrivée au motel le jeudi, ou au plus tard le vendredi, c'est-à-dire il y avait trois jours. Et là-bas, il n'existait pas de Carol ! Elle n'avait jamais existé, on ne s'en souvenait pas en tout cas. Cette anomalie à elle seule méritait examen.

Une pensée lui traversa l'esprit : et si Carol n'était qu'un pseudonyme ? Il revoyait la vieille femme aux rouleaux de mise en plis mauves farfouillant dans les

71

casiers. « Chacun peut y accéder librement », avait dit l'hôtesse. Donc... Donc, par exemple, n'importe qui au motel aspirant à l'anonymat avait la faculté de s'y faire adresser du courrier à ce prénom et de le retirer en toute quiétude.

Il y réfléchit en remontant les quais, vit en un éclair comment il devait procéder. Il était 19 h 10 lorsqu'il atteignit la gare. Il pénétra dans un tabac-bazar, se fit montrer les coffrets de correspondance, choisit un papier fantaisie d'un vert soutenu, au coin décoré d'un entrelacs fleuri. Il revint à la voiture, glissa dans l'enveloppe une feuille vierge, rédigea l'adresse : *Carol, Motel des Genêts*, affranchit la lettre. Il posta le pli à la boîte de la gare après s'être assuré que la dernière levée n'avait pas encore eu lieu.

Il dîna tout à côté, dans le petit restaurant où il s'était déjà arrêté quelques jours plus tôt. Puis il regagna l'hôtel, se coucha aussitôt.

Sa fièvre était tombée. Il avait oublié Carol, cette quête hasardeuse où il se jetait. Immobile, les yeux fixés sur le coin supérieur de la fenêtre, qu'un reflet crépusculaire lavait de rose tendre, il était retourné à Saint-Caradec-d'en-Haut, au pied d'un tumulus, et il songeait à Liz et à son petit, tout seuls, écoutant le pas froid de la nuit qui venait.

Mardi 14 août.

Laugel vit la fourgonnette jaune des P.T.T. qui débouchait sur l'esplanade et stoppait devant l'entrée du motel. 9 h 15. L'attente n'aurait pas été trop longue.

Il était arrivé dès 7 h 30 et s'était assis à la lisière du bar, avait commandé un café noir, puis un deuxième. L'hôtesse n'avait pris son service qu'à huit heures et ignorait qu'il était là. Où il s'était installé, à demi masqué par l'un des piliers quadrangulaires tapissés de mosaïque, elle ne pouvait pas le remarquer. Il ne la voyait pas davantage, distinguait seulement le tablier du comptoir.

Le préposé franchissait la double porte vitrée et marchait en sifflotant vers la réception. Il dit salut à la cantonade, déposa sur la tablette un paquet de correspondance ficelé. Il échangea avec la jeune femme quelques mots, que Laugel ne comprit pas, et alla s'accouder au bar, où il se fit servir un demi panaché.

Laugel continuait d'épier par-dessus *Le Télégramme*, qu'il avait déployé devant lui. Sa faction pouvait durer des heures. Mais il était résolu à ne pas bouger, aussi longtemps qu'une main n'aurait pas cueilli dans l'un des casiers la grande enveloppe oblongue verte. Au besoin il déjeunerait sur place, en choisissant une table un peu en retrait dans la salle de restaurant qui prolongeait le bar.

Derrière lui, des pensionnaires prenaient leur petit déjeuner, s'attardaient en papotant d'une table à l'autre. Des haut-parleurs invisibles diffusaient une musique d'ambiance. Deux très jeunes hommes au physique ambigu passaient la porte, main dans la main, l'un serrant un chat contre sa poitrine, un angora superbe paré d'un collier rouge à grelots. Une dame en grand uniforme immaculé se dirigeait vers le court qu'on distinguait au bout de l'esplanade, à travers les vastes baies festonnées d'une cantonnière à fleurs.

Le facteur reposa sa chope, jeta de la monnaie, répéta salut, et tourna les talons.

Laugel s'énervait. Il ne voyait pas ce que faisait l'hôtesse, supposait qu'elle était occupée à classer les lettres, car elle était seule à la réception. Quand elle tomberait sur l'enveloppe verte, elle allait se poser des questions. Elle n'avait pas pu oublier sa démarche de la veille, il avait encore à l'esprit son expression étonnée. Un détail le chiffonnait. Si c'était elle qui chaque matin prenait le courrier en charge, elle avait bien dû remarquer les lettres adressées à Carol – celle, par exemple, qu'il avait lui-même postée le mercredi précédent. Pourquoi avait-elle joué la surprise ? Ou alors, elles étaient plusieurs à se répartir la tâche ?

Il l'aperçut enfin qui poussait la porte basse de la réception et allait vers les casiers à petits pas dansants, juchée sur de hauts talons. Très mince, élégante. Elle se mit à distribuer les lettres, en commençant par l'extrême gauche des râteliers. Le cou tendu, Laugel détaillait ses gestes. A d'abord. B... C... Il se pencha encore. Une, deux, trois, quatre plis tombèrent. Pas d'enveloppe verte. Une cinquième lettre glissa sur les précédentes. Et déjà l'hôtesse attaquait le casier voisin.

Laugel tamponna ses tempes. Il était désarçonné, lourdement déçu. A toute vitesse, il réfléchissait, s'accusait aussitôt de légèreté. La seule donnée dont il n'eût pas tenu compte : les caprices de plus en plus fréquents de la distribution postale, surtout en période estivale. Combien de fois encore allait-il être condamné à reprendre ces factions insipides ?

Elle avait terminé et rejoignait la réception, les mains vides. Laugel flotta un instant. Et si simplement il avait mal vu ? Compte tenu de la distance entre les râteliers et le bar, l'hypothèse n'était pas absurde. Il joua son va-tout. Il se leva et se dirigea vers les boîtes. C... De l'index il décolla les lettres. Il y en avait bien cinq, mais non la sienne. Quelques secondes d'indécision totale, très désagréables. Il cherchait une attitude, n'osait ni gagner la sortie ni se retourner.

Dans son dos, il savait que la jeune femme suivait son manège. Elle allait l'interpeller, le sommer publiquement d'expliquer à quel titre il furetait dans la correspondance de ses clients. Des gens quittaient la salle de restaurant et venaient à leur tour au courrier en bavardant. Laugel vira sur ses talons. Il saisit le regard bleu posé sur lui. Et il eut une révélation fulgurante. Carol... Carol, c'était elle ! Au passage elle avait retenu la lettre, comme les autres fois. Elle était la mieux placée pour cette discrète soustraction, comment n'y avait-il pas pensé ? Sa réaction la veille, quand il avait prononcé le prénom, aurait pourtant dû lui mettre la puce à l'oreille !

Il s'avança vers la réception. Elle ne le quittait pas des yeux, comme médusée. Quand il fut devant elle, il nota sa pâleur, très sensible sous le maquillage.

« On vient de vous remettre une lettre pour Carol, une longue enveloppe verte à fleurs. Pourquoi l'avez-vous gardée ? »

Il ne se trompait pas. Les paupières s'affolaient, elle jeta sur le hall, le bar, un furtif coup d'œil, dit à voix basse :

« C'est vous qui avez téléphoné ?

– Non. A quel propos ? »

Elle ne répondit pas, l'examina un moment. A côté, le garçon du bar chantait en bouchonnant ses verres.

Des pensionnaires devant les boîtes aux lettres se saluaient cérémonieusement.

« Qui êtes-vous ? »

Il ne vit pas l'utilité de mentir.

« Laugel. »

La ligne mince des sourcils se rida. Elle cherchait à rassembler ses souvenirs, le nom manifestement lui rappelait quelque chose.

Il ajouta :

« Le père du gosse assassiné à Saint-Caradec.

– Oh ! mon Dieu ! »

Elle se mordilla la lèvre. Deux pastilles roses tachant les pommettes trahissaient son émotion.

« C'est moi qui vous ai adressé la lettre, une enveloppe vide. Vous êtes Carol ? »

Elle continuait de le fixer, les yeux écarquillés, comme si elle le découvrait soudainement. Puis elle abaissa les paupières, elle dit de sa voix chuchotée, un peu rauque :

« Il faut que je vous voie. Pas ici... »

Une nouvelle fois, elle balaya les alentours d'un regard circonspect.

« Chez moi, tout à l'heure, midi et demi... »

Elle griffonna quelques lignes sur un bloc, glissa le feuillet sur la tablette. Il lut : « Sophie Ridoni, 43, rue des Réguaires. »

Elle inclina le buste, lui souffla :

« Venez discrètement. »

Elle parut alors se désintéresser de lui, elle sourit au grand escogriffe blond en bermuda qui approchait, un guide touristique ouvert à la main. Laugel gagna la porte. Dehors la lumière rouge du plein matin l'étourdit. Il s'arrêta, suivit un instant des yeux les formes blanches qui s'agitaient sur le court. A petits pas il se dirigea vers le parking, retrouva sa voiture.

« Venez discrètement. » La recommandation de l'hôtesse n'était sans doute pas superflue. Depuis sa visite à Leporon, Laugel pressentait que la piste sur laquelle il s'était engagé n'était pas sans risques. Il était en outre persuadé que, malgré l'apparence, Nargeot et son équipe ne l'avaient pas perdu de vue : on avait seulement donné du mou à la corde.

Longtemps, il sillonna le lacis des petites rues autour de la cathédrale, l'œil attaché au rétroviseur. Il finit par se garer place Masson, à une centaine de mètres de la rue des Réguaires, qu'il aborda d'un pas de flâneur. Le quartier était calme et gris. A cette heure les commerçants avaient déjà fermé boutique. Le 43 était une maison antique à encorbellement, offrant sur trois étages un colombage de poutres vernissées, entre d'étroites fenêtres à croisillons.

Laugel se hissa sur un escalier contourné qui sentait le salpêtre. Au deuxième, il lut le nom encastré dans la sonnette, appuya sur le bouton.

Elle vint ouvrir en silence, et l'introduisit dans un séjour de maison de poupées, briqué comme une carrée de matelot et fleurant l'encaustique.

« Asseyez-vous, monsieur. »

Il fit non de la tête.

« Vous êtes Carol ?

– Non, dit-elle, je ne suis pas Carol. Que lui voulez-vous ? »

Il n'allait pas lui renvoyer la balle, ce n'était pas l'heure et il avait peu de goût pour les circonlocutions.

« Liz, mon ex-épouse, était en relations épistolaires

avec cette personne. Sa dernière lettre a été pour elle, adressée au motel mercredi soir, quelques heures avant sa mort. C'est moi-même qui l'ai postée.

– Sa dernière lettre... », commença-t-elle.

Elle paraissait abasourdie. Elle inclinait la tête vers son épaule, dans un joli mouvement qui mettait en valeur le dessin parfait de son cou.

« C'est donc cela... Asseyez-vous, monsieur Laugel. Ce que j'ai à vous dire risque d'être long. »

Ils prirent place de part et d'autre d'une petite table de verre sur laquelle était posé un vase de faïence garni de glaïeuls blancs. Elle tira sur sa jupe entravée.

« Carol est ma sœur. Caroline, exactement, mais elle se fait appeler Carol. Il y a quelque temps elle m'a chargée de recevoir du courrier pour elle au motel, à ce nom.

– Vous lui avez demandé pourquoi ?

– Oui. Elle m'a répondu que c'était une affaire grave, qui engageait une tierce personne, et qu'elle avait promis le silence, que plus tard elle m'expliquerait. »

Elle hésita :

« Carol était tellement... imprévisible. J'ai pensé qu'il s'agissait d'une correspondance sentimentale et qu'elle avait ses raisons de souhaiter la garder secrète. »

Elle s'arrêta. Ses yeux clairs, aux paupières finement frottées de khôl, s'étaient assombris, et Laugel y lisait le reflet d'un intense débat intime.

« Elle a reçu souvent du courrier ?

– A trois reprises. La dernière lettre, celle que vous évoquiez, n'est arrivée au motel que vendredi. Carol n'a pas pu en prendre connaissance : elle était partie quelques heures plus tôt.

– Partie ?

– En vacances. »

Tandis qu'elle parlait, Sophie continuait d'apprécier l'événement, de seconde en seconde plus troublée. Ses longues phalanges tachées de rose clair maltraitaient la jupe étroite tendue au-dessous des genoux. Une marguerite de diamants brillait à son annulaire.

« Cette lettre, vous pourriez me la montrer ? »

Elle lui lança un regard offensé :

« Qu'est-ce que vous voulez savoir ?

– Le nom de celui qui a tué mon gosse ! »

Ses épaules vibrèrent. Elle balbutia :

« Et vous croyez que Carol...

– Elle est au cœur de cette histoire, j'en suis certain à présent. Montrez-moi cette lettre, mademoiselle, je vous en prie. »

Elle se leva, ouvrit un tiroir, revint lentement s'asseoir.

« Avons-nous le droit...

– Oui », dit Laugel.

Il lui arracha presque l'enveloppe de la main, la décacheta. Et Liz aussitôt fut là, comme si elle lui parlait depuis la tombe, dans ces lignes tracées de sa grande écriture quasi masculine, qu'il lut tout haut d'une voix mal assurée :

La machine est en marche, je ne peux plus l'arrêter (les derniers mots étaient soulignés). *Et vous savez que pas plus que vous je ne me fie à la police. Il nous faut user d'autres armes. Carol, j'ai besoin de vous ! Reprenez contact avec moi d'urgence, je vous en conjure. Eve.*

Son dernier message. Comme un appel au secours. Sophie se frottait le dos de la main, le visage très grave.

« Je ne comprends pas. A quoi fait-elle allusion ? C'est étrange, on dirait qu'elle avait prévu ce qui... »

Elle n'acheva pas.

« Essayez de vous rappeler, dit Laugel. Votre sœur ne vous a jamais parlé de Liz ? du "Courrier d'Eve", par exemple, la rubrique qu'elle tenait au journal *L'Envol* ?

– Non, je ne crois pas.

– Vous la rencontriez souvent ?

– Assez oui, depuis quelque temps du moins. Nous avons déjeuné plusieurs fois au Cap-Horn, un petit restaurant d'entreprise, près des vieilles halles, pas loin de chez elle. Et il lui est arrivé fréquemment de venir passer la soirée ici avec moi. La dernière fois... mais oui... »

Elle s'arrêta, comme frappée par une évidence. Son front pur s'étoilait de minuscules rides. Elle se pencha pour égaliser dans le vase les tiges des glaïeuls.

« Notre dernier repas ensemble c'était jeudi midi, le jour même où l'on a appris le drame de Saint-Caradec.

– Vous en avez parlé ?

– Bien sûr. Qui n'en parlait pas ? Carol pourtant quand elle est entrée au Cap-Horn ne savait rien. Elle s'était levée trop tard pour entendre la radio et après, son travail l'avait occupée : elle ne chôme pas à cette époque.

– Comment a-t-elle réagi ?

– Bouleversée, bien entendu. Comment non ? Bouleversés, révoltés, on l'était tous. Nous nous sommes quittées au restaurant, mais je l'ai revue le lendemain matin. »

Elle décolla de l'index deux hampes fleuries.

« Elle a sonné très tôt, alors que je prenais mon petit déjeuner. Elle m'a déclaré qu'elle partait en vacances le matin même et qu'elle était venue me remettre la clef de son studio.

– Vous n'étiez pas au courant ?

– Non. Carol m'a dit qu'elle s'était décidée la veille sur un coup de tête, qu'elle avait absolument besoin de changer d'air.

– Des vacances où ?

– Elle se rendait d'abord à Paris, qu'elle ne connaissait guère. Sur place elle aviserait.

– Vous avez dû tomber des nues ?

– Oui, Carol a beau avoir l'air insouciante, un peu follette même, enfin avait l'air, car elle avait pas mal évolué, ses vacances, en général, elle les préparait. Je crois que ses congés étaient prévus pour septembre. Elle avait envisagé la Grèce, Corfou, me semble-t-il, un voyage en charter. Son employeur naturellement a tiqué ! Un disquaire de la rue du Chapeau-Rouge. C'est la saison et il n'a pas trop de personnel qualifié. Carol m'a expliqué qu'elle lui avait raconté une histoire : elle avait un proche très malade en Italie et on la rappelait. Oui, nous sommes originaires d'Italie. Nos parents sont venus en France juste après la guerre. A la mort de notre père, maman est rentrée au pays.

– Vous n'avez pas fait le lien avec le double assassinat ?

– Pas du tout. J'étais branchée sur autre chose, vous comprenez, son mystérieux correspondant. Je continuais à croire à une aventure un peu délicate. Je me suis dit qu'elle avait des ennuis, mais il était clair que moins que jamais elle ne voulait m'en parler. Elle ne s'est d'ailleurs pas attardée : son train partait à neuf heures et quelques et elle avait encore son studio à ranger. »

Les mains plaquées contre ses joues, Laugel tentait d'ordonner sa réflexion.

« Vous m'avez dit que votre sœur avait changé ?

– Enormément. Carol sortait beaucoup, adorait danser, avait des tas de copains. Et puis tout de go elle rompt avec ses habitudes, passe ses week-ends sagement chez elle (avant elle allait en boîte pratiquement toutes les fins de semaine) – ou alors elle vient ici, on regarde la télé, elle écoute des disques pendant que j'écris à mon fiancé : il est marin, basé actuellement à Toulon.

– C'est alors qu'elle vous demande de lui servir de boîte aux lettres ?

– Oui.

– Il y a combien de temps de cela ?

– Environ un mois. »

Il calcula :

« Elle s'est adressée au "Courrier d'Eve" début juillet vraisemblablement : il y a un message de Liz à son adresse dans le numéro du 12 de *L'Envol*. Les jours qui ont précédé, vous n'avez rien noté, un petit fait, une parole...

– Non. Mais, je le répète, cela faisait déjà plusieurs jours que j'avais constaté son changement d'attitude...

– Donc courant juin ?

– Oui, je pense.

– Où allait-elle danser ?

– Elle m'a parlé plusieurs fois du Colibri, à la sortie

de la ville, vers Douarnenez. Du Ritmo également : c'est beaucoup plus loin, près de Rosporden, une discothèque en vogue. Ils y allaient en bande, elle n'a pas de voiture.

– Vous connaissez les jeunes gens avec lesquels elle sortait ? »

Le fin visage se durcit un peu.

« Non. J'ai l'impression qu'elle en changeait souvent ! Très papillonnante, vous voyez ? Du moins je l'ai cru jusqu'à la fin. Encore une fois, ce sont des sujets que nous abordions rarement, jamais à fond. Cela vous surprend, je le vois, mais Carol est très personnelle, incroyablement indépendante ! En fait, nous n'étions pas très intimes. Elle avait sa vie ; moi de mon côté, depuis que je suis fiancée... »

Laugel secoua la tête. Le silence un instant se fit. Oui, il l'imaginait très bien, ramassée sur son amour, écrivant sa lettre au beau matelot, si loin de sa sœur assise à deux mètres, la comprenant mal, la jugeant même peut-être sans indulgence.

« Tout à l'heure vous avez fait allusion à un coup de téléphone...

– Oui, ce matin, un peu après huit heures, je venais d'arriver. Une voix d'homme, qui a posé exactement votre question d'hier soir : est-ce que nous avions quelqu'un au motel répondant au prénom de Carol ? C'est pourquoi j'ai cru que c'était vous. Il a raccroché aussitôt.

– C'était la première fois ?

– A ma connaissance, oui. »

Laugel avait baissé la tête et se concentrait. Il était en plein brouillard. Qui, en dehors de lui, pouvait s'intéresser à Carol ? Et comment avait-on déjà trouvé le chemin du motel ? Quelques heures après son propre passage aux Genêts... Il ne s'en était ouvert à personne. Son bref entretien avec Sophie la veille aurait donc eu un témoin ? un témoin assez proche pour enregistrer leurs paroles ?

Il repassa la scène dans sa tête. Il était seul avec Sophie à la réception. Sur sa gauche, le bar, à quelques mètres, mais il ne voyait dans son souvenir qu'un comptoir nu, de hauts tabourets inoccupés. Alors le barman ?

Il s'ébroua. Il était en train de se fabriquer un mauvais feuilleton, avec un micro sous chaque meuble, un espion sous chaque barbe ! Pourtant le fait était là, assez préoccupant : quelqu'un ce matin avait réclamé Carol aux Genêts.

Il releva les yeux, subit le choc d'un regard tendu, comprit que le silence avait encore alourdi le climat.

« Qu'est-ce que vous supposez ? dit-elle. Je suis très inquiète.

— Pas encore d'opinion, dit Laugel. Mais on ne peut nier que le départ de votre sœur ressemble étrangement à une fuite. Ce congé est prévu pour combien de temps ?

— Trois semaines pleines. Elle devrait reprendre son service le lundi 3 septembre.

— Vingt jours, dit Laugel, vingt jours à attendre. Ça va être bien long... »

Il se leva, se fit donner les références du magasin de disques où Carol travaillait, nota aussi, à tout hasard, les noms du Colibri et du Ritmo, les dancings que Sophie avait cités.

Elle était debout pendant qu'il écrivait, tout près de

84

lui, il respirait son parfum net comme toute sa personne, une eau de toilette citronnée très fraîche.

« Qu'est-ce qui a pu se passer ? » répéta-t-elle.

Laugel refermait son agenda.

« Quelque chose que votre sœur a fait découvrir à Liz, mon ex-femme, et que Liz n'avait pas le droit de savoir. Quelque chose d'assez grave pour qu'elle-même prenne peur et disparaisse.

– On pourrait voir la police ?

– Non, dit Laugel rudement. Elles-mêmes souhaitaient s'en passer : rappelez-vous la phrase de Liz. Nous agirons pareillement. Promettez-moi de ne parler de ceci à personne.

– Oui, bien sûr. »

Laugel fit un pas vers la sortie, se retourna :

« Où logeait votre sœur ?

– Rue Bourg-les-Bourgs, pourquoi ?

– Vous m'avez bien dit qu'elle vous avait remis la clef de son appartement ?

– Oui, elle voulait que j'aille arroser ses plantes vertes. Je n'ai pas encore eu le temps.

– Prêtez-moi cette clef, mademoiselle Ridoni. »

Le visage de Sophie se contracta. Il insista :

« Je vous le demande !

– Carol sera furieuse si elle l'apprend.

– Si elle l'apprend... »

Il soupira.

« Vous m'effrayez, dit-elle. Vous avez l'air de croire que Carol... »

Un spasme déchira sa pommette lisse. Elle acheva dans un souffle :

« ... est déjà morte.

– Non, je ne le crois pas, mais en danger et le

sachant, c'est vraisemblable, obligée donc de faire la morte. Alors, les petites susceptibilités des jours tranquilles, pensez-vous que ce soit vraiment de saison ? »

Elle secoua la tête, traversa le séjour, poussa une porte, celle de sa chambre sans doute, car Laugel aperçut dans l'entrebâillement le pommeau d'angle d'un lit de cuivre. Elle disparut quelques secondes, revint, lui tendit la clef :

« C'est au 21 *bis*, rue Bourg-les-Bourgs, sixième étage droite.

– Merci. Je la glisserai dans votre boîte dès que j'en aurai terminé. Je vous tiens au courant. Il vaut mieux que nous évitions de nous rencontrer. Je peux vous appeler ?

– Au motel. Ici je n'ai pas le téléphone.

– Parfait. Je vous dis au revoir. Ah ! la lettre... »

Il s'en fut la ramasser sur la table basse.

« Vous ne verrez pas d'inconvénient à ce que je l'emporte ? Les dernières paroles de Liz, vous comprenez... »

Elle approuva sans un mot, l'escorta jusqu'à la porte.

Mardi 14 août, après-midi.

La petite serveuse qui tournicotait dans le snack enfumé était mignonne à croquer, avec sa frimousse de bigouden délurée sous la frange à la « Stone », ses seins menus en pomme et sa croupe joufflue. Quand elle se penchait au-dessus d'une table, la robe noire de service glissait sur les mollets galbés, découvrant le sillon d'ombre des cuisses charnues.

Laugel reposa sa tasse de café, agita le doigt :

« L'addition. »

Elle fut là aussitôt, mouilla son crayon, étala ses chiffres sur un calepin. Il prit la note, sortit son portefeuille, sans cesser de la contempler, au point qu'elle se méprit, perdit son sourire :

« Ça ne va pas, le compte ? »

Il dit, mais si, tendit les billets :

« Gardez tout. »

Il aurait voulu lui dire, mais elle n'aurait pas compris, qu'il la regardait simplement parce qu'elle éclatait de santé, et que c'était doux un moment de s'éclairer à cette lumière...

Il se leva, sortit du restaurant. Et dès qu'il eut passé la porte l'image de la jolie employée s'évanouit. Aboyèrent à ses oreilles les grands chiens de la nuit. Et il retrouva le goût âcre du remords. Les derniers mots de Liz martelaient ses tympans :

« La machine est en marche, et je ne peux plus l'arrêter ! »

Ce S.O.S. désespéré qui avait crié longtemps pour personne...

Laugel marchait, les yeux fixés sur le trottoir, oublieux de la rue bruissante, du soleil, des passants qu'il heurtait parfois. Il était à Saint-Caradec-d'en-Haut, il avait remonté le temps, il respirait ces secondes où deux destins d'un coup avaient basculé. Il revoyait le visage soudain tendu :

« Tu sais, dans mon boulot, il m'arrive de côtoyer des gens assez curieux ! »

Il se rappelait tout, l'inflexion de la voix, ces lèvres qui s'arrêtaient de battre au bord des mots, et son regard tellement triste tandis qu'il mettait la voiture en marche. Il aurait suffi de si peu, qu'il ouvrît les yeux et qu'il la regardât dans sa vérité de ce soir-là, non la Liz pontifiante, corsetée de certitudes, mais une femme qui tremblait et n'avait pas la force de faire le premier pas. Il serait resté auprès d'elle, et les oiseaux aujourd'hui chanteraient encore...

Il était 14 h 10 quand il atteignit la R 16. A peine installé derrière le volant, il modifia ses plans : il irait à pied. Il lui semblait qu'ainsi son arrivée là-bas serait plus discrète. Il n'était plus très sûr de l'emplacement de la rue. Une dame le renseigna : c'était juste après la place de La Tour-d'Auvergne, à une dizaine de minutes en passant par le centre.

Il remonta la rue des Gentilshommes, puis la rue du Chapeau-Rouge. La fourmilière emplissait les trottoirs, dégorgeait sur la chaussée, où les autos progressaient en double file processionnaire. Il traversa le parking de la Tour-d'Auvergne, repéra la plaque de la rue Bourg-les-Bourgs. s'engagea dans cette artère très paisible. Pas de commerces. A droite, le lycée Brizeux chauffait ses bâtiments gris dans la léthargie des vacances.

Le 21 bis était un immeuble neuf dressant sur six étages sa façade étriquée, crépie de jaune canari, au milieu de constructions plus anciennes, entre lesquelles il paraissait coincé.

Un bref contrôle à droite et à gauche, il s'engouffra dans le hall. L'ascenseur l'y attendait et l'emporta au terminus. Il déboucha sur un palier étroit, dallé de travertin. Au-dessus de la cage d'escalier un cissus dans un bac végétait. Des mouches bourdonnaient dans la torpeur contre un vasistas. De part et d'autre de l'ascenseur, deux portes vernissées se faisaient face.

Sixième étage, à droite, avait précisé Sophie. Il introduisit la clef dans la serrure, suspendit sa manœuvre. Derrière lui des ferrures geignaient. Par-dessus son épaule, il distingua dans l'entrebâillement un long visage renfrogné qui l'observait.

Puis l'homme repoussa le battant et s'avança sur le palier en balançant une jambe raide. Petit, râblé, entre soixante-cinq et soixante-dix ans, cheveux clairsemés en brosse, touffe de moustache aux poils rêches.

« Mlle Ridoni est absente », annonça-t-il.

Le poing sur sa hanche gauche, il examinait Laugel de ses petits yeux inquisiteurs, enfoncés dans la broussaille hirsute des sourcils.

« Tout le monde ici est absent, précisa-t-il. C'est chaque été pareil : ils s'envolent tous ! »

Laugel désigna la clef :

« Je suis un parent. Elle m'a chargé de m'occuper de ses plantes. »

Il lui tourna le dos, coupant ses questions, actionna la clef, entra, referma. Un hall obscur, exigu. Il poussa une porte, pénétra dans le studio dont il évalua du regard la distribution. La chambre en face, dans une sorte d'alcôve, avec son lit de grand-mère surmonté d'un baldaquin d'où tombaient des voilages vaporeux, la kitchenette aménagée dans un décrochement sur la gauche, le vaste séjour. Pas de meubles monumentaux, mais une profusion de vitrines, coffres, rayonnages, assemblés sans autre règle apparente que le caprice de l'heure. Sur le chevet un téléphone et son répertoire habillés de vert amande. Au bas de la grande fenêtre dont les volets n'avaient pas été tirés, un caoutchouc nain et un philodendron, séparant deux fauteuils en manille.

Laugel s'avança lentement, conscient de violer une intimité. A l'une des cloisons de la kitchenette une pendulette électrique en forme de cœur grésillait à mi-voix. Deux portes jumelles se dessinaient dans le pan de mur gauche prolongeant le coin-cuisine. Il appuya sur un bec-de-cane, entrevit dans la demi-obscurité l'angle d'une baignoire-sabot. Il manœuvra un commutateur : un tube fleurit au-dessus du lavabo, éclairant sur la tablette flacons et pots de maquillage, une brosse qu'il tourna dans sa main ; quelques cheveux blonds y étaient restés accrochés.

L'autre porte ouvrait sur une penderie. Il vit l'alignement des robes et des manteaux, y puisa, curieusement, un motif de réconfort. Il éteignit, referma les deux portes.

Non, rien ici n'évoquait un départ définitif. On avait l'impression que le studio attendait le retour, comme chaque soir, de la maîtresse de céans. Sur l'évier, un bol en « keraluc » bleu traînait encore, retourné.

La petite baie rectangulaire de la kitchenette donnait sur l'arrière. Laugel aperçut un enchevêtrement de toitures glissant en dégradé vers l'Odet, dont un large morceau d'argent chatoyait sous le soleil. Au fond, les frondaisons de la colline surplombant la rivière.

Il revint vers le centre de la pièce. La moquette buvait le bruit de ses foulées et il retenait son souffle, mal à l'aise, gêné par ce silence après le tumulte de la ville, si proche pourtant, dont ne parvenait qu'une sorte d'écume sonore. Dans la rue Bourg-les-Bourgs parfois une voiture passait, et les vitres trépidaient, puis le silence retombait, dans lequel la pendulette inscrivait son chuchotis de grillon.

Laugel saisit l'arrosoir miniature caché derrière l'un des pots, il le remplit au robinet de l'évier, abreuva les deux plantes. En se redressant il remarqua la photo. Elle était placée en retrait dans la niche d'un meuble bas qui supportait un électrophone ouvert. Il saisit le cadre, crut d'abord qu'il s'agissait de Sophie ; ce front vaste, renflé, ces yeux clairs en amande. Mais la femme paraissait plus jeune que l'hôtesse, moins imposante aussi, chevelure blonde coupée au carré, un sourire mutin qui creusait ses joues et semait dans ses pupilles des paillettes de lumière. Carol...

Il la regarda longuement, puis remit le cadre à sa place. Un 45 tours était resté engagé sur la platine. Il lut l'étiquette : *Amazing-Grace*, qui n'éveilla en lui aucun souvenir. Il alluma l'appareil, déclencha le bras du tourne-disque. Il s'assit dans un des fauteuils de rotin, ferma les yeux, écouta le chant d'une cornemuse solitaire, étonné d'abord, puis séduit par l'âpre beauté de cette cantilène qu'il ne connaissait pas, essayant à travers elle de retrouver la jeune fille aux yeux rieurs, l'imaginant assise quelques jours plus tôt, dans ce fauteuil. Le dernier disque qu'elle eût entendu...

La porte, au bout du palier, craqua imperceptiblement. Le voisin aussi devait écouter.

Quand ce fut terminé, Laugel alla éteindre l'électrophone. Des disques étaient empilés sur la moquette. Il s'agenouilla, du bout d'un doigt les sépara, fut surpris de constater le fréquent retour du même titre : *Amazing-Grace* dans diverses interprétations, par Juddy Collins, par Branda Wooton, par un orchestre d'outre-Manche, en version de jazz... Il se souvint que Carol travaillait chez un disquaire, ne poussa pas plus loin sa déduction, se releva.

Il se remit à fouiner au hasard, feuilleta des revues féminines, lut quelques titres au dos de volumes toilés, rangés dans un élément mural de bibliothèque : *Ambre, La Dentellière, Pivoine...* Sur une étagère de verre, un régiment de poupées défraîchies, des animaux en peluche. Il s'arrêta, découragé. Il ne savait plus très bien ce qu'il faisait ici. Il était venu y chercher le drame, et à chaque pas il découvrait les jalons d'une existence banale et lisse, sans recoins d'ombre. Et il lui fallait se répéter très fort les paroles de Liz, celles de *L'Envol,* celles de sa dernière lettre, pour continuer à croire que les destins des deux femmes à un certain moment s'étaient croisés. Il y avait les images de sang de Saint-Caradec, et il y avait ce studio engourdi. Deux galaxies étrangères...

Et Carol ? Qui était la vraie Carol ? La cigale insouciante évoquée par Sophie ? La petite fille qui gardait ses poupées, couchait dans un lit romantique et se toquait d'une grave mélodie celtique ?

Il entra dans l'alcôve, ouvrit le tiroir du chevet et se mit impudemment à fouiller dans un bric-à-brac très classique, cigarettes, échantillons de parfums, factures de téléphone, une pochette de photos d'identité : Carol, son sourire espiègle, la double fossette symétrique. Il dénicha aussi un grand carnet d'adresses, dont il tourna rapidement les feuillets presque vierges.

Comme il le refermait, un papier en glissa, sans doute coincé entre la page de garde et le dos. Il le cueillit sur la moquette. C'était une photographie détachée d'un journal et qui représentait une automobile, saisie de trois quarts. Au volant, une femme portant de larges lunettes solaires aux montures tarabiscotées, ses cheveux ramassés dans une écharpe, souriait à un homme pris de dos, qui s'appuyait au montant de la portière. Pas de texte : le papier avait été découpé au ras de la photo.

Il le retourna, et ressentit un creux à l'estomac. Une phrase y avait été tracée au feutre rouge, trois mots barrant en diagonale les deux colonnes imprimées : LA RECONNAISSEZ-VOUS ? L'écriture de Liz, sans aucun doute possible.

Il reconsidéra la scène, avec une attention accrue. Le visage de la femme, au reste bien dissimulé, ne lui rappelait personne de connu. L'homme, de par sa posture, n'était pas identifiable. Quant à la voiture, il hésitait à la baptiser. Une étrangère à coup sûr, d'une très grosse cylindrée. Un examen minutieux de la calandre ne lui permit pas de conclure, bien qu'elle fût très visible, occupant le premier plan sur la gauche en perspective fuyante. Il distinguait assez nettement le numéro minéralogique. Il alluma la lampe de chevet, plaça le cliché sous le faisceau. Il crut lire : 5233 RJ 29, mais il n'était pas très sûr du premier chiffre, 5 ou 6.

Il fit quelques pas, indécis. Puis il glissa le papier dans son portefeuille, subtilisa également une des photos d'identité. Il referma le tiroir, éteignit, sortit.

L'homme à la jambe raide était en sentinelle, car il surgit comme un diable de son bénitier.

« Elle revient quand, votre parente ?

– Dans trois semaines. Elle est en vacances.

– Ah !... »

Il n'en finissait pas de le décortiquer. Les crins de sa moustache en balai-brosse vibraient.

« C'est bizarre, elle ne m'a rien dit. D'ordinaire...

– Elle a dû partir très vite. Des complications familiales. »

Laugel ouvrit la porte de l'ascenseur.

« Monsieur ? »

Il se retourna :

« Oui ? »

L'homme s'incrustait.

« C'est bien vous qui avez mis le disque ?

– Oui, pourquoi ?

– C'est son air préféré. Il lui est arrivé de le passer des dix, quinze fois d'affilée ! »

Il avança encore, avec des grimaces. Il avait l'air de souffrir de sa jambe gauche, bloquée au genou.

« Je le connais par cœur, à force ! L'insonorisation ici n'est pas fameuse. Moi ça ne me dérange pas, j'aime la musique. Comment déjà ça s'appelle ?

– Je ne m'en souviens plus », dit Laugel.

Il entra dans l'ascenseur, appuya sur le bouton. Il était contrarié de s'être livré à la curiosité du bonhomme. Pourtant sa visite n'avait pas été inutile. Le trait d'union entre Liz et Carol existait bel et bien, il l'avait dans son portefeuille : cette femme aux lunettes de soleil. « La reconnaissez-vous ? »

Il sortit de l'immeuble, reprit la direction du centre. Qu'est-ce qu'il allait faire ? Sophie, songea-t-il. Elle aussi, peut-être, sait qui est cette personne. Si je lui montrais la photo ? Mais il ne jugea pas prudent de retourner au motel, car il devinait qu'il lui fallait à tout prix éviter de compromettre la sœur de Carol.

Restait dans l'immédiat la voiture. Ça ne devait pas être le diable d'en trouver la marque ! Et ensuite... Il ne voyait pas encore très distinctement le processus à suivre, mais l'ouverture, il le sentait, était là.

Il s'arrêta à une station-service, demanda le plein. Après avoir pas mal tergiversé, il sortit la photographie.

« A votre avis, qu'est-ce que c'est, cette voiture ? C'est pour un concours. »

Le pompiste, crâne d'œuf à la Giscard et cou plissé en bandonéon, cligna des paupières derrière ses doubles foyers :

« C'est une anglaise. Attendez ! »

Il cria vers l'intérieur de la station :

« Ronan ? »

Un garçonnet parut et s'avança en se décrottant le nez.

« Mon fils est dingue de mécanique ! dit le pompiste. Alors mon gars, tu la connais, cette bagnole ? »

Regard impérial du fiston, dont l'oracle tomba sans une hésitation :

« Rover 3500, 8 cylindres en V, deux carburateurs. Un sacré moulin !

– Merci, dit Laugel, qui replaça le cliché dans son portefeuille. Il y a un agent de la marque à Quimper ?

– Oui, dit le garçon, la British-Leyland, route de Concarneau.

– Encore merci. Dites donc, il est costaud le gamin !

– Incollable, dit le pompiste, dont la nuque s'enfonça d'un cran dans la collerette de graisse. Si les maths modernes marchaient aussi bien ! »

Il raccrocha sa lance :

« 85 francs tout rond. C'est quoi, votre concours ?

– Un petit passe-temps de vacances dans mon canard, dit Laugel sobrement. Je suis de l'Est. »

Il régla, s'en alla, prit la route de Concarneau.

Pendant qu'il roulait, il mit au point l'histoire qu'il allait leur servir, au garage. Il s'étonnait de fabuler si facilement, lui qui n'aimait pas le mensonge. Mais nécessité faisait loi ! Longtemps encore, il le comprenait, il devrait s'avancer masqué.

A la réception, une créature blonde et rose l'accueillit avec un sourire très étudié et minauda :

« Que puis-je pour votre service, monsieur ?

– Je désirerais parler au directeur, ou à l'un de ses proches collaborateurs.

– Vous avez un rendez-vous ?

– Non. Mais il s'agit d'une affaire très urgente. Et personnelle. »

La nymphette décrocha un interphone, appuya sur une touche :

« J'ai ici un monsieur qui aimerait vous voir... Monsieur comment ? demanda-t-elle avec son sourire préfabriqué.

– Laugel.

– Un monsieur Laugel, reprit-elle. Il dit que c'est une affaire très importante... Bien. »

La Lolita reposa l'appareil.

« M. Gléau va vous recevoir. Donnez-vous la peine de vous asseoir.

– Merci. »

Il attendit deux minutes. Apparut au bout d'un couloir un gringalet nerveux qui d'un coup d'œil prit la mesure du solliciteur. Il arrondit le bras :

« Si vous voulez me suivre, monsieur Laugel. »

Il poussa une porte, s'effaça :

« Je vous en prie. »

Il avança un fauteuil, s'assit à son bureau.

« De quoi s'agit-il, monsieur Laugel ?

– Voilà. Ma R 16, qui était en stationnement boulevard Kerguélen, s'est fait sévèrement accrocher à l'arrière. Le conducteur n'a pas jugé utile de laisser sa carte, mais deux personnes ont assisté à la scène. Elles ont été formelles : la voiture tamponneuse était une Rover 3500. »

Gléau leva ses bras courts :

« Très ennuyeux, très ennuyeux pour vous en effet. Mais comment voulez-vous que je...

– L'immatriculation de la Rover a été notée, coupa Laugel. C'est... »

Il risqua le numéro qu'il avait cru lire sur la photo :

« C'est le 5233 RJ 29. »

De ses bras en extension le petit homme paraissait repousser le bureau. Ses doigts pianotaient sur le tablier métallique.

« En résumé, monsieur Laugel, que me demandez-vous ?

– Vous avez peut-être dans votre fichier la référence de cette voiture ? »

La ligne très noire des sourcils dessina une parabole, retomba.

« Nous n'avons pas le monopole de la marque sur le département. Mais même si tel était le cas, vous voudriez que je cafarde un client ?

– Ne le prenez pas ainsi, dit Laugel. Rien ne m'obligeait à vous rencontrer, et je peux en sortant d'ici porter plainte : mes deux témoins sont prêts à déposer. A vous de voir où est l'intérêt de votre client. Si client il y a... »

La danse des doigts sur le bureau s'accéléra. Puis l'homme se gratta la joue, se leva :

« Une seconde, je vous prie. »

Il s'éclipsa, revint quelques minutes plus tard, la mine funèbre :

« La voiture qui porte ce numéro appartient actuellement à M. Desnoyers, un traiteur de la rue Le Déan, le 33, dans le quartier Sainte-Thérèse. »

Laugel prit la référence, dit merci, s'esquiva.

Un quart d'heure après, il subissait le coup de sang d'un gros homme au visage congestionné par la fureur, déjà averti par le garage de sa visite :

« Qu'est-ce que c'est que ce roman ? J'aurais tamponné votre bagnole ? Boulevard Kerguélen ? Mais je n'y ai pas stationné depuis des semaines, boulevard Kerguélen ! Quand ça serait arrivé, hein ? »

Il lui saisit fermement le bras, l'attira vers la porte du magasin :

« Tenez, elle est là, allez-y, inspectez-la, vous gênez surtout pas ! Et si vous trouvez la moindre trace de choc... »

Laugel contourna la Rover, absorbé. Un mot, prononcé par le garagiste, lui sautait à la mémoire, il n'y avait pas prêté attention sur l'instant :

« La voiture appartient *actuellement...* »

Il revint vers le traiteur, qui attendait au seuil de sa boutique, l'œil furibond, les mains étalées sur sa blouse immaculée.

« Alors ?

— Rien... Mais qu'est-ce que ça prouve ? Ça s'est passé en juin et vous avez eu cent fois le temps de...

— En juin ! rigola l'homme en blanc. Vous n'êtes pas pressé !

— Ç'a été la croix et la bannière pour joindre mes témoins...

– Minute ! Juin, vous dites ? Quel jour ?

– Le 5, lança Laugel, à l'aveuglette, se rappelant sa conversation avec Sophie.

– Vu ! triompha le gros. Le 5, j'avais jamais mis les pieds dans cette bagnole ! Je l'ai achetée d'occasion le 14 du même mois, chez B.M.W. Vous pouvez contrôler !

– Ah !... Qui était le précédent propriétaire ? »

Le rougeaud souffla puissamment. Il va m'envoyer sur les roses, se dit Laugel. Non, il faisait un geste désinvolte, du genre, je m'en lave les mains, qu'ils se démerdent !

« Le docteur Garamance, dit-il. Un neuro-psychiatre de la ville. »

Laugel eut un éblouissement. Il s'appuya au montant métallique de la porte. Garamance, il avait bien entendu... Il se domina :

« Je vous remercie. Excusez-moi pour le dérangement. »

Il roula quelque temps vers Concarneau. Il avait besoin de se donner de l'air, de décanter l'incroyable information. Garamance. Il se rappelait très bien le nom aux consonances ensoleillées. Liz l'avait prononcé le mercredi précédent quand il lui avait demandé qui la soignait :

« Le docteur Garamance, un jeune, très bien... »

Qu'est-ce que le docteur avait à faire dans cette histoire ?

Il s'excita, un moment sur l'énigme, sans progresser d'un poil. Depuis longtemps il était sorti de la ville. Un klaxon impératif l'arracha à sa méditation. Il interrogea le rétroviseur, aperçut la longue file qui piétinait dans son sillage. Il accéléra, alla tourner à un carrefour, revint vers Quimper.

15 h 32. Il n'y avait pas trente-six solutions. Il devait voir Garamance, exiger une explication. Avenue de la Gare, il remarqua un téléphone automatique. Il entra dans la cabine. Par chance un annuaire y traînait, dépenaillé. Il y releva le nom du cabinet de Garamance, qu'il consigna sur son agenda à toutes fins utiles. Puis il le forma au cadran. Une voix de femme :

« Secrétariat du docteur Garamance, j'écoute.

— Je voudrais parler au docteur.

— Vous désirez une consultation ? »

Il hésita :

« Oui... Aujourd'hui même, c'est possible ?

— Ah ! non, le docteur est absent toute la journée.

— Demain ?

— Demain est jour férié, monsieur !

— Férié ?

— Mais le 15 août !

— Ah ! Je suis très ennuyé, mademoiselle. Il s'agit d'une urgence et...

— Je peux essayer jeudi, mais ça ne va pas être commode. Une seconde, que je voie... Jeudi, 11 h 45, ça irait ?

— Oui.

— Vous attendrez peut-être un peu, je vous case entre deux clients. Votre nom ?

— Albert Laugel.

— Epelez, voulez-vous ? »

Il le fit, raccrocha, sortit de la cabine, en essuyant ses joues moites. Il était déçu. Près de quarante-huit heures à attendre encore ! Il avait eu tort de se présenter en client.

Il alla boire une bière à une terrasse, regarda les gens qui passaient. Le froid de la solitude croulait sur lui. Quelques jours plus tôt il était un de ces promeneurs et à côté de lui un bambin trottinait. Rires, pleurs de l'enfant, merveilleuse musique de la vie...

Il régla sa consommation, pénétra dans la foule caquetante. Il remonta le boulevard Kerguélen, la rue du Parc. Les jardins de l'Evêché et leur mosaïque de fleurs, où il s'était assis pendant que Sébastien courait dans les allées. Les voitures pleines de gens bronzés en toilettes de soleil, les terrasses indolentes....

La place Saint-Corentin était comme un caravansérail. Depuis un mois, comme chaque été, Quimper était entré en bretonnerie. La vague avait culminé il y avait trois semaines, aux « Grandes Fêtes de Cornouaille », et roulerait sur son erre jusqu'aux derniers jours du mois. Hermines et oriflammes aux blasons des « pays » claquaient à la brise. Les boutiques couronnant la place étaient autant de citadelles assiégées. Parmi les effluves de pâte chaude, dans la stridence des *binious koz*, l'âme celte se débitait en tranches, faïences de Locmaria, broderies bigouden et mini-chapeaux ronds.

Autour de la cathédrale piétinait une cosmopolis bigarrée. Les caméras ronronnaient, on mitraillait la rosace et les niches du porche. Les troupes d'outre-Rhin s'y taillaient la part du lion : on les voyait partout, le verbe sonore, le deutschland en bannière, un arsenal d'objectifs barrant leurs ventres heureux. Englués dans la foule, des cars avançaient au klaxon, les chauffeurs invectivaient, les agents gueulaient c'est le bordel, les curieux hilares comptaient les points.

Laugel se réfugia dans la cathédrale, s'assit sur un

prie-Dieu au bas de la nef. La pénombre lui fit du bien. Mais il continuait d'entendre le tumulte de la place. Des groupes de visiteurs arpentaient les allées et les chapelles, leurs pas résonnaient sur les dalles. A gauche, derrière une double rangée de cierges, un homme en noir recevait les offrandes au saint.

Laugel regardait les hautes voûtes, il essayait de se recueillir, cherchait une présence. Mais non, la cathédrale n'était qu'un beau musée vide. Il y avait le granit froid des lourds piliers, le chuchotement des amateurs en vacances, et cette silhouette de croque-mort qui derrière ses cierges comptait sa monnaie.

Il ressortit, reçut en pleine face le tourbillon des formes et des bruits. Il évita les quais, revint à l'hôtel par de petites rues parallèles. Dix-sept heures. Il se rappela qu'il avait promis à Sophie de la tenir au courant de ses investigations. Il la demanda au motel, lui raconta son après-midi, la découverte de la photo, cette femme au volant que Liz et Carol devaient connaître, Garamance...

« Il soignait Liz. Votre sœur ne vous en a jamais parlé ?

– J'ai déjà entendu le nom. Mais je ne me rappelle pas que Carol en ait fait état.

– Je le vois après-demain matin. Je vous raconterai la visite.

– Vous pensez à la clef ? »

Non, il avait oublié ce détail.

« Je la jetterai ce soir dans votre boîte... Ou plutôt, non, je vous l'expédie par pli : ça me paraît préférable. A bientôt. »

Il glissa la clef dans une enveloppe entre deux carrés

de carton qu'il découpa dans une des chemises de ses comptes-clients, sortit la poster.

Sa soirée fut à l'image des précédentes ; le repas au petit restaurant de l'avenue, où il faisait déjà figure de pensionnaire (quand il entrait, on s'arrangeait pour lui dénicher une table tranquille) – le lent retour vers l'hôtel dans la langueur rose du crépuscule – le bonsoir chaleureux de Pellen qui faisait ses comptes assis à côté du gardien de nuit, et la trop longue veille...

Pour appâter le sommeil, il prit *Démocratie française*, qu'il avait acheté en « poche » à son départ d'Alsace, se rendit compte au bout de vingt minutes qu'il avait déjà lu ces pages la veille, persévéra, quelle importance ?

Vers dix heures, il entendit une pétarade lointaine. Dans le coin de la fenêtre une gerbe verte éclatait. Il se souvint que le lendemain était le 15 août, fête de la ville. Aussitôt surgit une image. C'était à Colmar, un an plus tôt, à la même heure. Il était arrêté dans la foule sur la place Rapp, Sébastien à cheval sur ses épaules contemplant extasié les arborescences lumineuses dans le ciel.

Il se leva, alla tirer le store avec une telle violence qu'un des anneaux de bois se détacha. Il revint vers le lit. Sur le chevet l'ourson l'interrogeait de ses yeux vides.

Mardi 14 août, soirée.

Comme il le faisait chaque soir, Garamance en rentrant de Brest, consulta le carnet de rendez-vous posé sur le bureau de la secrétaire. Son doigt glissa sur le feuillet du jeudi, s'immobilisa. *11 h 45, Laugel Albert*, avait inscrit Marie-Pierre. Laugel... Qu'est-ce qu'il lui voulait ? Il chercha à se rassurer. « Il a trouvé ce biais pour m'entretenir de son ex-femme. Rien de plus naturel, puisque j'étais... »

Une porte s'ouvrait à l'étage, la voix de Solange :

« C'est toi, Jacques ? »

Il referma le carnet.

« Oui, j'arrive. »

Il accrocha sa serviette à une patère, grimpa deux à deux les marches de l'escalier, embrassa sa femme.

« 10 h 10, dit Solange, tu n'es pas en avance !

— Je suis mort ! dit-il. Ces conférences sont de véritables marathons ! Du baratin au kilo ! Et en prime, le vieux Lacaze qui m'a tenu la jambe plus d'une heure, après la séance. Une calamité, ce Lacaze !

— Ton repas va être froid. Jeannette vient de partir, j'ai couché les gosses. »

Il s'assit au salon, se versa un scotch, défit les lacets de ses richelieus noirs. Elle l'observait, debout.

« Desnoyers a téléphoné », dit-elle.

Il releva les yeux

« Qui ça, Desnoyers ?

— Le traiteur qui a acheté ton ancienne voiture. Il n'avait pas l'air content.

— Tiens ! Pourquoi donc ?

— Il a reçu cet après-midi la visite d'un type qui se plaignait d'avoir été accroché par sa Rover. Vu la date qu'il indiquait, début juin, Desnoyers l'a dirigé sur toi. Un nommé Laugel. Qu'est-ce que c'est que cette histoire ? »

Garamance haussa les épaules, dit « aucune idée ». Il vida son verre en deux lampées, se resservit à boire.

104

« Laugel, dit Solange, ce n'est pas le nom de dame de cette journaliste qui... »

Il reposa son verre si sèchement que le liquide déborda et éclaboussa le marbre du guéridon.

« Si ! »

Elle attendit un commentaire, reprit :

« Il va sans doute essayer de te contacter...

— C'est déjà fait, dit Garamance. Il a pris rendez-vous au cabinet pour jeudi avant midi.

— Mais cet accrochage ? insista-t-elle. Tu ne m'en as jamais parlé.

— Aucun souvenir.

— Je ne comprends pas. Si c'est le même Laugel... Il était déjà par ici en juin ?

— Comment veux-tu que je le sache ? répliqua-t-il avec humeur. Bah ! puisqu'il vient, on s'expliquera. »

Il acheva son whisky, renoua ses chaussures.

« Jacques, tu es certain que tu ne me caches pas quelque chose ? Je peux t'aider... »

Leurs regards se croisèrent, et la détresse qu'elle crut déceler dans les yeux de son mari la troubla.

Mais il éclatait de rire, se levait, lui caressait la joue :

« Je t'assure que tu te fais des idées ! »

Il s'avança vers la table, piqua dans un bocal un cornichon, qu'il se mit à croquer :

« Je meurs de faim ! »

Et presque simultanément il se toucha le front :

« Sapristi, où ai-je la tête ! »

Il lut l'heure à sa montre :

« Désolé, ma chérie, mais il faut que je reparte. Un rendez-vous. Vingt dieux, j'allais faire une sacrée boulette ! »

Il l'étreignit :

« Embrasse bien les enfants pour moi. »

Elle se détacha. Sa figure était blanche.

« Pourquoi me dis-tu cela ? »

Il eut un rire léger :

« Mais parce que je risque de rentrer très tard ! Allez, adieu, je me sauve ! »

Il courut plus qu'il ne marcha vers la porte. Elle ne fit pas un geste, ne lui demanda pas quel était ce rendez-vous si impérieux. Elle savait où il allait.

Garamance conduisait vite. Aussitôt installé derrière le volant, il avait recouvré son calme. Fermement tenue en main la B.M.W. abordait avec précision les virages nombreux qui se succédaient sur la route de Locronan. Une belle mécanique. Pourtant elle ne lui faisait pas oublier l'autre. Il n'aimait pas son odeur de neuf, il avait l'impression de piloter un véhicule de louage. Il n'aurait jamais dû lâcher la Rover. Il avait perdu la tête, une parade puérile, qui n'aurait finalement servi à rien...

Au bout de la ligne droite, les phares éclairèrent les deux lanternes de fer forgé délimitant l'entrée du magasin d'antiquités. Il freina, passa la barrière ouverte, s'arrêta dans la cour.

Vicki parut à l'angle du jardinet, en kimono bleu pastel et mules à l'avenant, sa riche chevelure noire dénouée tressautant sur ses épaules. Elle lui prit la main, l'entraîna dans le séjour-musée où elle couvait ses plus belles pièces : elle les gardait là, parfois très longtemps, et un beau jour les remplaçait, au gré de la cote officielle ou de son humeur.

Il la maintint contre lui, se nourrit de sa chaleur,

du parfum de sa chair déjà émue. Leurs lèvres se séparèrent, elle dit :

« Je ne t'attendais pas. Il y a du nouveau ?

– Oui. Laugel me voit après-demain matin. Il est au courant lui aussi pour la Rover. »

Il suspendit son veston au dossier d'un fauteuil Régence, tomba sur un sofa. Les abat-vent n'étaient pas tirés, la porte-fenêtre ouverte découpait un grand carré de nuit, hachuré d'un cordon de peupliers, au bas duquel montait la lune. Des dizaines d'insectes brasillaient autour du lustre de style.

Garamance rapporta le coup de fil de Desnoyers et livra ses réflexions, pendant qu'elle lui versait à boire, se servait, allumait une cigarette.

« Qu'est-ce qui l'aurait mis sur cette piste ?

– Je n'en ai pas la moindre idée. Le tamponnement de sa bagnole, bien entendu, n'était qu'un prétexte !

– Il ne pourra rien prouver, dit-elle. Si tu gardes ton calme...

– Oui, dit-il, le calme c'est mon métier. »

Elle posa sa cigarette, éteignit le lustre, s'assit à son flanc, jeta ses bras en couronne autour de ses épaules. A nouveau il s'emplit de son odeur musquée. Il fit glisser le kimono, la renversa sur le divan que dorait à présent un rai de lune. Il la posséda avec violence, resta en elle, le cerveau pâteux, écoutant la respiration du silence, traversée de reptations subtiles et de craquements. Un renard en maraude très loin poussa son jappement. Les feuilles des peupliers faisaient un bruit de friture, et par intermittence une des pendeloques du lustre vibrait longuement.

L'appel du téléphone dessouda leurs corps.

« J'y vais », dit-elle.

Elle s'avança dans la demi-obscurité en traînant ses mules. Assis à la lisière du sofa il regardait sans réaction le beau corps blanc qui sinuait entre les meubles précieux. Elle décrocha :

« Oui. Ah !... Comment ? Moi non, mais... C'est cela, il a des problèmes... Oui, il est ici. Je vous le passe. »

Garamance vint lentement vers elle. Elle lui tendit l'appareil sans un mot, prit le deuxième écouteur.

« Allô ? Oui, bonsoir.

— Qu'est-ce qui ne va pas ? dit la voix.

— Laugel. Il a retrouvé la trace de la bagnole.

— Ah ! merde ! Vous en êtes sûr ?

— Oui. Il doit me rencontrer jeudi matin. »

Un silence. L'homme, au bout de la ligne, toussait.

— Il faut que je vous voie.

— Tout de suite ?

— Oui, dit l'homme, chez moi. Précautions d'usage. Je vous attends. »

Garamance reposa le combiné, imité par sa compagne.

« Pourquoi... », commença-t-elle.

Elle ralluma le lustre, et Garamance tressaillit comme sous le choc d'une décharge électrique.

« N'y va pas », dit-elle.

Ses seins lourds à la peau grenue palpitaient.

« Qu'est-ce que tu redoutes ? dit-il.

— Je ne sais pas, mais je sens que tu ne dois pas bouger. Jacques, reste avec moi. »

Il secoua la tête

« Oui, avec toi, toujours... »

La voix était lointaine, à la frontière du rêve et de la dérision. Il remit de l'ordre dans sa tenue, enfila son veston avec des gestes décomposés. Il dit :

108

« Je le verrai. Et je reviendrai ici. Attends-moi. Dès que j'en aurai fini... »

Elle renonça à le convaincre. Elle répéta mécaniquement :

« C'est cela. Dès que tu en auras fini... »

Il embrassa ses lèvres et marcha vers la porte-fenêtre.

« C'est drôle...

– Qu'est-ce qui est drôle ? » dit-elle.

Il ne répondit pas, passa dans le jardin. Elle l'y suivit. Elle n'avait pas remis son peignoir, et elle grelottait dans la fraîcheur mouillée de la nuit.

« Qu'est-ce qui est drôle, Jacques ? »

Devant la voiture, il se retourna.

« Que l'on soit encore en vie. Ce n'était qu'un sursis, un très court sursis. »

Il s'engouffra dans la B.M.W., effectua sa manœuvre, reprit la direction de Quimper.

Elle resta dehors un moment, écoutant la rumeur qui déclinait. Elle revint dans la salle, se versa une rasade de Chivas, qu'elle vida cul sec. Puis elle ouvrit les doigts, laissant glisser le beau verre à pied taillé à facettes, qui tomba sur le grès flammé et se pulvérisa.

Sur la petite route onduleuse, Garamance éperonnait ses vingt chevaux. Il avait l'esprit froid, mais ses nerfs vibraient : une griserie qu'il ne devait guère à l'alcool. Plus vite, plus vite. Grognement repu du moteur, sifflements excitants des deux rétroviseurs. Cette note qui se hissait, de plus en plus ténue... Devant lui, le large tunnel blanc et, de chaque côté, la panique de spectres qui fuyaient.

Il appuya sur une touche, soupira. Le son aigrelet de la cornemuse jaillit des haut-parleurs latéraux. Il

109

n'était pas rancunier : cet air-là, il avait pourtant quelques motifs de ne plus l'aimer !

Une ligne droite, en faux plat. Il martyrisa encore un peu la pédale. Les cuivres entraient dans le bal et composaient à la mélodie un magistral écrin. Garamance souriait. Il sentait l'exacte harmonie entre cette musique et celle du bolide emballé. Etat de grâce... Beauté de la minute, volupté souveraine du « jamais plus »... Sa dernière folie...

Il vit venir le tournant sans perdre son sourire. Droit, tout droit. Les cuivres explosaient dans sa tête. Le mur soudain, d'une blancheur éblouissante, un immense soleil rouge... Et puis la nuit. La BMW se retournait, traversait la voie sur le dos comme une balle, sautait le fossé, le talus, pirouettait plusieurs fois et venait s'enrouler autour d'un vieux chêne au tronc évidé.

Le silence. Et dans le grésillement de l'eau qui giclait du radiateur éventré, seuls sur les champs endormis, les derniers nasillements de la cornemuse modulant son adieu pathétique.

Mercredi 15 août, matin.

Le docteur Garamance était une personnalité quimpéroise connue. Aussi ce matin du 15 août, vers huit heures, moment où les équipes de jour prenaient le relais, la mort du psychiatre alimenta-t-elle les conversations dans les bureaux et salles de garde du commissariat de la rue Le Hars.

On disposait des premières conclusions de l'enquête effectuée par la gendarmerie de Locronan.

L'accident était survenu la veille vers vingt-trois heures trente. Quelques instants plus tard, un couple de Hollandais, qui rentrait sur Quimper après avoir dîné à Sainte-Anne-la-Palud, avait aperçu la lumière d'un phare dans un champ en contrebas de la route. Intrigués, ils étaient descendus, avaient trouvé la BMW collée à son arbre, démantibulée, son moteur encore chaud. Curieusement, le circuit électrique avait été préservé, l'autoradio était encore allumé.

D'autres personnes commençaient à arriver. On avait fouillé le champ et fini par découvrir le conducteur quelques mètres en aval du talus. il avait vraisemblablement été tué sur le coup. La ceinture de sécurité était intacte, et on devait apprendre par la suite que Garamance ne la pratiquait guère.

Les investigations menées sur place au cours de la nuit mirent en relief un fait assez étonnant : en se brisant le cadran du compteur avait bloqué l'aiguille sur 160 ; or la chaussée ne présentait pas la plus infime trace de freinage.

Dans l'attente du verdict des experts officiels, on s'orienta vers l'hypothèse d'un brutal malaise du conducteur, une défaillance mécanique étant difficilement envisageable, s'agissant d'un engin de cette classe, suréquipé et au demeurant presque neuf.

« 160 à l'heure ! s'écria l'O.P. Le Dizet, qui venait de pénétrer dans le bureau des inspecteurs en compagnie du tout jeune stagiaire Abaléa. Sur un pareil tracé ! Fallait être marteau !

– Marteau, c'est le mot », releva le gros Fustec.

Il avait assuré la permanence au standard et récupérait en tête à tête avec un sandwich au cervelas arrosé de café noir.

« On raconte que les psychiatres le sont tous plus ou moins. Une maladie qui s'attraperait, comme la vérole ! »

Le stagiaire Abaléa, qui logeait dans le quartier de la rue Vis et apercevait assez souvent Garamance, évoqua sa passion de la voiture :

« Il en changeait comme de caleçon ! La BMW n'avait pas deux mois. Un vrai fada du compte-tours ! Paraît que c'était sa façon de se défouler, d'oublier les fatigues du boulot. »

L'inspecteur principal Marion ricana :

« Peut-être pas seulement du boulot ! Sa vie sentimentale aussi était du genre agité ! »

Marion avait une étrange face de bouledogue toujours prêt à mordre, qui ne se défripait que lorsqu'on parlait de fesses.

« Enfin voilà un mec qui n'a pas vu sa femme de la journée, qui rentre à plus de vingt-deux heures d'un congrès médical à Brest et qui, à peine arrivé, vole chez sa maîtresse !

– Il avait une maîtresse ? dit Abaléa, le stagiaire, en grattant son appendice nasal en forme de rostre.

– Oui, une veuve Lemarchand, qui tient un magasin d'antiquités avant Locronan.

– Mais oui, bien sûr ! dit Fustec, qui se curait les incisives de l'ongle du petit doigt. Une sacrée chouette boutique ! Et la nana est pas mal non plus !

– Un peu enrobée, dit Marion dont le nez tronqué frémissait.

– Ça me fait pas peur, assura Fustec. Au moins, t'en as plein les mains !

– Bande de vicelards ! rigola Le Dizet, arrêtez donc de vous exciter !... La femme de Garamance était au courant ?

– Et comment ! dit Marion. C'est elle-même qui a spontanément signalé la visite de Garamance hier soir à l'antiquaire. Laquelle n'a pas nié. Entre nous, ça n'avait pas de complexes, tout ce petit monde ! Ça devait te faire de sacrés foiridons ensemble !

– Tiens, dit le jeune Abaléa, je l'aurais pas cru. On aurait dit un couple tout ce qu'il y a de plus tranquille, deux gosses, la messe le dimanche matin à Saint-Mathieu, la brave petite routine bourgeoise, quoi...

– C'est le fric, affirma Fustec avec philosophie. Le fric, petit, ça te pourrit jusqu'à l'os. Trente-cinq ans, une bonne clientèle, et déjà la belle baraque en pierre de taille au cœur de la ville, sans compter la villa à Bénodet ou Sainte-Marine, les grosses cylindrées... L'été petit saut en Amazonie ou aux Seychelles, et l'hiver Saint-Moritz. On dit qu'ils se donnent cinq ans, quand ils s'installent, pour faire la trouée... Tiens, voilà Goasduff ! Quoi de neuf ? »

L'inspecteur Goasduff rentrait d'une visite d'information à la brigade de Locronan.

« On merdoie pour le moment, dit-il. Tant qu'on n'aura pas fait l'autopsie...

– L'autopsie ?

– L'Assurance la réclame. Garamance avait souscrit pour un sacré paquet. Alors, s'il s'était flanqué en l'air, ça l'arrangerait bougrement, la Compagnie !

– Pourquoi il se serait suicidé ?

– Va-t'en savoir, dit Goasduff. Surmenage, déprime, le stress comme ils disent. Reste que c'est pas du tout cuit pour l'Assurance. Le neurologue hier soir avait

113

peut-être un peu trop bu ! La femme avec qui il était n'a pas dit vraiment non. Et on a des preuves que le toubib, quand il n'était pas à jeun, conduisait comme un enragé. On n'a pas manqué de ressortir ce qui s'est passé le 11 juin dernier, tiens, justement sur cette même route de Locronan. Vous en avez entendu parler ? »

Fustec dit « non, explique ». Il rota dans sa main, se massa l'estomac : le cervelas passait mal.

Goasduff eut une grimace chafouine :

« C'est vrai qu'à l'époque ça n'a pas fait beaucoup de bulles ! On dit que Garamance avait le bras long ! Bon, en deux mots, voici le topo. »

Nargeot releva les yeux :

« On vient de me remettre copie du PV de la Brigade routière. David, tu étais au courant de cet incident ?

– Oui, dit Cadoc. Je sais tout, je vois tout ! Dormez tranquille, commandant, le second capitaine veille !

– Arrête tes pitreries. Donc, si j'en crois le rapport, le 11 juin vers deux heures du matin, Garamance se fait arrêter par une brigade volante à la sortie de Quimper qu'il a confondue avec une autoroute. Manifestement en état d'ivresse, il le prend de très haut, refuse l'alcoomètre. Le maréchal des logis Batany note qu'il avait l'air, malgré son ébriété, très sûr de lui.

– Oui, dit Cadoc. Sûr de bénéficier d'appuis efficaces, qui lui éviteraient des ennuis.

– Quels appuis ?

– Tu es merveilleux, Saint-Just ! dit Cadoc. Les PV qu'on fait sauter, t'en as jamais entendu causer ?

– Qui "on" ?

– Mais toi, moi, le ministre ! c'est selon.

– A ta connaissance, est-ce que Garamance a tenté quelque chose en ce sens ? »

Le rouquin fit un geste d'ignorance.

« Mais le contraire m'étonnerait, vu le personnage.

– Tu le connaissais ?

– J'ai dû le voir deux fois, à des rallyes. Un type très brillant. »

Nargeot relut la déposition du gendarme de la route.

« Batany signale que Garamance revenait visible-ment "d'une foire carabinée" : ce sont les mots qu'il emploie. Ça veut dire quoi ?

– Qu'il était fin soûl, je suppose. Au procès le brave homme aurait sans doute été plus clair.

– L'affaire était prévue pour quand ?

– Théoriquement pour après la Toussaint. A moins que ce ne soit à la Trinité ?

– Qu'est-ce que tu veux dire ?

– Que le toubib, comme je le disais, avait certaine-ment frappé à la bonne porte. L'affaire, qui ressortis-sait au flagrant délit (excès de vitesse, ivresse au volant, refus d'obtempérer, j'en passe), avait déjà été ren-voyée une première fois pour complément d'informa-tion, jolie formule traduisant en l'espèce une inten-tion charitable de laisser le temps faire son œuvre... d'enlisement. Garamance n'a jamais été interrogé. »

Nargeot leva les bras, soupira, « tu m'en diras tant » !

« Oui, Saint-Just, la justice c'est comme la poste : deux vitesses, la rapide pour les cloches, et pour les gros des tas de méandres fraternels ! Remarque bien que dès le départ de cette histoire la couleur est annoncée. Les gendarmes, sans se l'avouer, font une fleur à Garamance : pas question qu'il passe la nuit au trou, un PV, ça va, circulez ! Et après, l'omnibus. Ben voyons, on ne va tout de même pas coller dans le même wagon un toubib pinté à mort et un méchant prolo à la gueule patibulaire ! »

Nargeot l'examinait, surpris.

« Dis donc, toi, tu parles comme un gauchard ?

– Oui, Saint-Just, en mars je collais les affiches pour Krivine, tu ne savais pas ? »

Il éclata de rire, dit :

« Faut bien déconner un peu ! »

Nargeot compulsait des papiers.

« Garamance avait changé de voiture récemment. Il avait auparavant (il lut une fiche) une Rover, pas très ancienne. Il l'a revendue pour la BMW.

– C'était assez son genre : un mordu de la bagnole.

– Oui, mais c'est la date qui m'intéresse. Il se présente au garage Béléguic à Quimper le 13 juin, et y profite de la défaillance impromptue d'un client, acquiert la BMW le jour même. Le 13 juin, c'est-à-dire deux jours après son escapade nocturne. »

Cadoc l'observait.

« Je trouve que tu t'excites bigrement sur cette histoire ! Tu ne trouves pas, Saint-Just, qu'on a déjà fait le plein d'emmerdes avec Saint-Caradec ?

– Sais pas, dit Nargeot. Saint-Caradec, on n'en est peut-être pas si loin... »

Il releva les yeux :

« Laugel...

– Quoi Laugel ? dit le rouquin.

– Il avait rendez-vous avec Garamance dans quelques heures... »

Laugel avait dormi d'un sommeil déchiré et n'avait trouvé le repos qu'à l'aube. La sonnerie du téléphone lui arracha un cri. Il alluma, lut 9 h 25 à sa montre pendant qu'il décrochait. C'était Pellen, qui s'excusait et lui passait Sophie, une Sophie dont la voix âpre révélait la nervosité.

« Vous savez la nouvelle ?

– Quelle nouvelle ?

– Le docteur Garamance s'est tué cette nuit en voiture. Je viens de l'apprendre à l'épicerie. Je vous ai téléphoné aussitôt. »

Laugel demeura quelques secondes sans voix.

« Vous avez d'autres détails ?

– Non... Vous deviez bien le rencontrer demain ?

– Oui. »

Il n'avait pas encore absorbé le choc et n'arrivait pas à relancer le dialogue. Il entendait à l'autre bout du fil la respiration oppressée de la jeune femme.

« Monsieur Laugel, qu'est-ce que vous en pensez ? C'est un accident ? Dans la boutique quelqu'un a dit que Garamance conduisait en général très vite.

– Un accident... oui, bien sûr. Nous n'avons pas de chance, mademoiselle. J'attendais beaucoup de cette entrevue. »

Assez abruptement il prit congé de la jeune fille. Non, il n'avait pas le cœur à bavarder ce matin. Il alla tirer le store, entrouvrit la fenêtre. Le soleil touchait de rose chaud les façades de l'avenue. Quelque part une fanfare plaquait ses accords cuivrés.

Il revint vers le cabinet de toilette, procéda à ses ablutions. « Garamance est mort. » Les trois mots s'étaient lovés dans son cerveau, mais il était encore trop abasourdi pour prendre la pleine mesure de

117

l'événement. Il n'en voyait que la conséquence immédiate : une porte se refermait, il était retourné au point zéro.

Il s'habilla, lustra ses chaussures et descendit déjeuner dans la petite salle du rez-de-chaussée. Il était seul. A la réception une radio marchait en sourdine, un reporter décrivait le rush vers les plages et un bouchon gigantesque au col du Perthus.

Pellen entra lui serrer la main.

« Vous êtes au courant ? dit Laugel. Ce médecin qui s'est tué au volant, Garamance ?

– Oui. Le garçon qui apporte les croissants nous en a parlé. Ça se serait passé vers les onze heures hier soir, avant Locronan, à l'amorce d'un virage. Pour les causes de l'accident, on en est encore aux hypothèses. Il paraîtrait que Garamance faisait du 160 à l'entrée de la courbe, et qu'il n'a pas eu le temps de freiner. 160 à l'heure, sur une route pareille, c'est assez confondant ! »

Il agita mélancoliquement la tête :

« La vitesse est une foutue drogue. Garamance n'avait pas trente-cinq ans. Il laisse deux gosses, tout jeunes... »

Il repartit vers la réception où un client attendait.

Laugel terminait son café. Les précisions fournies par l'hôtelier avaient fouetté son engourdissement. « 160 à l'entrée de la courbe... Il n'a pas freiné. » Il se montait peut-être la tête, mais si l'information était vraie, comment ne pas envisager la possibilité d'une fin volontaire ? Un suicide, à quelques heures de leur rencontre... Pour ne pas répondre à ses questions, le psychiatre aurait préféré fuir. Comme Carol, songea-

118

t-il. Quelle était donc cette vérité si effrayante qu'elle brûlait tout devant elle, comme un soleil de mort ?

Il céda à une impulsion. Il sortit de l'hôtel, gagna la cabine sur l'avenue, où il était déjà entré la veille. Il rouvrit l'annuaire en charpie. Il ne portait qu'un numéro au nom du docteur Garamance, celui de son cabinet, rue Vis. Mais le praticien y avait-il son domicile particulier ? Dans la meilleure des hypothèses ce qu'il tentait relevait du coup de dés.

On décrochait, la voix féminine déjà entendue débitait sa formule intemporelle :

« Ici le secrétariat du docteur Garamance, j'écoute..

– Laugel à l'appareil. Je vous ai appelée hier après-midi pour un rendez-vous. Albert Laugel.

– Laugel, je me souviens. Je ne sais pas, monsieur, si vous savez ce qui est arrivé. Le docteur Garamance...

– Oui, j'ai appris. C'est Mme Garamance que je désire rencontrer...

– Mme Garamance ? Je doute, monsieur Laugel, que dans un pareil moment... »

Le ton était sévère.

« A quel titre voulez-vous la voir ?

– C'est une affaire personnelle. J'insiste, mademoiselle, pour qu'au moins vous l'informiez de ma démarche.

– Ne quittez pas. »

Deux minutes passèrent, et une voix meurtrie prit le relais, qui dit simplement :

« Solange Garamance. Vous pouvez venir tout de suite, monsieur Laugel. Je vous attends. »

Il avait craint la turbulence autour de la maison, la présence peut-être de la police : il n'avait pas oublié l'enfer des premières heures à Saint-Caradec-d'en-Haut. Mais le quartier était tranquille lorsqu'il sonna rue Vis à la porte de la belle bâtisse de style régional, murs blancs, granit rose et lourde toiture de schiste patiné.

Une dame à lunettes rondes et chignon vieillot lui ouvrit et l'introduisit dans un petit salon attenant à la pièce de consultation, moquette miel à hautes mèches, sièges profonds, aquarelles aux murs tendus de liège.

Il ne resta pas seul longtemps. Un trottinement léger. Elle poussa la porte, dit dans l'entrebâillement avant de refermer :

« Marie-Pierre, vous veillerez à ce que personne ne nous dérange. Merci. »

Elle s'assit. Grande et sèche, élégante pourtant dans son ensemble gris perle, un visage racé, mais déjà fané. Elle l'observait sans rien dire. Et Laugel le taciturne assurait l'exorde, entonnait à son tour le couplet ron-ronnant des condoléances. Elle le gratifiait d'un merci distrait, paraissait attentive à la sonnerie du téléphone dans le corridor, à la voix calme de la secrétaire qui répondait. Elle revenait à Laugel, pour un commen-taire qu'il n'attendait pas :

« Marie-Pierre m'est précieuse. Il y a toutes ces démarches, des curiosités aussi qu'il faut tempérer : certaines sont bien agressives, vous le savez mieux que quiconque... »

Gauchement, Laugel s'excusait pour sa visite, mais elle l'interrompit :

« Vous êtes tout le contraire d'un importun, mon-sieur Laugel. Vous, vous avez certainement quelque chose à m'apporter. »

Elle soutint son regard, et Laugel alors découvrit ce

qu'il n'avait pas prévu, que deux faims de vérité se trouvaient face à face et qu'il y aurait, dans cet engagement moucheté qui commençait, le difficile partage entre la franchise et l'amont des mots.

Elle répondit clairement pourtant à ses premières questions. Non, le corps de son mari n'était pas encore là : on allait procéder à l'autopsie, à la demande expresse de la Compagnie d'Assurances.

« On pense à un suicide ?

– On ne l'exclut pas. Vous avez eu connaissance des circonstances de l'accident.

– La police vous a déjà entendue ?

– Oui. Elle m'a parlé de vous, monsieur Laugel. Elle semble intéressée par la présence de votre nom dans le carnet de rendez-vous.

– Et vous lui avez répondu ?

– Qu'aurais-je pu répondre ? Je ne sais rien. »

Un court silence. Le téléphone dans le hall sonnait presque sans discontinuer.

« Pourquoi avez-vous souhaité me voir ? »

Elle corrigea aussitôt :

« Pourquoi vouliez-vous rencontrer mon mari ? Ce n'était pas le praticien que vous veniez consulter ?

– Non, dit Laugel, je venais l'entretenir de Liz, mon ex-femme, sa cliente.

– Et de la Rover ? » dit-elle.

Il eut un imperceptible haut-le-corps.

« Qui vous a parlé de la Rover ?

– Ce n'est pas l'important. Il reste que mon mari a appris hier soir que vous vous apprêtiez à lui poser certaines questions, et qu'il en est mort ! »

Laugel écouta vibrer les derniers mots.

« Vous croyez, vous aussi, qu'il a mis fin à ses jours ? »

Elle secoua la tête :

« Il aura au moins essayé de mettre fin à ses soucis. La vitesse était pour lui le refuge. Quand il était très préoccupé, il prenait le volant, conduisait des heures parfois, oubliait tout...

– Cette fois, il a même oublié de freiner...

– Oui, la griserie sans doute aura été trop violente, ou bien... je ne sais pas. Les policiers m'ont déclaré que l'autoradio fonctionnait encore. On y a trouvé une cassette. Il a dû mourir en écoutant son air pré-féré...

– *Amazing-Grace* », murmura Laugel sans réfléchir.

Elle le dévisagea :

« Ah ! on vous l'a déjà dit. »

Ses paupières clignèrent.

« Qu'aviez-vous à lui demander au sujet de votre ancienne épouse ? »

La question, inévitable, prenait pourtant Laugel en défaut. Il opéra un repli :

« Je ne peux pas vous répondre, pas encore.

– Mais vous le direz à la police ?

– C'est vous qui allez en décider.

– Moi ? dit-elle. Comment cela ?

– Madame Garamance, est-ce que nous sommes alliés ? ou ennemis ?

– Je ne comprends pas.

– Je m'étais dit qu'il y avait peut-être un bout de chemin que nous pouvions faire ensemble.

– Soit, dit-elle avec lassitude. Parlez. Je répondrai chaque fois que ce sera possible.

– Merci. »

Il lui tendit sans la lâcher la photographie trouvée chez Carol.

« Il s'agit bien de la Rover de votre mari ? »

Elle se pencha pour l'examiner, serra les dents :

« Oui, c'est lui qui est au premier plan.

– Et la femme au volant ?

– Je ne vois pas. D'où tenez-vous cette photo ? »

Il rangea le cliché sans répondre.

« Pourquoi la Rover vous intéresse-t-elle ? »

Il continua à se taire.

« Vous me proposiez de marcher avec vous un moment, dit-elle avec amertume. Nous ne sommes pas à égalité, monsieur Laugel. Vous, vous savez où vous allez, moi, je reste au bord du gué ! Pourquoi la Rover ? insista-t-elle. Est-ce que c'est en rapport avec l'incident du 11 juin ?

– Quel incident ? »

Elle eut une moue incrédule.

« Je vous jure, dit Laugel, que j'ignore à quoi vous faites allusion.

– Dans la nuit du 11 juin dernier, Jacques a été arrêté à l'entrée de Quimper pour vitesse excessive. L'instruction de l'affaire était en cours et cela le tracassait : il ne l'avouait pas, mais je le sentais bien. Hier soir, je lui ai fait part de l'appel téléphonique de Desnoyers, le traiteur, qui lui signalait votre visite, et il a nettement accusé le coup. Qu'est-ce que c'était ce tamponnement boulevard Kerguélen ?

– Rien, avoua Laugel. Une simple astuce qui m'a permis de remonter jusqu'ici. »

Il y eut un nouveau silence. A la porte d'entrée, Marie-Pierre parlementait à mi-voix avec un visiteur. Un rire heureux d'enfant à l'étage, incongru.

123

Laugel la regardait, il s'imprégnait du beau visage fatigué, et il commençait à comprendre. Il demanda, très doucement :

« Cette nuit du 11 juin, vous étiez avec votre mari ? »

Il avait visé la bonne cible. Solange Garamance fit non de la tête. Son visage était figé et dur.

« Je me trouvais depuis deux jours avec les enfants chez mon frère, à Angers. Comme chaque année, Jacques avait prévu de se rendre au Mans pour les 24 Heures.

– Avait prévu ?

– En fin de compte il n'a pu y aller : un empêchement professionnel de dernière minute.

– D'où venait-il ? insista Laugel. Lorsqu'il s'est fait pincer par les gendarmes. »

Lentement elle posa les yeux sur lui, et il y lut une telle détresse qu'il eut honte du rôle qu'il tenait.

« Vous ne le savez pas encore ? ou bien est-ce le jeu qui se poursuit ? Je m'y perds un peu, monsieur Laugel !

– Madame, je vous assure... »

Elle l'interrompit d'un geste fataliste des deux bras :

« De toute manière cela a si peu d'importance... La femme sur la photo c'est elle, sa maîtresse. Jacques rentrait de chez elle cette nuit de juin. Comme hier soir... Elle ne l'a pas caché à la police, elle vous le dirait elle-même. »

Elle s'arrêta, reprit avec effort :

« Il l'a rencontrée au cours d'un rallye. Elle s'appelle Vicki. Elle vend de vieilles choses, route de Locronan, de très vieilles choses charmantes... Oui, allez la voir ! Elle vous parlera de Jacques beaucoup mieux que moi : elle a été la dernière ! »

Elle se mit debout :

« Maintenant je vais vous laisser, monsieur Laugel. J'ai compati à votre épreuve, imaginez la mienne. »

Il se leva.

« La police reviendra vraisemblablement vous voir. Elle ne manquera pas d'essayer de vous faire parler, au sujet de ma visite...

– Soyez tranquille, je ne dirai rien. C'est bien ce que vous souhaitez ?

– Pourquoi le feriez-vous ? »

Elle sembla chercher la réponse.

« Le plus étrange est que je ne le sais pas moi-même. Je crois ne vous devoir rien. Et pourtant je ne parlerai pas. Peut-être est-ce de l'égoïsme. Finalement je ne suis pas certaine de souhaiter connaître la vérité ! »

Elle était à la porte du salon, frêle et très droite, les yeux secs.

« J'ai une dernière question à vous poser, dit Laugel. Carol Ridoni, ce nom vous rappelle-t-il quelque chose ?

– Non, dit-elle sans hésiter. Qui est-elle ?

– Une jeune personne qui elle aussi aimait beaucoup *Amazing-Grace*. Mais ce n'est pas très important : oubliez cela également. »

Il s'inclina, sortit.

« Albert Laugel.

– Ah ! c'est vous ! »

Elle le détaillait de pied en cap avec curiosité. Elle souriait, mollement appuyée à une table-monastère, bel animal éclatant de vitalité dans sa robe-fourreau grège qui épousait ses formes pleines, crinière de jais, joli visage sans apprêt, un peu empâté, des yeux bruns de myope, très doux, soulignés de cernes.

Elle regarda vers le fond du magasin, dit :

« Une minute, je vous prie, que je largue mes Bavarois ! »

Elle s'écarta et alla discuter avec un couple rose et blond qu'il voyait depuis son entrée rôder autour d'un banc-coffre sculpté, avec des chuchotements de conspirateurs. Les clients remontaient l'allée à regret, se retournant pour contempler la merveille. L'antiquaire fermait la marche. A la porte, l'homme dit dans un français empesé :

« A bientôt, madame ! »

Ils sortirent.

« Ça fait trois jours qu'ils me cassent les pieds ! La vraie plaie ! »

Elle ferma à clef la porte du magasin.

« Venez, monsieur Laugel. »

Il la suivit dans un salon baroque, surchargé, s'assit sur un sofa aux pieds torsadés.

« Vous prenez quelque chose ?

– Merci, non.

– Moi si, avec votre permission. »

Elle attira un flacon de cristal, se servit, dit « à votre santé » et porta le verre à ses lèvres. Elle continuait de l'examiner.

« Vous êtes venu me parler de Jacques Garamance...

– Oui. Qu'est-ce qui vous le fait supposer ? »

Elle eut un sourire sibyllin :

« Les policiers sont de grandes commères ! Je ne vous demande pas vos raisons : vous ne me les donneriez pas, ou ce ne seraient pas les bonnes ! »

Elle mordillait le bord du verre à pied. Elle avait de

126

petites incisives étroites, très affûtées. Et Laugel soudainement troublé l'imaginait nue, râlant sa jouissance, les dents plantées dans l'épaule de son partenaire.

Les yeux de la jeune femme se voilèrent.

« Il était là, dit-elle, hier soir, sur ce divan, je le vois encore... »

Elle absorba une gorgée de scotch, alluma une Gauloise. Le briquet d'or sautait au bout de ses doigts tandis qu'elle approchait la flamme. A son médius un énorme rubis rutilait.

« Moi aussi je suis en deuil, monsieur Laugel. Un deuil que je ne porterai pas. Je n'étais que sa maîtresse, sa poule, comme a dit le jeune imbécile à cheveux roux qui m'a passée à la moulinette tout à l'heure ! »

Laugel peinait à régler son tir.

« On a envisagé que Garamance se soit suicidé. C'est votre avis ?

— Peut-être. Il était très fatigué, c'est indiscutable, des tas de soucis...

— Des soucis professionnels ?

— Professionnels et familiaux. Vous avez vu l'épouse ?

— Oui.

— Elle est parfaite, n'est-ce pas ? Une femme d'intérieur accomplie, un monument de rigueur morale et tout et tout... Seulement lui, il en crevait !

— Pourquoi ne se séparaient-ils pas ?

— Il y a deux gosses, qu'il adorait. Il n'est resté que pour eux. »

Elle se resservit à boire. Le vent dehors se levait. Les galons du store tendu au-dessus de la porte-fenêtre claquèrent, les cristaux du lustre cliquetaient.

« Madame...

– Lemarchand. Appelez-moi Vicki.

– J'ai une question très précise à vous poser. Le 11 juin dernier, vous étiez avec Garamance ? »

Le visage se crispa.

« Le 11 juin ? Mais pourquoi ? »

Il crut un court instant qu'elle allait briser l'entretien, l'éconduire. Non, les traits s'amollissaient :

« Le 11 juin, vous dites... *A priori* je ne vois pas...

– C'était un dimanche soir, plus exactement la nuit du dimanche au lundi. Vous l'aviez accompagné aux 24 Heures du Mans. »

L'idée lui en était venue tout à l'heure pendant qu'il conduisait. Il s'était rappelé l'expression de Solange Garamance quand elle y avait fait allusion.

Vicki s'était renversée contre le dossier de son fauteuil, jambes croisées haut, et tirait à grosses bouffées sur sa cigarette coincée au coin de ses lèvres, très vulgaire soudain. Sous la robe il voyait ses cuisses blanches, un peu grasses. Une mule à pompon rose se balançait au bout de son pied menu.

« C'est Solange Garamance qui vous a dit ça ?

– Pas tout à fait. C'est moi qui interprète.

– Une mauvaise interprétation dans ce cas... Oui, Jacques était un passionné de la voiture, et cette manifestation du Mans était pour lui une grande fête annuelle, comme un pèlerinage. L'an passé j'étais avec lui. Mais pas cette année ! Il n'y a pas été. Et pour une raison qui va vous surprendre, continua-t-elle avec une sorte de défi, parce que je le lui avais demandé ! Sa femme était à Angers, nous étions libres ! Nous n'avons pas quitté cette maison, j'avais fermé ma boutique, débranché la sonnette. Nous n'avons pensé qu'à

128

nous. Quarante-huit heures à nous aimer ! jusqu'à en être malades ! »

Le regard brun s'était allumé. La mule venait de tomber et Laugel regardait hypnotisé le minuscule pied cambré aux ongles très rouges.

« C'est cette nuit du 11 juin qu'il s'est fait accrocher par une patrouille de la gendarmerie ?

– Ah ! vous êtes au parfum ! Oui, c'est en rentrant d'ici. Nous avions pas mal bu l'un comme l'autre. Il a fallu qu'il tombe sur des pandores bornés, il y a eu des mots, voilà...

– Aucun rapport avec la vente de la voiture ? »

Elle toisait effrontément le visage de Laugel.

« C'est encore Solange qui vous a débité ces âneries ?

– Mais non.

– Mais si ! Qui d'autre ? Vous l'avez vue, vous avez pu l'apprécier ! Ce n'est pas seulement une chichiteuse, elle adore se fabriquer des histoires ! Elle doit dévorer Barbara Cartland ! Jacques n'aimait pas la Rover. Vous dire ce qu'il lui reprochait, ça j'en serais incapable : la technique et moi ! Mais il songeait depuis un moment à s'en débarrasser. Il a suffi d'une opportunité, un client de BMW qui avait des problèmes de financement et qui se désistait. »

Elle sourit, badina :

« Voilà, mon père, je crois que la confession est terminée. »

Il dit merci, se leva.

« Vous ne voulez vraiment pas trinquer avec moi ? Vous avez tort, je vous trouve très sympathique, monsieur Laugel ! »

Elle se leva à son tour.

« Tellement sympathique que je suis entrée dans votre jeu sans avoir le mauvais goût de vous demander le pourquoi de cet interrogatoire !

– Je vous en sais gré », dit Laugel simplement.

Il s'éclipsa, regagna sa voiture, assez peu satisfait de lui-même, se disant qu'il avait éveillé des curiosités sans profit palpable. Au terme d'une matinée de confidences, vraies ou fausses, le butin était mince. Il avait complètement perdu la trace de Carol et de Liz pour s'embourber dans un autre drame d'une banalité pitoyable, celui de deux femmes réchauffant leur haine réciproque sur le cadavre de l'homme aimé, un homme qui venait d'entrer à 160 à l'heure dans son éternité, en écoutant *Amazing-Grace*. Cette petite musique têtue que Carol elle aussi avait écoutée avant de disparaître.

Restaient les pièces du puzzle en vrac, cette sorte de pot-pourri bouffon : une nuit de juin amoureuse, un rapport de gendarmes, une Rover bazardée, un cliché de journal, « La reconnaissez-vous ? », Liz et sa correspondance avec Carol par motel interposé, Liz qui connaissait Garamance, Garamance qui n'avait pas freiné...

Laugel alla manger un steak-frites au grill du Rallye. A 14 heures il reprenait son bâton de pèlerin. Il s'était souvenu en déjeunant des deux établissements de danse que Carol fréquentait : la veille, chez Sophie, il en avait noté les adresses. C'était un jour férié, il devait en profiter : peut-être cette piste serait-elle moins décevante ?

Il se présenta d'abord au Colibri, route de Douarnenez, et y trouva porte close : la boîte n'ouvrait qu'en soirée. Sans se décourager il prit la direction de Rosporden.

A 3 h 10 il rangeait sa voiture au parking du Ritmo, vaste bâtisse de fibrociment étalée comme un hangar de ferme en retrait de la nationale. Au-dessus du hall d'entrée, dont les colonnes de béton singeaient hideusement un portique ionien, des loupiotes clignotaient, dessinant le nom de l'établissement.

Laugel pénétra dans le vestibule. La matinée commençait. Devant la caisse des bandes de très jeunes gens se pressaient, volubiles, débraillés. Il observa le curieux cérémonial : le billet qu'on remettait au portier à gros bras, lequel au passage tamponnait de violet le dos des mains tendues. On le bouscula, on le dévisagea. Il se sentait mal dans son rôle ; déplacé parmi cette jeunesse insouciante, et il fut au bord de l'abandon.

Pourtant, mettant à profit une accalmie, il se pourvut d'un ticket d'entrée et à son tour accepta l'estampille. Il sortit la photo de Carol, la plaça sous le nez du portier :

« Ça ne vous dit rien ? On s'est donné rencard ici et je ne sais même pas son nom ! »

Malade de honte, il entendait les rires des nouveaux arrivants qui débarquaient dans le parking. Le cerbère épluchait en connaisseur le cliché :

« J'en vois tellement mon vieux ! Quoique... Ouais, cette tête me rappelle quelque chose... Demandez voir à l'intérieur, au bar : on vous tuyautera mieux que moi. »

Laugel dit merci et s'introduisit dans le saint des saints. Il faillit porter les mains à ses oreilles, cueilli par la canonnade démentielle des sonos. L'obscurité.

Au fond de la salle, des lampes flambaient au tempo des synthétiseurs, et des silhouettes fluorescentes se désarticulaient.

Ses yeux s'accommodaient à l'ombre. Il se dirigea vers le bar, commanda une bière. Il transpirait. Sur sa droite, adossés au comptoir, deux hommes fumaient en observant la piste. Derrière, le barman, grosse moustache, face blafarde, mesurait des séries de menthes à l'eau.

Ses deux voisins avaient terminé leur verre et plongeaient dans la nuit comme des rapaces. Laugel glissa la photographie sur le comptoir, adressa un signe au barman :

« Vous la connaissez ? »

Il se pencha, gonfla ses joues.

« Je l'ai déjà vue. Elle vous intéresse ? »

Laugel n'osait pas lever les yeux, aussi mortifié que s'il s'était fait piquer à proposer une photo obscène.

« J'aimerais la retrouver.

– Attendez. »

Le barman avait pris la photo et la soumettait à une serveuse au visage épuisé qui posait au coin du bar un plateau chargé de verres sales. Ils en discutèrent à voix basse. Puis le barman revint.

« Carol, c'est bien son nom ?

– Oui.

– On la voit ici assez souvent. Avec un peu de chance...

– Merci. »

Laugel ramassa vivement la photo. Il but sa bière, à petites goulées. Les coups de boutoir des synthétiseurs lui transperçaient le crâne. Il se dit qu'il s'était donné en spectacle en pure perte. Il régla son verre, tourna le dos.

« Vous sauvez pas, dit le barman. Voici quelqu'un qui peut vous renseigner. »

Un grand gaillard s'amenait en chaloupant des épaules, tignasse touffue, jean crasseux et chemise à fleurs. Il serra la main du barman.

« Monsieur désirait voir Carol.

– Ah ! »

Il vrilla Laugel d'un regard inquisiteur.

« Qu'est-ce que vous lui voulez ?

– Venez, dit Laugel, on va en causer. Il y a une table libre là-bas. »

Ils s'assirent. Laugel se chargea des consommations.

« Je suis un parent de Carol, dit-il.

– Italien ?

– D'origine. Mais installé dans l'Est.

– En effet, dit le gars. Vu l'accent, je m'étonnais. »

Laugel le devinait plongé dans un abîme de perplexité. Il avait une curieuse gymnastique des lèvres, qui lui arrondissait la bouche et lui creusait les joues, sans qu'on pût déterminer s'il suçait quelque chose ou s'il s'agissait d'un tic.

« Il est arrivé quelque chose à Carol ? dit-il.

– Elle est partie en vacances et n'a donné aucune nouvelle. Sa famille se fait du mouron.

– Sa famille ? dit-il. Je ne savais même pas qu'elle en avait en France.

– Elle a une sœur à Quimper.

– Je ne savais pas, répéta-t-il. Elle n'en parlait jamais.

– Vous la connaissez bien ?

– Oui, on sortait régulièrement ensemble.

– Vous étiez son... son ami ? »

– A l'occasion, oui. On a couché ensemble, si c'est ça que vous voulez savoir. Mais rien de plus, copain-copain, vous voyez ? Tout ça c'est d'ailleurs de l'histoire ancienne...

– Comment cela ? »

Il but une gorgée de Mützig. Il était massif et noueux, avec des mains aux phalanges larges, des avant-bras poilus. Laugel revoyait le fin visage mutin et il ne savait pas pourquoi, il entendait les premières notes si tristes d'*Amazing-Grace*.

« Un soir, reprit le gars, on s'est accrochés. Enfin... Je sais pas ce qu'elle avait, Carol ! Ça s'est passé ici même, un dimanche. Elle voulait rentrer, moi non : il était pas tard, tout juste minuit ! Alors elle a fichu le camp. Un coup de sang. Elle était assez braque, faut dire. J'ai essayé de la rattraper, parce que ça m'embêtait, elle était venue dans ma bagnole. J'ai fait une petite ronde en voiture, mais ça n'a rien donné. Le lendemain en fin d'après-midi je la retrouve chez son disquaire. Et là, elle me reçoit plus que fraîchement ! Je ne veux plus te voir, c'est fini, la grande scène, quoi ! Bon, je me dis, elle a été vexée d'avoir dû rentrer avec un autre gusse, un peu de bouderie, ça lui passera. Mais non. J'ai remis ça quelques jours après : rien à faire, elle avait vraiment tiré le rideau ! Bon, j'allais pas me lamenter jusqu'à mon lit de mort, hein ! J'ai jeté l'éponge. Je l'ai rencontrée dans la rue par hasard, au début de ce mois. Une autre fille !

– Une autre fille ?

– Transformée, comme c'est pas croyable ! Caractère, physique, tout ! Même sa coiffure qu'elle avait chamboulée !

134

– Cette nuit où vous vous êtes séparés, dit Laugel, c'était quand ?

– Un dimanche, il y a à peu près deux mois.

– Le 10 juin ? »

Le type compta sur ses doigts :

« Oui, ça pourrait être ça... Pourquoi ? »

Derechef le regard méfiant. Les lèvres avaient repris leur opération de suceuse.

« C'est vers cette date que sa sœur a également remarqué que Carol avait changé.

– Sa sœur... Alors là j'en reviens pas ! Qu'est-ce qu'elle fait dans la vie ? »

Fort opportunément une bande bruyante s'abattit à cet instant sur leur table, évitant à Laugel de répondre. Démonstrations chaleureuses, embrassades frénétiques, filles peinturlurées, trémoussements de croupes et de nénés...

« Alors, Patrick, on a des crampes ? »

Il se leva, imité par Laugel.

« Qu'est-ce que vous croyez, monsieur ?

– Moi, pas grand-chose. Sa sœur dit qu'elle doit avoir une amourette en tête : ça rend dingue, c'est bien connu ! »

Il cueillit l'expression éberluée du garçon, que deux sylphides déchaînées halaient vers la piste de danse. Il le salua de la main, gagna la sortie.

A dix-sept heures il était de retour à l'hôtel. Pellen, qui somnolait à la réception sur une grille de mots croisés, leva l'index :

« Le commissaire vous attend depuis un moment au salon. »

Nargeot se leva quand il entra, retenant le boxer qui s'étouffait d'allégresse au bout de sa laisse :

« Ravi de vous revoir, monsieur Laugel ! Je commençais à désespérer. »

La mimique muette de Laugel exprima de manière limpide que le plaisir n'était pas partagé. Et Nargeot eut l'air de s'excuser :

« Je vous ai dit que je ne souhaitais pas vous importuner. Mais avouez que vous n'y mettez guère du vôtre ! Ce n'est pas ma faute, monsieur Laugel, si je vous trouve sur ma route à chaque pas ! »

Laugel s'assit, le commissaire aussi.

« Vous voulez parler de mon rendez-vous chez Garamance ?

– Justement, pourquoi ce rendez-vous ? »

Sans préambule, on entrait dans le vif du sujet. Laugel essayait de déchiffrer le visage attentif. Qu'est-ce que Nargeot savait ? Il livra une réponse peu compromettante :

« Je fais le tour des familiers de Liz.

– Ceci ne vaut pas pour Mme Garamance ?

– J'avais cru comprendre qu'elle la connaissait également. Mme Garamance n'a fait aucune difficulté pour me recevoir.

– Je vois. Et dans la foulée vous avez également sondé la maîtresse ? Elle aussi parce qu'elle pouvait connaître votre ex-épouse ? »

Laugel eut un geste évasif.

« Ce n'est pas sérieux », dit Nargeot.

Il libéra la laisse du boxer, qui vint aussitôt flairer avec gourmandise les mocassins de Laugel.

« Qu'alliez-vous demander au psychiatre ? »

Laugel continua de garder le silence. Distraitement il caressait le boxer étalé sur sa chaussure.

« Oublions les intentions, restons-en aux faits, dit

Nargeot sans se départir de son calme. Je veux savoir ce que vous avez raconté à Mme Garamance d'abord, à l'antiquaire ensuite.

– Elles ne vous l'ont pas dit ? »

Nargeot eut un sourire du bord des lèvres :

« Elles ont été d'une remarquable discrétion. Chez l'une, vous auriez égrené quelques souvenirs conjugaux, et à entendre la seconde, vous n'auriez fait le déplacement de Locronan que pour admirer sa collection de vieilles faïences, ou presque ! »

Laugel songeait que les deux femmes s'étaient tues. Pour la veuve il s'y attendait, elle le lui avait promis. Mais l'antiquaire ?

« C'est la preuve, dit-il, que vous perdez votre temps. Nos conversations effectivement n'offraient pas d'intérêt.

– J'en doute. Pourquoi vous êtes-vous aiguillé sur l'ancienne voiture de Garamance ?

– Qu'est-ce qui vous le donne à penser ? »

Pour la première fois Nargeot eut un mouvement d'impatience :

« Cessez donc de jouer au plus fin, monsieur Laugel ! Dois-je vous rappeler l'histoire saugrenue que vous avez servie à ce traiteur du quartier Sainte-Thérèse ? Il n'a pas oublié votre visite, lui ! Pourquoi teniez-vous tant à connaître le propriétaire de la Rover ?

– Je ne veux pas vous répondre, dit Laugel calmement.

– Je pourrais vous y contraindre. »

Laugel tendit les poignets

– Ne vous gênez surtout pas ! »

Nargeot le regarda un moment en silence. Il secoua la tête :

« Je ne suis pas votre ennemi, Laugel. Je vais peut-être vous étonner, mais moi aussi, et vous n'y êtes pour rien, je me suis posé des questions à propos de la Rover de Garamance, plus précisément de ce que le psychiatre y faisait une certaine nuit de juin dernier, le 11 très exactement, avant que les motards ne l'épinglent à l'entrée de Quimper vers deux heures, pour excès de vitesse. Vous êtes bien entendu au courant ?

– Oui, Mme Garamance me l'a dit.

– Vous a-t-elle parlé aussi des cotillons qui traînaient dans la Rover ? "des déguisements de carnaval", vient de me préciser le gendarme qui a dressé le constat. Non ? Vous ne le saviez pas encore ? Bien. D'où rentrait Garamance ? Des 24 Heures du Mans : l'antiquaire a fini par le reconnaître, après beaucoup de réticences.

– Tiens...

– Pardon ?

– Oh ! rien... Des cotillons, vous dites ?

– Ils se seraient arrêtés quelque part vers Rennes, dans une salle au bord de la grand-route où l'on donnait un bal populaire. Elle n'a pas été capable de nous fournir une description même sommaire de l'établissement. Elle avoue d'ailleurs qu'ils tiraient une sérieuse bordée tous les deux. Ce qui expliquerait ses trous de mémoire, et ce qui est d'autre part conforme au rapport du motard. »

Il se tut. Laugel se maintenait sur la défensive. Pourquoi Nargeot lui faisait-il spontanément cadeau de ces détails ? L'appât, sans doute, dans l'espoir de mieux le ferrer : une tactique archi-éculée. Le chien, sous sa main caressante, poussait un gémissement d'enfant.

« Il est évident, reprit Nargeot, que les activités de Garamance, officiellement, sont aux antipodes de nos recherches du moment. Je ne m'y arrête que dans l'exacte mesure où vous, Laugel, vous m'y conduisez ! Je demeure persuadé que vous détenez des informations capitales qui faciliteraient ma tâche. Pourquoi refusez-vous de m'aider ? »

Laugel ne broncha pas. Nargeot soupira avec lassitude, se leva, gribouilla quelques mots sur une carte :

« Voici mon numéro personnel. Pour le cas où vous viendriez à comprendre où est votre véritable intérêt. »

Il repartit de son pas désaccordé, le boxer ouvrant dignement la marche.

Laugel resta un moment dans le salon. Il s'attendait à cette visite, à ces questions : il se doutait bien que ses allées et venues étaient contrôlées. C'étaient plutôt certains silences qui l'étonnaient. Par exemple, le commissaire n'avait pas parlé de Sophie, ce qui donnait à penser que les relations de Laugel avec l'hôtesse n'avaient pas encore été percées. Et cela était très important : Carol, par le fait, demeurait également hors du jeu. Mais pour combien de temps encore ? Il suffisait de si peu de chose et, sans chercher plus loin, qu'on l'eût suivi tout à l'heure jusqu'au dancing. Visiblement Nargeot ignorait encore sa démarche au Ritmo, mais rien ne prouvait qu'un de ses hommes ne lui eût pas filé le train. On remonterait aisément à l'ancien ami de Carol, et si la jeune fille passait dans le collimateur des policiers, sa position à lui, Laugel, deviendrait vite intenable.

Il repensa à Vicki. A sa manière elle aussi, elle avait fait bloc avec lui contre la police, sans qu'il entrevît ses motivations. En même temps il constatait qu'elle l'avait mystifié sur son emploi du temps du 11 juin dernier. Pourquoi ? Etait-ce donc si important ? Cette même nuit du 11 où Carol s'était disputée avec son ami... Et après elle n'avait plus jamais été la même...

Plus il y réfléchissait, plus Laugel se persuadait que l'antiquaire possédait la réponse a quelques-unes des questions qu'il se posait. Si Vicki acceptait de parler... Il décida de retourner la voir.

Le magasin était clos, un rideau métallique masquait la vitrine. Vicki apparut à l'angle de la maison en déshabillé bleu éteint à ganses duveteuses, et l'accueillit d'un étrange :

« Je savais que vous reviendriez ! »

Ils entrèrent par le jardinet dans le séjour. Très vite il comprit qu'elle était ivre. Les paupières s'avachissaient sur les prunelles brouillées. Sur la table, le flacon de whisky, dont l'étiage avait bien baissé, un verre sale.

A nouveau, elle l'invita à boire, à nouveau il refusa.

« Pourquoi m'avez-vous débité des sornettes ? Vous étiez aux 24 Heures avec Garamance ! »

La vivacité de la riposte le surprit :

« Et alors ? Vous n'avez pas vos petits secrets, vous aussi ? »

Elle partit d'un long rire qui cascadait désagréablement, se versa à boire.

« A nos amours perdues, monsieur Laugel ! »

Et une fois encore, le rire de crécelle.

« Vous me méprisez, monsieur Laugel. Si, si, je le

vois à votre mine ! Parce que je suis soûle ! Vous, vous êtes un type bien... Comme Solange. Une pute, vous vous dites, Vicki c'est rien qu'une pute ! Et une pute ça n'a pas de chagrin d'amour ! Ça ouvre les cuisses, et puis ça se noircit la gueule ! »

Elle avança d'un pas. Le liquide dans le verre à pied se creusait de remous.

« Je vais vous le dire, monsieur Laugel, pourquoi je vous ai menti. Avec les poulets aussi d'ailleurs j'ai essayé. Mais le flic à la face de carême est revenu, vous savez, l'homme au clebs ! et il a réussi à me coincer. Alors je vous dis tout. C'est pour Jacques que je vous ai raconté des craques. Parce que c'était pas un très bon souvenir pour lui cette nuit du 11, et je me disais que vous aviez pas à le savoir, ni vous ni les flics ! Personne ! On était beurrés tous les deux, on faisait les quatre cents coups depuis Le Mans... »

Un nouveau pas flageolant de bébé.

« Tenez, le pince-fesses, j'étais tellement partie, que je serais bien en peine de dire où ça se perchait ! Je me rappelle qu'à la porte on vendait des déguisements. On entre, on s'en donne, on sème le bordel. Possible qu'on nous ait vidés, allez savoir ! Et après, rideau : le trou ! Je pionçais dans la bagnole. Jacques m'a reconduite, m'a lui-même collée au plumard. En rentrant, les cognes : l'apothéose, quoi ! Il n'en parlait pas, il n'aimait pas qu'on en parle. Voilà. C'était pour lui. »

Elle s'appuya contre la table, remplit à demi son verre, non sans étoiler le chêne teinté. Elle éructa, se redressa.

« Vous me plaisez, monsieur Laugel. Prenez pas cet air dégoûté ! »

141

Elle avait le regard de plus en plus glauque.

« Laissez tomber, mon vieux ! Tant qu'il est pas trop tard...

– Qu'est-ce que vous voulez dire ?

– L'orage, dit-elle, vous l'entendez pas ? Il va nous aplatir tous, vous comme moi ! »

Elle progressa encore, verre au poing, posa une main sur son épaule. Il sentit son odeur. Le déshabillé s'était entrouvert et il entrevit dans un éclair les gros seins et plus bas la large fleur noire étalée. Elle haletait :

« Ecrasez, je vous dis ! Il faut me croire ! Vous allez vous rôtir les ailes ! »

Ses lèvres se tendirent vers son visage. Il s'arracha brutalement, la faisant basculer, lui tourna le dos.

A la porte-fenêtre, il entendit la réflexion qu'elle lâchait, avec une infinie tristesse :

« Pauvre con ! »

23 h 45.

Les ampoules multicolores épelaient dans la nuit les cinq lettres du dancing : R.I.T.M.O. Devant la façade le vaste parking était comble. Des jeunes gens circulaient, enlacés. Une voiture quittait un créneau ; ses phares balayaient le flanc de la bâtisse, clouant au mur blanc un couple d'amoureux. On entendait la pulsation de la batterie, régulière comme un cœur.

Laugel lentement contourna l'établissement. La soirée était moite de rosée. Par moments le craquement de ses pas sur le sable de l'allée semblait réveiller l'obscurité, des formes étendues remuaient vaguement, et il percevait des chuchotements.

Il traversa le parking, marcha sur le bas-côté de la grand-route. Derrière, le choc des percussions s'atténuait, se dissipait dans le silence. Il était seul. De temps à autre les phares d'une voiture transperçaient la nuit très noire et projetaient son ombre loin au-devant. Laugel se concentrait, il convoquait ses souvenirs. Il revoyait le visage au sourire espiègle. Il essayait de l'imaginer dans la salle du dancing hurlante et enfumée, les pattes velues du garçon posées sur elle. « On couchait ensemble, rien de plus, copain-copain. » Elle était partie, elle avait fui toute seule, à cette même heure... Intensément, il s'efforçait d'être cette frêle silhouette qui s'en allait, il mettait ses pas dans les siens, il n'était revenu que pour cela, espérant il ne savait quel miracle.

Il songeait, la même nuit, une Rover quelque part sur la route du Mans, avec ses deux occupants ivres. Etait-ce ici que les trois destins s'étaient croisés ? Minuit, avait dit le garçon. L'arrestation de Garamance à l'entrée de Quimper avait eu lieu selon Nargeot vers les deux heures du matin. Pour qui arrivait du Mans, un itinéraire passant par Rosporden était possible, vraisemblable. Laugel sentait qu'il tenait les deux bouts de la chaîne et qu'il s'en fallait de peu que le cercle ne se referme, de très peu...

Il n'entendit pas venir la voiture. Elle avait dû rouler très doucement, lanternes en veilleuse. Le grognement du moteur derrière lui le fit sursauter. Il appuya sur sa droite, tourna la tête. Les flammes des projecteurs lui brûlèrent la rétine. Dans un réflexe il plongea dans le fossé. Il perçut le rugissement, un cri de femme, tout près, le crissement des pneus qui mordaient la berme et dérapaient sur l'herbe humide, puis la plainte montante de la voiture retrouvant l'asphalte et s'éloignant.

Il se redressa sur les genoux. Son épaule droite lui faisait mal. Là-bas, les feux s'évanouissaient.

« Vous n'êtes pas blessé ? » dit une voix.

Il devina les deux silhouettes sur le talus, qui s'extirpaient du bosquet.

« Ça va, dit-il, une petite gêne à l'épaule, rien de grave. »

Il se mit debout. Il les voyait mieux maintenant. Un garçon et une fille, dont la jupe en corolle faisait une tache très claire.

« Vous parlez d'un abruti ! dit le garçon. Si vous n'aviez pas sauté... Il devait être plein ! Il a failli aller dans le décor. Une 4 L je crois...

– Oui, une 4 L, approuva la fille. J'ai bien cru que ça y était ! »

Une automobile qui arrivait les éclaira fugitivement. Oui, ils étaient de très jeunes gens, presque des enfants. Ils se tenaient par la main, gentiment.

« Si vous avez besoin de nous, dit le garçon, pour un témoignage...

– Vous êtes bien aimables, merci. Mais il n'y a pas de gros bobo. Merci beaucoup. »

Il revint à la R 16. Un type soûl, qui avait perdu le contrôle de son véhicule... Mais pourquoi n'avait-il pas signalé son approche ? Ce silence, ces phares voilés, et tout d'un coup l'assaut...

Il rentra à Quimper au petit trot. Son épaule l'élançait quand il devait tirer sur le volant. Il se coucha, après avoir absorbé deux aspirines. Il repassa les faits dans sa tête, ne réussit pas à se faire une opinion. Il s'endormit.

Le lendemain, quand il se réveilla, tout son bras droit était endolori. Il s'en ouvrit à Pellen, parla sans plus de détails d'une chute stupide survenue la veille. Pellen examina son épaule. Il avait des notions de secourisme et lui garantit qu'il n'avait rien de cassé : un muscle froissé, selon toute apparence, plus quelques contusions. Il lui prêta un flacon de Synthol et un tube d'embrocation dont il s'enduisit copieusement. La douleur s'estompa.

A neuf heures trente, la chambrière lui monta son linge de corps, qu'il avait confié à l'hôtel.

« Il y a aussi une lettre pour vous, monsieur. »

Il prit l'enveloppe, non affranchie, portant seulement ses nom et prénom en capitales et, à l'angle supérieur gauche, la mention : *Très urgent*. Il la décacheta. Elle ne contenait que quelques mots, de la même écriture anonyme :

TIRE-TOI LE CHLEUH OU ÇA SERA TA FÊTE.

Pellen qu'il appela sur-le-champ lui dit qu'une fillette l'avait apportée et était repartie. Non, il ne connaissait pas l'enfant.

Laugel vint à pas lents jusqu'à la fenêtre. Le plafond céleste s'était abaissé, des nuages fuyaient au ras des antennes de T.V. Il allait pleuvoir. L'avenue était triste et grise, le vent faisait tourbillonner des papiers sur les trottoirs où les gens se hâtaient avant l'averse.

Laugel sourit. Il était plus seul que jamais, il ne pouvait compter véritablement sur personne. Autour de lui des forces occultes s'agitaient à la vitesse de ces nuages éperdus. Il devinait une énorme magouille, la collusion d'intérêts puissants qui ne reculeraient devant rien. Son épaule meurtrie le tiraillait, hier on avait failli le tuer... Et Laugel pourtant souriait, possédé par une joie aiguë et comme soulagé. Parce qu'aujourd'hui et pour la première fois, la Bête avait dévoilé un coin de son mufle...

Et ce mufle portait le rictus de la peur.

Deuxième partie

LE TEMPS DES FAUVES

Il n'y a pas eu d'« affaire Garamance ». Une dernière fois, le 18 août, à l'occasion de ses obsèques, le nom du psychiatre a figuré dans les journaux de la région. On a souligné la grosse affluence à l'église Saint-Mathieu et renouvelé à Mme Garamance et à ses enfants les « condoléances attristées » des rédactions locales. Et tout a été fini.

En surface. Car il reste la masse invisible de l'iceberg, et de celle-là Laugel ignore tout. Même l'enquête sur le double assassinat de Saint-Caradec-d'en-Haut, à n'en considérer que la traduction publique, paraît s'être enlisée. Les articles que les quotidiens lui consacrent fondent au soleil d'août : titres de plus en plus étriqués, papiers de routine bâtis sur du vent et que l'on relègue comme honteusement au bas d'une cinquième page... La roue continue de tourner un temps sur son élan, et puis elle s'immobilise.

Chaque jour, Laugel décortique la presse : c'est devenu la grande affaire de la matinée. Quand il descend déjeuner au salon de l'hôtel, Pellen sur le plateau a glissé *Le Télégramme.* Il le parcourt en croquant

149

son croissant et son petit pain et chaque fois il s'en arrache avec un sentiment de frustration.

L'été déclinant tire ses dernières bordées. Vernissages, réceptions à l'hôtel de ville des groupes allemands, concerts d'orgue à Saint-Corentin, élections de « Misses » de tout poil, exhibitions folkloriques se pressent dans les colonnes du journal. D'Audierne à Pont-Aven, de Locronan à Concarneau, la Cornouaille heureuse danse une gavotte ininterrompue. Aucune place pour le drame, les problèmes ont été gommés, les couteaux remisés au vestiaire. Même la milice du sénateur-maire de Saint-Caradec, lancée à grand tapage, à peine née est tombée en léthargie. C'est la Fête, le soleil rutile, le vent salé qui monte de l'Océan murmure : oubli.

Laugel a dressé l'état de ces trois jours de fièvre. Bilan morose, qui lui a cruellement montré ses limites. Il n'aura réussi au bout du compte qu'a racler le fond du marécage, et il n'en a rien tiré, sinon quelques bulles. A présent il est bloqué. Entre la police qu'il récuse, mais qui le garde dans sa mire (sa discrétion n'est qu'un simulacre) et « les autres », dont il a dérangé les cartes, sa marge de manœuvre est à peu près nulle. Qu'est-ce qu'il pourrait tenter encore ? Recommencer la ronde ? Revoir Vicki, par exemple ? Elle ne parlera pas. Complice ou témoin, elle est elle-même ligotée. Il n'a pas oublié son étrange vaticination : « L'orage va nous aplatir tous ! » Il n'a aucune prise sur elle, et elle le sait.

Maintenant, il en est à se dire qu'il en a déjà trop fait. Il s'interroge au sujet de l'agression nocturne. L'homme à la 4 L était-il déjà dans son sillage l'après-midi quand il a rencontré l'ancien ami de Carol ? Dans ce cas il n'aura pas de peine a remonter jusqu'à la jeune femme, et c'est Laugel lui-même qui lui aura servi de rabatteur !

Il attend, il est condamné à attendre. Quelque chose fatalement va se passer dans quelques jours. Le 3 septembre, Carol doit reprendre son travail. Si elle revient, Laugel pressent qu'elle met en péril sa vie. Et si elle ne revient pas... Le 3 septembre, l'échéance radicale après quoi il ne sera plus possible de tricher. Il est incapable de prévoir ce qu'il décidera de faire alors, dans un cas ou dans l'autre. Il élude le débat, il s'enroule sur lui-même comme une couleuvre engourdie, il accepte paresseusement cette sorte d'hibernation imposée.

Il n'est pas dupe : la trêve n'est qu'un trompe-l'œil. Qui sait combien d'autres autour de lui ont eux aussi entamé le compte à rebours ? Dans la torpeur paterne de l'été finissant, des regards d'acier affûtent leur lame et guettent...

Il n'a pas revu Sophie. Il lui a téléphoné le lendemain de l'agression, lui a tout raconté, ses visites à Solange Garamance et à Vicki, son entretien au Ritmo, et la voiture le soir fonçant sur lui. Il a compris qu'il l'avait effrayée, dangereusement. Pour la deuxième fois (la première c'était lors de leur rencontre chez elle) elle a suggéré que l'on avise la police. Il a pu la persuader que ce ne serait pas forcément rendre service à Carol, qu'il leur fallait à tout le moins patienter jusqu'au 3. Mais il ne s'agit que d'une fragile rémission. Sophie lui a déclaré qu'elle partait courant septembre rejoindre son fiancé, dont le navire allait toucher Toulon, et qu'elle souhaitait qu'auparavant « tout soit réglé ».

151

La phrase l'a désagréablement impressionné. Il s'est demandé si au fond Sophie se tourmentait pour Carol, ou pour elle-même. En filigrane de ses propos il a cru déceler, mais il se trompe peut-être, de l'impatience, presque de l'animosité ; il s'est dit qu'elle lui tenait rigueur d'avoir chambardé sa petite vie si ordonnée et quiète, d'être le trouble-fête, et qui sait la mauvaise conscience.

La litanie des jours. Le 22, lettre de son frère Paul, en forme de semonce :

Nous ne discernons pas bien ici les motifs qui te conduisent à t'attarder en Bretagne. Ta mère est très inquiète...

Il a répondu le jour même, une lettre très brève qui n'explique rien, où il répète : *Bientôt... Dès que j'aurai liquidé mes affaires...*

L'attente. Il tue le temps, étourdit ses nerfs. Souvent il prend la voiture, il roule, n'importe où, il avale des kilomètres. Il s'arrête parfois sur une plage, Bénodet, L'Ile-Tudy, Beg-Meil..., il se fond dans la foule nue qui sirote les dernières gouttes de soleil. Il se doute bien qu'il n'est jamais seul, même si ses anges gardiens ont l'immatérialité des purs esprits. Il n'a pas peur : on a trop besoin de lui ! Il a eu le loisir de réexaminer l'affaire du Ritmo et d'analyser l'oukase qu'on lui a adressé : TIRE-TOI LE CHLEUH. Est-ce qu'on espérait réellement l'intimider ? ou si précisément on escomptait sa réaction ? Parce qu'il est le leurre ô combien précieux...

Deux fois par semaine il se rend à Saint-Caradec-d'en-Haut sur la tombe. Il y va très tard, pour être sûr de n'y rencontrer personne de son ancienne belle-famille. Il aime cette sérénité du soir, les brumes bleues là-bas sur les collines, la première grive du crépuscule, la plainte enrouée d'une batteuse attardée... Il se concentre, il fait le vide en lui, il se décrasse l'âme, jusqu'à ce que les deux visages apparaissent. Il n'a pas besoin de parler, ni de prier, ils sont au rendez-vous, ils se regardent tous les trois, l'enfant le regarde de ses grands yeux étonnés. Laugel sent ses nerfs se détendre, il s'attarde. Et quand il repasse le portail de fer, il s'aperçoit que la nuit d'un coup est tombée.

Derniers soubresauts de l'été. Brutalement le ciel se renfrogne, le temps fraîchit. Pellen fait une grosse crise d'asthme qui le retient au lit. Sa petite-nièce est venue le relayer, une brunette aux yeux timides, qui sourit à Laugel quand il passe.

Le vent souffle de la mer. La ville se secoue, jette aux orties sa défroque de pacotille et se retrouve décapée, réduite à sa trame authentique. Les étrangers ont fui, les Quimpérois rentrent des résidences et campings de la côte et rechaussent les soucis oubliés, crise, chômage, indices...

Laugel continue à compter les jours. Chaque soir désormais il téléphone rue Bourg-les-Bourgs : Sophie lui a communiqué le numéro de Carol, qui ne figure pas sur l'annuaire. Il n'y croit guère, c'est comme un rite : il écoute la sonnerie, il imagine le studio dans l'ombre, la pâleur des rideaux du lit à baldaquin, et ce disque étrange oublié sur l'électrophone. Et puis il se couche.

Le dernier jour du mois, il reçoit le faire-part d'Olivier Fallière, lui annonçant son mariage le jeudi suivant avec une demoiselle de Maleyssie. Olivier a ajouté quelques lignes amicales à la plume, où il lui renouvelle son offre : « Si vous avez besoin de moi... »

Bien qu'il ne l'ait pas revu depuis le jour des obsèques, Olivier sait donc que Laugel est toujours à Quimper. Quoi d'étonnant ? Quimper n'est qu'un grand village, et lui il est comme le loup blanc. Il lui adresse ses vœux de bonheur, en songeant qu'à cette date tout sera joué.

Septembre débute dans la grisaille. L'hôtel en quelques jours s'est à demi vidé. La brunette a fait retraite, car Pellen, qui enrageait à la chambre, a repris du service, le col entortillé d'une écharpe. Le dimanche, il tient compagnie à Laugel qui regarde un reportage sportif à la télé du salon. Dîner au restaurant de l'avenue, le coup de sonde du soir, rue Bourg-les-Bourgs, l'attente, un peu plus longue que d'habitude, le cœur serré, le silence.

Lundi 3 septembre. Il appelle à son magasin de disques, dès l'ouverture. Une voix d'homme grognonne répond que Carol n'a pas réintégré son travail, qu'elle n'a pas jugé utile de s'en excuser et qu'on n'apprécie guère tant de désinvolture.

Sophie se manifeste en début d'après-midi. Elle aussi a téléphoné au disquaire. Et maintenant finis les atermoiements !

« Il lui est arrivé quelque chose. »

La voix est presque agressive. Il la supplie, un jour encore, rien qu'un jour.

« Demain, je vous vois, c'est promis, et ensemble on saute le pas. »

Il cède, mais il sait que c'est son dernier triomphe. Dorénavant elle agira sans lui et au besoin contre lui.

Il sort en fin d'après-midi. Il marche longtemps au

bord de la rivière, jusqu'au chemin de halage. Il voudrait s'abrutir de fatigue, ne plus penser, et il n'a que cette idée en tête : demain... Pourquoi s'accroche-t-il ? Son combat est terminé, il passe la main, il ne saura jamais, il le sent. Il va partir, sans tourner la tête, adieu Liz, adieu Sébastien, emportant la blessure ouverte...

Il revient lentement vers la ville, comme s'il voulait casser la course du temps. Le soleil aujourd'hui ne s'est pas montré, mais l'air est très doux. Des berges de la rivière montent des odeurs de vase et de menthe sauvage. Des plaques d'argent miroitent entre les barques mafflues couchées sur le flanc. Un merle, du haut du Frugy, dit à l'été un vibrant au revoir. Loin devant lui, les flèches de la cathédrale se détachent sur un ciel très bas, compact. Conjonction unique de l'heure, de la rivière alanguie, des frondaisons déjà marbrées ponctuant les quais, de cet oiseau qui chante.

Il passe à la hauteur de la venelle qui monte à la rue Bourg-les-Bourgs. Il regarde l'étagement des maisons en terrasses, se demande, le cœur soudainement battant : laquelle est sa fenêtre ? Un espoir fou : si elle était revenue ? Il presse le pas, regagne la R 16.

A peine rentré à la Duchesse-Anne, il téléphone, aussitôt dégrisé : il n'y a personne là-bas. Il repose l'appareil, marche vers la fenêtre. Tout à l'heure, il attendra l'arrivée en gare de l'express de la soirée, il accomplira le geste propitiatoire avant de s'endormir. Demain matin, une dernière fois, il lancera sa ligne. Et puis il passera le témoin. « Demain je verrai Nargeot. »

Il s'appuie à la vitre. La pluie s'éternise à tomber, fine et drue. Les trottoirs de l'avenue sont abandonnés, les voitures ont accroché leurs veilleuses, dont la lueur s'étoile sur la mousseline serrée de la pluie. Dans la gare un train de marchandises manœuvre, crachant de la vapeur qui roule sur le ballast vernissé.

Laugel songe à cet oiseau qui sifflait un moment plus tôt à la pointe du Frugy. Un monde a basculé. Demain... Il se détache de la croisée.

Lundi 3 septembre, vers 21 h 50.

L'express avait près de vingt minutes de retard lorsqu'il s'arrêta en gare. Mais la voyageuse ne s'en plaignait pas, ni de l'ondée qui noyait la ville.

A la porte du hall, elle hésita. A gauche de l'esplanade scintillante quelques voitures de place faisaient le dos rond sous l'averse. Les lampadaires distillaient une lumière poudreuse, comme déchiquetée par les lanières mouvantes de la pluie. Sur l'avenue les autos avançaient avec lenteur, leurs gros yeux dilatés clignotant à travers la buée sale.

Elle prit son envol, traversa la place en courant, la tête coincée entre les épaules, s'engouffra dans le taxi. Elle n'avait pas de bagage, rien qu'un sac de reporter vert kaki en bandoulière. Elle frissonnait dans son léger tailleur d'été.

« Quai de l'Odet. Vous m'arrêterez à l'entrée de la venelle de Kergoz, après la clinique...

– Vu », dit le chauffeur.

Ils descendirent au fil de la rivière. Boulevard Kerguélen, rue du Parc... Les lumières des vitrines, se réverbérant dans les paillettes d'eau étalées sur ses verres fumés, la faisaient battre des paupières, mais elle n'essuyait pas ses lunettes. Elle regardait les trottoirs déserts, tassée dans l'angle droit de la voiture, les mains posées sur ses genoux serrés. Par moments, elle tournait la tête vers la glace arrière, essayait de percer le tamis ruisselant. L'atmosphère de l'habitacle était tiède, les essuie-glaces faisaient « chuit-chuit », le conducteur chantait *La Maladie d'amour*.

Le taxi dépassait le pont Max-Jacob, accélérait sur le quai, et presque aussitôt ralentissait, venait raser le bord du trottoir.

« Oui, arrêtez-moi là », dit-elle.

La voiture s'immobilisa.

« Ça sera dix francs », dit l'homme.

Elle régla la course, sortit sans un mot. Il l'épia un instant, qui contournait furtivement le pâté de maisons et s'enfonçait dans l'ombre de la ruelle. Il songea que sa cliente avait quelque chose de bizarre, mais il ne s'attarda pas à cette impression, remit son compteur à zéro, alla tourner pour revenir sur la gare.

Elle arriva le souffle court au sommet du raidillon. Les lianes froides de la pluie plaquaient contre sa peau le mince chemisier de fil. Ses pieds barbotaient dans ses sandales ouvertes, dont la bride lui sciait la cheville.

Elle passa par la cour, contrôla l'arrière de l'immeuble. Une fenêtre était éclairée au sixième étage, mais le quatrième et le cinquième paraissaient toujours inoccupés. Comme elle l'espérait, la porte de service n'était pas verrouillée. Elle entra, attrapa dans la boîte le courrier et pénétra dans l'ascenseur, qui attendait au rez-de-chaussée.

Pendant qu'elle montait, elle parcourut sa correspondance. Rien d'important. Le palier étroit, le cissus dans sa caissette verte, aux feuilles racornies. C'était elle avant qui s'en occupait, le père Bavoche avait oublié.

Elle introduisit la clef dans la serrure. Derrière elle la porte grinça. Bavoche, justement, qui avait identifié son pas, qui posait dans la meurtrière sa longue face revêche et qui s'écriait :

« Mademoiselle Ridoni ! Vous êtes de retour ! »

Il clopinait joyeusement, tendait sa paume tannée.

« Mais vous êtes trempée !

– Oui, dit-elle, le temps de sortir du taxi. Ça dégringole. »

Il l'examinait avec une bienveillance gourmande, les paupières plissées :

« Alors, ces vacances ? Je ne sais même pas où vous êtes allée cette année ! Vous êtes partie si vite !

– Je n'ai pas eu de vacances, dit-elle. J'étais auprès de ma grand-mère malade. Je vais d'ailleurs repartir : je ne suis ici que pour prendre quelques affaires... »

Elle marcha vers la porte, tandis qu'il continuait de se dandiner sur place, sa jambe raide plantée en appui.

« Votre cousin est venu », dit-il.

Elle fit volte-face.

« Mon cousin ?

– Oui, pour arroser vos plantes.

– Ah !... »

Elle réfléchissait à toute allure, luttait pour montrer un visage uni au vieil homme, dont la moustache palpitait de curiosité.

« Il est venu souvent ?

– Une seule fois. Vous auriez dû me laisser vos instructions : j'ai tout mon temps ! »

Elle dit :

« Ce n'est pas bien grave. »

Et lui tourna le dos, acheva de manœuvrer la clef.

« Excusez-moi, mais j'ai hâte de me changer.

– Bien sûr. Si vous avez besoin de quelque chose.

– Merci. Bonne nuit, monsieur Bavoche. »

Elle referma la porte, donna de la lumière, ôta ses lunettes. Le studio paisible, tel qu'en son souvenir... Le bol en faïence retourné contre l'évier, le disque sur la platine, les deux plantes sous la fenêtre, simplement un peu plus fanées que lorsqu'elle les avait quittées. Oui, tout était à sa juste place.

Et pourtant quelqu'un avait forcé l'asile, et ce n'était pas Sophie.

« Votre cousin est venu. »

Elle n'avait pas de cousin. Comment l'intrus s'était-il procuré la clef ? Elle regrettait de ne pas avoir questionné Bavoche. Tant pis. Elle n'allait pas moisir ici. Le temps de faire ses valises, d'emporter tout ce qui était possible... Demain elle téléphonerait à Sophie avant de repartir.

Elle passa dans le cabinet de toilette, se défit de ses vêtements trempés. Elle se regarda nue dans la glace, son corps tout blanc, trop droit, le cou maigre, les trous d'ombre des salières... Et le visage aussi avait fondu, les pommettes saillaient. Avec ses cheveux mi-courts que la pluie avait collés en grosses vipères luisantes, elle était à faire peur.

Elle se frictionna le crâne avec la serviette-éponge, ouvrit la penderie, y choisit de la lingerie, commença à passer ses dessous.

Le premier bêlement du téléphone bloqua sa gymnastique. Qui donc savait qu'elle était rentrée ? Dans un réflexe puéril, elle courut éteindre l'applique du salon, attendit, appuyée au mur, claquant des dents.

Elle songea que Bavoche aussi écoutait et que si elle ne répondait pas il allait s'étonner.

Elle s'avança dans la ruelle de l'alcôve, décrocha lentement :

« Allô ? »

Il y eut au bout une sorte de soupir qui s'étranglait, et une voix d'homme, grave, demanda

« Mademoiselle Ridoni ? Carol Ridoni ? »

Contractée, elle écouta mourir la dernière syllabe, essayant d'y accrocher une réminiscence. Non, la voix ne lui rappelait rien.

« Oui... Qui êtes-vous ?

– Laugel. Albert Laugel.

– Laugel... »

Elle recommença à trembler. Repose l'appareil, ma fille et fuis, fuis immédiatement, n'attends même pas demain !

« Allô ? dit la voix. Mademoiselle Ridoni, vous êtes là ?

– Oui.

– Est-ce que mon nom...

– Oui, je sais qui vous êtes. Que me voulez-vous ?

– Il faut que je vous voie.

– C'est impossible.

– Il le faut ! J'ai à vous parler de Liz. »

Elle eut une réaction de refus sauvage :

« Non ! Je regrette, mais je ne peux rien pour vous ! »

Elle fit mine de détacher le combiné de son oreille et ce fut comme si de là-bas il l'observait, car il disait très vite :

« Attendez ! Permettez-moi au moins de vous remettre une lettre...

– Quelle lettre ?

– La dernière que Liz ait écrite, quelques heures avant sa mort. Carol, elle était pour vous ! »

Elle fut secouée d'un frisson. Elle avait froid, nerveusement elle frottait sa hanche nue.

« Qui vous a parlé de moi ?

– Sophie. »

Elle ne comprenait pas, entrevoyait toutefois des lueurs :

« C'est vous qui êtes déjà venu ici ?

– Oui. Est-ce que je peux vous rencontrer tout de suite ? »

Elle s'accorda quelques secondes d'illusion. Me boucher les oreilles, ne penser qu'à moi, partir... partir...

Mais elle était prise au piège : elle savait qu'elle ne bougerait pas. Pas avant de connaître le visage de cette voix lente et chaude.

« Je vous attends, dit-elle. Mais faites bien attention. Passez par la venelle : la porte de la cour est ouverte.

– Merci, j'arrive. »

Elle reposa l'appareil, ralluma l'applique. Albert Laugel, l'ancien mari de Liz... Liz, que depuis des semaines elle tentait d'oublier et qui ressurgissait dès ses premiers pas chez elle... Liz, son tourment, son remords.

Elle ferma les persiennes de la kitchenette, tira les doubles rideaux du salon, acheva de s'habiller.

Il sonna. Et tandis que la clef criait dans la serrure, comme à son premier passage, des gonds dans son dos gémirent. Par-dessus son épaule il discerna la face de hibou soupçonneuse piquée au chambranle.

Ils n'eurent pas le temps d'échanger une phrase : la porte devant lui venait de s'ouvrir, une mince silhouette emplissait le créneau, légèrement en retrait. Elle inclina la tête :

« Entrez, monsieur Laugel. Vous connaissez le chemin. »

Il pénétra dans le studio. Elle referma la porte intérieure.

« Vous êtes bien gardée ! dit-il en désignant du menton le palier. Qui est-ce ?

– Ah !... Bavoche, un adjudant en retraite. Il est un peu braque, mais il m'aime bien. Asseyez-vous, monsieur Laugel. Si vous voulez me donner votre imper... »

Elle suspendit le vêtement marbré de pluie à une patère, vint s'asseoir devant lui dans le coin-salon.

Laugel regardait Carol passionnément. Il conservait la conscience aiguë du temps qui coulait, si précieux, sa tête bourdonnait de questions, et il restait muet, comme paralysé par ce qui lui arrivait. Carol, Carol bien vivante à un mètre de lui... Cette petite jeune femme frileuse ramassée au creux de son fauteuil de canne exotique, ses genoux maigres serrés entre ses doigts, sans charme dans la robe de laine grise à pattes blanches close au ras du cou, avec son visage tourmenté, d'une pâleur maladive, et ses cheveux huileux.

Machinalement, il tourna la tête. Sous l'électrophone, à l'abri, de son cadre de cuir vert, une jeune fille radieuse mordait à pleins crocs dans la vie. Quand il revint vers elle, leurs regards se heurtèrent, et il abaissa les yeux, gêné qu'elle eût pu soupçonner le

162

cours de sa réflexion. Il ramassa sur la moquette une des feuilles dentées du philodendron :

« Vos plantes ont l'air d'avoir beaucoup souffert... »

Elle se courba elle aussi et tapota le terreau :

« C'est vrai. J'aurais bien fait de demander à Bavoche de s'en charger. Sophie a d'autres préoccupations en tête ! »

Une mimique allusive ponctuait le propos, le maintenait au registre d'un aimable potinage de salon. Sophie, les lettres le soir sous la lampe, le beau matelot fiancé qui allait bientôt faire escale à Toulon, l'admirable futilité des vies sans drames...

Laugel s'amollissait. La pluie crépitait contre les vitres. Du bas de son pantalon montait une très fine buée. Il se secoua, demanda :

« Elle sait que vous êtes rentrée ?

– Sophie ? Non, le taxi m'a conduite directement ici. »

Elle ajouta, une note de regret dans la voix :

« Je ne comptais rencontrer personne...

– Même pas votre sœur ? »

Un court silence.

« Je ne suis pas venue pour rester. Demain matin je repars. J'allais commencer mes valises quand vous avez appelé.

– Vos valises ? Vous vous en allez... définitivement ? »

Elle eut un geste résigné :

« Définitivement... qui sait ? Je ne regarde plus si loin. »

Une ombre d'angoisse traversa ses pupilles.

« Comment m'avez-vous téléphoné ? Vous ne pouviez pas être au courant ? »

Et parce qu'il avait compris à sa question qu'elle

acceptait enfin la confrontation, il prit son temps pour répondre. Le prélude était terminé. Devant eux la vérité, leurs deux parts de vérité, qu'ils posaient côte à côte. Et maintenant ils savaient l'un et l'autre qu'ils iraient jusqu'au bout.

« Non, dit-il, le hasard seul était au courant ! Tous les jours, plusieurs fois par jour, j'appelle. Tout à l'heure encore, j'ai guetté l'arrivée de l'express. Je vous ai accompagnée par la pensée dans le taxi qui vous amenait ici. Et je vous ai téléphoné. Comme tant d'autres fois ! C'était presque ma dernière chance, notre dernière chance ! »

Il se pencha vers elle :

« Carol, vous allez m'aider... Je vous en prie ! reprit-il avec force. Vous le ferez pour Liz, et pour Sébastien, mon petit. J'ai confiance. Non, il n'y a pas de hasard ! Vous n'êtes revenue que pour cela ! »

Il ouvrit son portefeuille, lui tendit la lettre de Liz :

« Elle est arrivée au motel quelques minutes avant votre départ. »

Elle la lut, la garda longuement en main. Son menton, ses joues frémissaient. Elle reposa la lettre sur le guéridon, et il vit deux larmes qui glissaient sur ses pommettes.

« Je me sens bien coupable...

– Coupable ?

– D'avoir fui. Oui, je n'ai songé qu'à me cacher. La peur... Elle ne m'a pas lâchée une seconde...

– Où étiez-vous ? »

Elle haussa les épaules :

« Où va-t-on se réfugier quand on est en perdition ? J'étais à Paris, je me terrais. J'ai changé d'hôtel à trois reprises. Et chaque fois l'angoisse y entrait en même temps que moi !

– Et vous êtes revenue ! dit-il avec émotion.

– Oui, prendre des vêtements, des affaires... Je n'avais plus rien là-bas. »

Elle répéta, comme pour exorciser une dernière fois le mauvais sort :

« Je dois repartir demain, au premier train. »

Elle ferma les yeux un instant, dit d'une voix brisée :

« Qu'est-ce que je peux faire ? Ce que vous me demanderez, je le ferai. »

Il dit, avec beaucoup de douceur :

« Carol (il s'écoutait l'appeler par son prénom, et c'était facile, comme s'il l'avait connue depuis toujours), Carol, je veux savoir. Racontez-moi... cette nuit du 10 au 11 juin dernier... C'est bien alors que tout a commencé ? »

Il observa le tremblement des joues, les mains qui étreignaient un peu plus fort les genoux, et il en eut la gorge serrée. Carol, ce petit animal traqué ? Il revoyait la jeune fille lumineuse de la photographie, il entendait la remarque de Sophie :

« Elle adorait danser. »

Une autre planète...

« Le 10 juin, dit-elle, oui, c'est bien cela. C'était un dimanche, j'étais allée au Ritmo, près de Rosporden, avec un camarade. Mais ce soir-là rien n'a été semblable aux autres fois. Je me suis disputée avec Patrick, sans motif réel, je dois dire. Et après... »

165

La Bavure

Juin.

Elle avait pourtant essayé de se mettre au diapason. Elle s'était secouée comme les autres marionnettes consciencieusement, sous la décharge des spots crachant leurs flammes d'apocalypse. Mais l'ennui très vite lui coupa les jarrets. Elle déserta l'arène, se rassit.

Patrick, lui, continuait à se déhancher. Ridicule, mais ne le soupçonnant pas, la face suante, son éternelle sucette entre les dents. Autour d'elle, sur les banquettes, des couples vautrés se pelotaient. Martèlement des lumières, spasmes de la musique synthétique, vertige, pupilles irradiées, tympans éclatés, tournis, fumée pestilentielle des mégots charbonnant dans les cendriers humides...

Elle fut tout à coup incapable d'en supporter davantage. Elle se leva, s'avança sur la piste, prit le coude du garçon :

« Patrick, on s'en va.

– Oui, oui... »

Il poursuivait sa curieuse parade, devant la fille impavide, moulée dans son débardeur pailleté d'argent.

« Patrick, je t'en prie... »

Il se retourna, furieux :

« Qu'est-ce qui te prend ? Il est à peine minuit ! C'est chouette, non ?

– Pas pour moi. Je m'en vais.

– Eh bien, fous le camp ! Bon voyage ! »

Elle revint prendre son sac, plongea dans le maelström hurlant, ressortit, l'estomac chaviré. Elle s'arrêta une minute, étourdie, goûta la caresse rêche de la brise sur ses joues moites. Des traînes de brume effilochées flottaient au ras des voitures du parking. Elle traversa la placette, atteignit la nationale, se mit à courir. Fuir, le plus loin possible. Le halètement de la batterie se dilua, s'éteignit. Elle était seule. Une voiture parfois la cernait de ses lanternes, puis l'abandonnait. Elle avançait, sans savoir où elle allait. La nuit pesait sur elle, fraîche comme une eau lustrale.

Elle aurait dû refuser d'accompagner Patrick au Ritmo. La fois dernière déjà, elle avait trouvé sa soirée assommante. Qu'est-ce qui lui arrivait ? Quelque chose, se dit-elle, se terminait, qui avait été sa vie. Elle regardait derrière elle, et n'y découvrait que du vide. Oui, elle changeait, elle vieillissait. Elle allait avoir vingt-quatre ans.

Elle s'arrêta. Loin encore, la note aiguë d'une petite cylindrée poussée à fond. Un pressentiment la fit grimper sur le talus, chercher l'asile d'un taillis. L'auto débouchait de la courbe et passait comme un bolide. Elle n'était pas très sûre, mais elle avait cru reconnaître la Morris de Patrick, qu'il matraquait à son habitude. Patrick pris de remords et qui essayait de la retrouver. Elle attendit un moment. Il revenait, au ralenti. Elle entrevit le visage écrasé contre le pare-brise. Les feux rouges de la petite voiture pâlirent, se fondirent dans la nuit.

Elle sortit de son refuge, reprit sa marche dans le brouillard qui s'épaississait. Patrick... Pourquoi avait-elle était si longue à comprendre qu'il n'était rien pour elle ? Rien de plus que les autres. Entre eux deux, pas une conversation vraie, pas un échange, sinon au niveau le plus futile, des mots et un écheveau de routines : la grand-messe tapageuse et vulgaire chaque fin de semaine dans les salles enfumées, et au retour l'étreinte bâclée sur le siège de la Morris, d'où elle sortait souillée, inapaisée...

Elle n'en voulait plus, elle le rejetait en bloc, lui et tout ce qu'il signifiait, sa jolie gueule avantageuse, sa dégaine de tombeur de kermesse, la puérilité de ses engouements, et jusqu'à ce brin de « plastique » qu'il suçotait en permanence.

Elle marcha longtemps. Quand une voiture s'annonçait, elle se rejetait contre le talus, et repartait, trébuchant sur ses talons, les chevilles douloureuses, les mollets tendus jusqu'à la crampe.

Elle fit halte un moment, s'assit dans l'herbe humide, épuisée. Elle songea qu'une fois de plus elle avait agi sur un coup de tête, et que personne ne lui donnerait raison. Elle entendait Sophie soupirer :

« Notre Carolina est si impulsive ! »

Et quand elle était petite, elle se rappelait que sa mère l'appelait : *Pazzerella*[1]. *Pazzerella*, c'était vrai, elle n'avait rien calculé, elle avait fui... Et maintenant, si elle voulait rentrer à Quimper, elle n'avait pas le choix : il lui fallait prendre la faction en lisière de la grand-route et guetter le passage du bon Samaritain...

La lueur de deux phares là-bas, effrangée par la brume, un vrombissement puissant. L'automobile roulait sur la berme, s'arrêtait. La portière arrière s'ouvrait, une voix d'homme :

« Montez. »

Carol s'introduisit dans l'habitacle, eut un mouvement de retraite, mais la voiture déjà repartait.

---

1. Fofolle.

Ils étaient trois à bord, le chauffeur, un homme et une femme derrière, tous affublés de grotesques masques de carton-pâte.

« Je veux redescendre ! »

Ils s'esclaffèrent à l'envi. Dans l'angle de la banquette, ses deux voisins se caressaient. La femme était abandonnée contre le torse de son partenaire, dont elle dissimulait presque entièrement le corps. Une des mains de l'homme lui massait la poitrine, l'autre se perdait sous sa jupe.

A travers les orifices des masques, Carol discernait dans l'ombre l'éclair des deux regards posés sur elle. Elle détourna la tête, rencontra la nuque large du chauffeur, l'occiput barré par l'élastique retenant le déguisement. Il sifflotait, penché vers le pare-brise que les essuie-glaces ratissaient avec un froufroutement soyeux.

Le couple se dessouda, et Carol reçut la gifle d'un parfum poivré. Elle tressaillit. Un genou chaud venait de la frôler.

« Si jeunette, et toute seule sur les grands chemins ! On n'a pas peur du loup ? »

C'était la femme qui l'interrogeait, d'une voix triviale, cassée par la carapace de carton. Carol se mit à parler, elle comprenait qu'elle devait parler, dire n'importe quoi. Elle évoqua une promenade nocturne dans la campagne avec son fiancé, une discussion qui avait dégénéré, et alors elle était partie, fâchée.

« Il voulait vous faire l'amour, hein ? dit la femme. Et vous avez dit non ? »

Une main tiède se posa sur le bras de Carol, une bague jeta une flamme. Dans le rétroviseur qu'il avait réglé, le chauffeur regardait.

Carol recula jusqu'à l'angle, ce qui parut les exciter tous. La femme et son compagnon glissaient sur les sièges, la main baguée tâtonnait, pétrissait sa robe, atteignait un sein.

Carol s'écarta brutalement :

« Laissez-moi ! »

Elle eut un geste en direction de la portière. Deux serres bloquèrent ses bras.

« Allons, fais pas ta conne ! dit la femme. On ne te veut pas de mal ! »

Carol sentit tout contre son visage une haleine forte. Les doigts de la femme couraient sous sa robe, remontaient le long de sa cuisse. Et son rire fusa en cascade :

« Une vierge ! Je vous parie qu'elle est vierge !

– Chiche ! dit le chauffeur. On se la paie ! »

La voiture avait quitté la grand-route et roulait très lentement dans un chemin de terre. Elle stoppa. Carol jeta un cri, aussitôt bâillonné. Elle voyait le chauffeur qui se déplaçait parallèlement au pare-brise, allumait le plafonnier, abaissait un siège. On la tira, on la poussa, on la plaqua contre un coussin. Des ongles griffèrent sa chair tendre, arrachèrent son sous-vêtement. Elle se débattit, rua, essaya de mordre, jeta toutes ses forces dans cette lutte inégale. Et tout soudain renonça. *Pazzerella*, disait maman Ridoni...

Il y avait trois masques courbés sur elle. Le chauffeur, sans se retourner, avait appuyé sur une touche au tableau de bord. Le chant, d'une cornemuse monta. Carol le connaissait, *Amazing-Grace*. Elle se disait que jamais la cantilène n'avait été si triste. Les trois têtes de gorgones, le rire de la fille... L'homme en elle qui s'énervait, soufflait, malaxait sauvagement ses seins, lâchait enfin son plaisir avec un ahan.

Il se retirait et à son tour le chauffeur l'écrasait de sa masse, la déchirait. La musique avait recommencé, la même musique. Si belle, si désespérée... Jamais plus elle ne pourrait l'écouter sans que dans son souvenir, dans tout son corps... Si belle, si désespérée, si longue... Beaucoup plus longue que...

Halètement de la bête en rut, odeurs immondes. Ricanements du monstre femelle. *Amazing-Grace*... Si belle, si désespérée, interminable...

C'était fini. Le chauffeur avait repris sa place au volant. Ils repartaient en marche arrière, rattrapaient la nationale. Le silence était revenu, massif, soutenu par le grondement du moteur et le battement monotone des essuie-glaces.

« On vous dépose où ? » dit le chauffeur.

Le « vous » à nouveau, presque cérémonieux, signe d'une gêne entre eux, palpable.

« A Quimper, où vous voudrez... »

Ils roulèrent. Pas un mot ne fut échangé avant l'entrée dans la ville. Ses deux voisins étaient sagement assis côte à côte, comme deux étrangers. Les premières maisons de la banlieue, la ponctuation jaune d'une grande artère, la perspective d'un quai de gare dans une trouée. La brume s'était dissipée.

« Arrête, dit la femme. Qu'elle marche un peu, ça la rafraîchira ! »

Le rire de gorge écœurant, qui s'écrasait aussitôt.

La voiture quitta l'avenue, remonta au pas une ruelle obscure, s'immobilisa. Le chauffeur éteignit ses phares, dit :

« Voilà. On ne vous retient pas. »

Carol ouvrit la portière. La femme se pencha :
« Tenez, pour le dérangement. »
Elle glissa deux billets dans son corsage.
« On est quitte. Et pas un mot à la reine mère ! Dans votre intérêt. »
Carol sortit. La voiture bondit, tous feux éteints, disparut au premier carrefour. Carol se remit en route, comme une automate, le cerveau sans une pensée. Elle traversa toute la ville en évitant les quais encore éclairés. Parfois, lorsque ses jambes lui faisaient trop mal, elle s'arrêtait, s'appuyait quelques instants contre un mur, puis la mécanique repartait.

Il était une heure trente. La rue Bourg-les-Bourgs enfin, l'immeuble endormi, l'ascenseur, la clef mal dirigée qui trépignait contre la serrure. Elle était chez elle.

Appuyée contre la porte, elle pleura longtemps. Puis elle pénétra dans le cabinet de toilette, ôta ses vêtements. Les deux billets tombèrent sur le carrelage. Elle les ramassa. Deux billets de cent francs – le prix d'une passe. Elle se doucha, se frotta au gant de crin jusqu'au sang, se rhabilla. Deux heures. Elle ne savait pas ce qu'elle allait faire. Elle avait le corps moulu, gardait leur odeur collée à sa peau malgré ses ablutions, se sentait sale jusqu'aux os. Le rire de la femme, comme un bêlement. Et cette complainte qui n'en finissait pas.

De l'autre côté du palier, des pas traînaient, un robinet chuinta. Bavoche l'avait entendue rentrer et venait boire un verre d'eau dans sa cuisine. Sonner chez lui, lui dire... Ce n'était pas possible. Elle s'étendit sur le lit, ferma les yeux, resta inerte, du brouillard plein la tête.

Une flambée de rage la mit debout. Elle ressortit en tapinois. Par la venelle elle retrouva le quai qu'elle remonta. Elle avait oublié sa fatigue.

La ville était maintenant toute noire, mais on devinait la coulée pâle de la rivière, qui bouillonnait contre une arche.

Elle arriva au commissariat. Elle passa la double porte vitrée, et dans le hall très éclairé elle suspendit son pas, méfiante, doutant déjà de l'opportunité de sa démarche. Un agent rêvassait derrière un comptoir.

« Désirez ?

– J'aimerais parler au commissaire.

– Absent. Pourquoi vous voulez le voir ?

– C'est personnel. »

Il la lorgna avec intérêt.

« Pourriez quand même donner votre nom ? »

Cette banale exigence acheva de la démonter.

Dans quel nouveau pétrin elle s'était fourrée ! *Pazzerella...* Prise de panique, elle jeta à l'homme les mots que lui soufflait son imagination :

« Martin... Sylviane... rue des Ecoles, le 14... Non, pas de téléphone... »

Il consigna les références sur un bloc, décrocha un téléphone intérieur.

« Lepelletier ? Oui, Barrazer. J'ai une dame ici pour vous... Non, n'a pas dit... O.K., je vous l'envoie. »

Il se leva, dit :

« Suivez-moi. »

Il toqua à une porte, avant de la laisser passer devant lui.

L'homme était petit, rondouillard, avec des joues colorées, une calotte de cheveux noirs frisés très fins, presque crépus.

173

Il commença par la déshabiller d'un long regard professionnel, lui montra un siège en tubes métalliques.

« C'est à quel sujet ? »

Elle avala sa salive, murmura :

« Un viol. »

Elle se mordit aussitôt la lèvre comme si le mot en passant l'avait brûlée. Le flic allongea la lippe et attrapa un carnet, une pointe bic :

« Nom, prénom, adresse profession... »

Docilement, elle répéta son rôle :

« Sylviane Martin, 14, rue des Ecoles, Quimper.
– Pas de profession ? »

Elle mentit encore :

« Non, je suis au chômage. »

Il inscrivit tout, puis il releva le nez. Ses yeux brillaient.

« Un viol, hein, remarqua-t-il du ton dont il aurait dit : retape sur la voie publique. Racontez-moi ça. »

Elle raconta, elle essaya plutôt, bafouillant, se contredisant, terrorisée par le feu équivoque du regard.

Il avait rejeté son crayon après avoir griffonné quelques lignes et s'était renversé contre le dossier de son siège. Il bâilla bruyamment, deux doigts contre ses dents jaunes.

« Décrivez un peu vos agresseurs. »

Elle s'y employa, perdit pied très vite. Elle avait eu si peu le loisir de les observer sous la lumière falote du plafonnier !

Et surtout, il y avait ces masques...

Le flic poussa un sifflement :

« Des masques ? Tiens donc ! Vous allez au cinéma des fois ? »

174

Elle dit, oui, ça m'arrive.

« *Orange mécanique*, vous avez vu ? »

Elle dit, non, pourquoi ?

Il eut une moue sceptique. Il alluma une cigarette, secoua la tête :

« Et la bagnole ? Elle avait pas de masque, elle ? »

Il rit en silence de son humour.

« Une grosse voiture, de style américain. Non, je n'ai pas relevé le numéro. Il y avait le brouillard, et ils ont éteint les lanternes quand ils m'ont laissée. »

Il écarta les bras :

« Alors rien ? »

La cigarette au coin des lèvres il l'examina, plissant les paupières dans la fumée qui s'étirait. Il s'accouda sur le bureau :

« Vous étiez vierge ? »

Elle rompit sous le regard humide, resta silencieuse. Il épia sa réponse, dit : bien sûr ! sans s'expliquer autrement, ajouta :

« Vous avez pris du plaisir ? »

Elle secoua la tête, mécaniquement.

« Faut pas mentir, ma p'tite demoiselle, conseilla-t-il. Vous êtes pas la première à qui...

– Non ! » protesta-t-elle avec rage.

Elle était humiliée, au bord des larmes.

Il reprit sa pose indolente au creux du siège, continua à déguster sa cliente, à l'abri d'un voile de fumée. Son visage s'était encore empourpré. Il songeait à bobonne qui à cette heure dormait en travers du lit conjugal et il se sentait tout coquin, la fin du printemps, sans doute, va-t'en savoir, il était pareil à un toubib, il avait mis sa patiente à poil, et il se disait

sacré Dieu ! elle est bougrement bandante, la gamine !
Il se raisonna, déconne pas, fils, le boulot d'abord.

« Donc vous n'avez pas joui. Sodomisée ? Non ? »

Il parut très déçu. Il murmura comme pour lui-
même :

« La plupart pourtant le prétendent, c'est bien
connu. »

Sans préavis, il se mit debout, jeta son mégot et
commença à promener autour du bureau son embon-
point essoufflé. Il stoppa auprès d'elle, demanda :

« Vous maintenez votre plainte ? »

Avant qu'elle eût pu répondre, il enchaînait, l'index
à la verticale :

« Je dois vous prévenir charitablement des ennuis
qui vous attendent. Pour commencer, il vous faudra
un examen médical sévère. Vous avez déjà fait votre
toilette ? Oui ? Vous avez eu tort : ça vous sera repro-
ché. Bien. Supposons que vous l'ayez, votre rapport
médical, rien n'est gagné. Car enfin qu'est-ce qui
prouve que vous ne l'avez pas recherchée, cette aventure ? Ça cafouille toujours là-dessus. Une brouille
avec un ami ? Et c'était une raison pour vous balader
en pleine nuit toute seule dans la cambrousse, hein ? »

Il s'arrêta pour juger de l'effet de sa diatribe, et
reprit :

« Quant à vos agresseurs, le signalement que vous
en donnez est tellement... brumeux ! Le coup des masques, ne vous y fiez pas trop, ça risque de se retourner
contre vous. Eh oui, mademoiselle, les mythomanes,
ça existe ! »

Il se remit à tourner en rond.

« Je ne veux pas vous décourager. Mais la question
est celle-ci : est-ce que vous êtes prête au grand débal-

lage ? Songez à votre petit copain, à votre famille. Vous avez de la famille ?

– Non.

– Personne ? Mais des relations, des voisins ? Enfin c'est à vous de voir. »

Il s'assit, assura, lugubre :

« Je veux bien prendre vos déclarations. »

Carol dit :

« Non, ce ne sera pas nécessaire, je retire ma plainte, c'est possible ? »

Il eut un roucoulement ravi :

« Et comment ! C'est entré ici, ça n'en sortira pas. Tenez ! »

Il arracha un feuillet à son calepin, le déchira théâtralement, jeta les papillons dans la corbeille :

« Classé ! »

Carol se leva. Il l'accompagna jusqu'à la porte. Elle lui dit, merci, excusez-moi. Il lui tapota l'épaule, paternel, dit, y a pas de quoi, on est là pour ça.

Elle sortit du commissariat, traversa le pont, erra sur le boulevard Kerguélen, au bord de la rivière. Un clochard allongé sur un banc se redressa :

« Bonsoir, ma belle dame ! Je vous fais-t-y un brin de conduite ? »

Elle fit un écart, continua d'avancer, pantelante, perdue, se disant, je veux mourir.

... Elle s'était arrêtée. Cela faisait près d'une heure trente qu'elle parlait d'une voix monocorde, comme insensible à sa présence. La pluie caracolait contre la fenêtre. Il demanda :

177

« C'est alors que vous êtes entrée en relation avec Liz ? »

Elle parut déboucher d'un tunnel.

« Liz ? »

Elle le regarda, battit des paupières :

« Non, pas tout de suite. Pendant plusieurs jours je me suis contentée de ressasser mes souvenirs. »

Il désigna l'électrophone :

« Et dans ces souvenirs, il y avait *Amazing-Grace* ?

— Oui, cet air m'obsédait. Je connaissais les différentes présentations du chant – au magasin j'en vendais assez souvent... Jane Manson, Robeson, le très beau Juddy Collins, Joan Baëz... Je savais qu'un seul enregistrement m'intéressait, celui avec le Royal Scots Guards. Pourtant j'ai voulu tous les écouter à la maison, les comparer. Parce que je ne comprenais pas ; ce que j'avais entendu dans la voiture c'était bien cette version avec cornemuses, et ce n'était pas elle ! La bande du commerce dure 2 minutes 5. L'*Amazing-Grace* de cette nuit-là, dans ma mémoire, était plus long, beaucoup plus long. J'ai écouté, des dizaines de fois, sans réussir à trouver l'explication. Je ne l'ai entrevue que bien après : la bande ne pouvait être qu'un repiquage d'amateur à partir de l'enregistrement original. Mais à l'époque ça ne m'a pas effleurée.

— Vous n'avez pas eu l'idée de vous confier à votre sœur ?

— Bien sûr, j'aurais pu. Sophie m'aurait fait un gentil sermon : "Ma pauvre Carolina !" Et puis après ? Puisque j'avais renoncé à porter plainte ! Pourtant j'avais besoin d'elle. Patrick, c'était bien fini. J'étais très injuste, mais je lui en voulais de ce qui s'était passé. Je me suis remise à fréquenter la rue des Réguaires.

On passait la soirée ensemble, Sophie et moi. Je ne la dérangeais pas, elle écrivait à son marin. Et moi je pensais à ces trois masques, à cette femme qui riait... Quand je rentrais, avant de m'endormir, souvent je regardais les deux billets de cent francs, qu'elle avait fourrés dans mon décolleté, et puis j'éteignais, un peu plus malheureuse. »

Carol s'arrêta, sembla quelques secondes attentive à l'averse qui frétillait à la vitre. Elle eut un frisson, croisa les bras contre sa gorge menue.

« Un soir après le travail, je ne suis pas rentrée directement, j'ai descendu la rive de l'Odet. Je me rappelle, il faisait très beau, il y avait des couples enlacés. J'ai marché très loin, vers le chemin de halage. J'ai vu le crépuscule tomber, le sentier est devenu désert. Je contemplais l'eau grise, je me tenais tout au bord, il n'y avait même pas de margelle. C'était la deuxième fois que je songeais à mourir. Et à la dernière seconde, le même recul... »

Elle jeta à Laugel un regard humble :

« J'ai toujours eu très peur de l'eau ! »

Elle chemina un moment en silence parmi ses souvenirs, avant de reprendre :

« Ce jour-là, quand je suis revenue j'étais comme une pocharde. Je me suis écroulée dans le fauteuil où vous vous trouvez et, par hasard, j'ai attrapé la double page d'un journal qui traînait. C'était *L'Envol*, je ne le lisais jamais, sans doute avait-il enveloppé quelque chose. Je suis tombée sur « Le Courrier d'Eve », j'ai vu qu'elle donnait son numéro de téléphone, et je l'ai appelée, sans y avoir réfléchi : je réfléchis si peu ! Je lui ai tout raconté, comme ça me venait, en vrac. Elle ne disait rien, elle était habituée, elle écoutait. A un

179

seul moment elle a réagi, quand j'ai évoqué *Amazing-Grace.* J'ai senti qu'elle était intéressée.

– Comment cela ?

– Elle a dit : "Vous, en êtes certaine ? Un enregistrement plus long que celui du commerce ?" Mais ça n'a pas été plus loin. Elle m'a demandé où elle pourrait me joindre. Alors j'ai pris peur, et j'ai raccroché. Mais le surlendemain j'ai acheté *L'Envol,* et j'ai lu son appel.

– C'était le 12 juillet ?

– Possible, oui. Je lui ai envoyé un mot, où je lui disais : "Ecrivez-moi, si vous voulez, au motel des Genêts, à Carol..."

– Toujours votre méfiance !

– Oui, j'étais tiraillée... Sophie a accepté de me servir de relais. Je voyais qu'elle n'aimait pas ce rôle, mais comme toujours elle a gardé ses questions.

– Vous n'avez jamais vu Liz ?

– Jamais. Elle m'a écrit au motel à deux reprises. Je ne lui ai pas répondu. J'ai été lamentable !

– Dans ces lettres, qu'est-ce qu'elle disait ?

– Rien de très précis. Qu'elle approchait de la vérité et qu'il fallait qu'elle me rencontre. Dans le deuxième courrier il y avait une photo.

– Oui, dit Laugel, je sais. »

Il retira de son portefeuille le cliché :

« Vous l'aviez oubliée dans le carnet d'adresses. Je l'ai découverte quand je suis venu ici. Pardonnez-moi. »

Il posa la photographie sur ses genoux.

« Vous avez ces lettres ?

– Non. Je les ai déchirées avant mon départ. J'ai en

180

effet cherché aussi la photo et ne l'ai pas trouvée : ç'a été tellement précipité ! »

Laugel relut l'annotation de Liz :

« *La reconnaissez vous ?* De quoi parlait-elle ?

– De la voiture, je suppose.

– Vous l'aviez identifiée ?

– Non, ni la femme non plus d'ailleurs.

– C'était la Rover d'un psychiatre de la ville, le docteur Garamance. Cette nuit du 11, il rentrait avec sa maîtresse des 24 Heures du Mans. Liz, qui était sa cliente, connaissait vraisemblablement ce détail de l'enregistrement bricolé. La suite coule de source. »

Il lui résuma tout ce qu'il avait découvert par lui-même les semaines précédentes.

« L'un de vos tourmenteurs est mort, nous savons qui était la femme. Il nous manque le troisième acolyte. Mais nous le débusquerons ! »

Elle approuva de la tête, sans chaleur. Elle paraissait plus abattue que délivrée. Et lui ? Il touchait enfin au port, et il n'en éprouvait aucune joie. Rien qu'un dégoût, immense.

Carol l'observait, les bras toujours serrés contre sa poitrine.

« Qu'allez-vous faire ? »

Il se leva, écouta le passage dans la rue d'une voiture dont les pneus crépitaient sur l'asphalte. Il ne savait pas encore. Il montra du doigt la lettre qui était restée sur la table basse :

« Liz était prévenue contre la police. Elle vous avait expliqué pourquoi ?

– Non. Mais dès son premier message elle disait qu'elle préférait se passer d'elle. J'ai pensé que c'était en relation avec ce que je lui avais raconté, sur l'accueil reçu au commissariat. Ou alors autre chose ? Je ne sais pas. »

Laugel se courba sur le guéridon pour lire :

« *Il nous faut user d'autres armes.* A quoi peut-elle bien faire allusion ?

– Ça m'a intriguée moi aussi. Je me souviens que dans l'une des lettres il y avait une phrase sur l'opinion, "la puissance colossale de l'opinion", oui, c'étaient ses termes. »

Laugel l'écoutant se disait tout d'un coup, la presse, bien sûr, elle songeait au journal de Leporon. Dans le même temps lui remontaient à l'esprit des propos tenus par Olivier Fallière, quand il le raccompagnait, après les obsèques. Fallière avait dit du directeur de *L'Envol* :

« Il a des antennes à la police, il sait beaucoup de choses... »

Beaucoup de choses... Etait-il inconcevable que Liz, à défaut de lui dévoiler déjà ses projets, eût tenté de mettre à profit les moyens d'investigation dont disposait son patron ? Cependant Leporon n'y avait pas fait allusion lors de leur rencontre. Il reverrait le journaliste.

Il se rassit, et Carol répéta :

« Qu'allez-vous faire ?

– Le plus urgent, dit Laugel : prévenir votre sœur. Elle est malade d'angoisse à votre sujet, et l'angoisse est très mauvaise conseillère !

– Oui, dit-elle, parlez à Sophie. Moi, je ne saurais pas... »

Elle ajouta presque aussitôt :

« Vous comptez alerter la police ?

– Pas avant d'avoir sondé le terrain où nous nous

engageons. Il y a ce troisième homme... Vous ne retrouvez rien dans votre mémoire ? un détail sur lui, qui pourrait nous aider ?

– Non, dit-elle. Je n'ai même pas entendu sa voix.

– Tant pis, dit Laugel. Je vais d'abord revoir Leporon, le directeur de *L'Envol.* Après seulement, le cas échéant, on songera à la police. »

Il consulta la pendulette.

« Il faut que je m'en aille. Vous ne bougerez pas, tant que... »

Il s'arrêta, remarquant son expression défaite.

« Ne partez pas encore ! supplia-t-elle. La nuit, j'ai très peur ! »

Il dit :

« Oui, d'accord, je vous comprends. »

Il plaisanta :

« Votre réputation va en prendre un coup ! Le bonhomme en face... »

Et pour la première fois elle eut un sourire vrai, et il entrevit une autre femme, celle de naguère, rieuse, qui aimait danser...

Ils passèrent la nuit à bavarder, sans bouger des fauteuils. Carol, enfin détendue, raconta sa vie, évoqua sa famille, l'Italie. Elle l'interrogea aussi sur Liz :

« Ce devait être une personne remarquable.

– Oui, dit Laugel, une femme exceptionnelle.

– Et malgré tout vous vous êtes quittés... Vous ne l'aimiez donc plus ? »

Il hésita. Il mesurait la bizarrerie de leur situation, ce tête-à-tête nocturne avec une demi-inconnue qui le confessait sur la fraction de son passé où personne jamais encore n'était entré, et il n'en était pas choqué, à peine étonné. La gravité de l'heure avait fait sauter les habituelles conventions. Ils étaient deux êtres perdus, et il leur était doux, un instant, de chauffer l'une contre l'autre leurs deux solitudes.

« Je ne sais pas, dit-il. Je ne sais même pas si nous nous sommes jamais aimés. Il est arrivé un moment où nous nous sommes vus côte à côte, juxtaposés et non pas unis. Nous avons jugé qu'il était honnête de tourner la page.

– Malgré l'enfant ? »

La question lui fit mal, elle touchait à la secrète blessure.

« Nous avons peut-être eu tort. La vérité est que nous avions, Liz et moi, rêvé d'absolu et que nous ne nous en consolions pas. Il aurait fallu sans doute être plus humbles, abaisser la barre et oublier les étoiles ! Oui, pour le petit il l'aurait fallu. »

Il se tut, la tête de nouveau pleine d'images torturantes.

Un long moment Carol aussi resta muette. Puis elle déclara :

« Je ne me marierai pas. »

Laugel ne put réprimer un sourire.

« Vous ne l'avez jamais envisagé ?

– Si, bien sûr... Les deux bras forts qui vous serreront toute la vie ! Mais mes tentations sont éphémères. Il suffit d'un geste, d'un mot... C'est ce que Sophie, je pense, appelle ma légèreté. Je l'envie, ma sœur. Pour elle tout est si limpide ! Elle fera une très bonne épouse. Mes parents aussi s'aimaient. Quand mon père est décédé, maman a englouti ses économies pour le rapatriement du corps en Italie. Elle y est morte elle-même quelques mois après. Je crois qu'elle n'a pas pu supporter la cassure. »

Elle ajouta, songeuse :

« J'aurais peut-être dû rentrer avec elle... »

Les heures passèrent, nourries de confidences à mi-voix, qui alternaient avec de longs silences acceptés. Laugel regardait la jeune fille, si jolie, si fanée, marquée à jamais dans sa chair. Il songeait à Garamance, à l'antiquaire, il les voyait s'exciter sur le corps sans défense, sous leurs masques de Carnaval. Le viol, le mystère du viol... Il avait toujours cru qu'il était l'apanage d'êtres frustes ou désaxés. Il comprenait que le mal était en l'homme, qu'il dépassait la notion de classe ou de culture, pulsion atavique, contenue par le carcan des lois mais non pas étouffée, n'attendant que l'occasion pour se réveiller : griserie de l'alcool, paravent de l'anonymat, ou alibi patriotique – les ruts héroïques de toutes les guerres !

Vers sept heures, Carol se leva et prépara un café très fort, qu'elle servit dans de vastes bols de faïence bleu pastel et qu'ils burent à la petite table de pin verni meublant la kitchenette.

La pluie semblait s'être enfin arrêtée. La blancheur du jour colorait le sillon entre les doubles rideaux, et la rue Bourg-les-Bourgs s'animait de volets claqués, de rumeurs ; de voitures et de pépiements d'hirondelles. Une sirène d'entreprise mugit quelque part. Une cloche tintait, grêle comme celle d'un monastère.

Laugel se mit debout.

« Maintenant je vais vous laisser. Vous allez vous reposer.

– J'essaierai », dit-elle en se levant elle aussi.

Ses pupilles étaient striées de filets de sang.

« Naturellement, vous ne quittez pas le studio. Vous avez de quoi manger ?

185

– Il y a des conserves. Je n'ai pas gros appétit.

– Vous ne bougerez pas, répéta-t-il. Vous devez vous douter que ceux qui ont supprimé Liz, logiquement, s'ils soupçonnaient votre présence... »

Il vit le petit geste effrayé, continua très vite :

« Votre retour n'a pas eu de témoins ?

– En principe non. Le taxi m'a déposée sur le quai, à l'amorce de la venelle, et du fait de l'averse il n'y avait pas un chat dehors. Je n'ai rencontré personne en chemin.

– Et dans l'immeuble ?

– Seul Bavoche sait que je suis rentrée. Les studios sont encore aux trois quarts vides. Plusieurs des locataires sont de jeunes enseignants (le lycée est tout près), qui ne rentreront que dans quelques jours. C'est notamment le cas pour la célibataire du dessous. Reste Bavoche. Il ne sort pas beaucoup de chez lui, mais il est assez bavard. Si cela devait durer...

– Cela ne durera pas, affirma-t-il. Aujourd'hui tout sera réglé. »

Il contrôla la fermeture de la porte, regretta qu'elle ne comportât pas de verrou intérieur, mais la serrure lui parut robuste.

« N'ouvrez à personne. Attendez-moi : je vais travailler pour vous. Pour nous ! »

Elle l'accompagna jusqu'à la porte.

« Vous reviendrez ? »

Elle s'exprimait très bas, à cause de Bavoche, dont le transistor était déjà en route. Il l'imita :

« Je vous téléphonerai d'abord. Ne multiplions pas les visites. »

Elle dit oui, ouvrit très discrètement, chuchota merci, referma sans bruit.

186

Laugel écouta, perçut le ronronnement d'un rasoir électrique, dont le moteur criblait de crachements la musique du poste. Il traversa le palier sur les pointes, descendit les six étages à pied. Il épia les alentours avant de se risquer dehors, rallia à vive allure la rue Hémon, où la R 16 était garée.

Revenu à l'hôtel, il prit un bain, se rasa de près. Il changea de linge de corps, choisit dans sa petite garde-robe une chemise en toile rustique bleue, enroula à son cou une écharpe imprimée chaudron, qu'il noua dans l'encolure. Coup de brosse rituel aux chaussures. Il se sentit relativement frais, l'esprit net malgré sa nuit blanche.

Il descendit à la salle à manger, où il se fit servir son deuxième café noir de la matinée, accompagné de trois croissants.

Puis il sortit téléphoner à Sophie. Il était huit heures vingt-trois. La jeune femme commençait son service. Il s'assura qu'elle était seule à la réception et lui assena la nouvelle :

« Carol est rentrée. »

Il entendit l'exclamation, coupa court à ses questions :

« C'est bien trop long à vous expliquer au téléphone. J'aimerais vous voir immédiatement. Sans attirer l'attention, bien entendu. »

Elle réfléchit.

« Oui, c'est possible. Vous monterez par l'ascenseur au troisième étage. La chambre 317 est pour le moment inutilisée. La porte ne sera pas fermée. Ne vous occupez pas de moi : je vous y retrouverai. Vous venez tout de suite ?

– Je serai là-bas dans dix minutes, un quart d'heure. »

La pièce tenait plus du capharnaüm que de la chambre, avec son bric-à-brac de meubles dépareillés et ses montagnes de matelas et couvertures empilées jusqu'au plafond.

Laugel venait à peine d'en dresser un succinct inventaire lorsque Sophie l'y rejoignit. Elle referma la porte à clef.

« J'ai demandé qu'on me remplace, mais je ne pourrai pas rester absente longtemps.

– Ça ne sera pas nécessaire », dit Laugel.

Ils s'assirent sur le cadre métallique d'un lit d'appoint.

« Carol est donc à Quimper ! dit Sophie. Je ne vivais plus ! Si vous ne m'aviez pas appelée...

– Je sais, dit Laugel, vous alliez faire des bêtises. »

Il lui brossa un compte rendu fidèle de ce que Carol lui avait appris. Il vit passer sur son visage les ondes successives de la stupéfaction, de l'horreur, de la pitié.

« Pauvre chérie ! dit-elle quand il eut terminé. Si j'avais pu savoir... »

Elle semblait beaucoup moins marquée par la gravité des accusations qu'il portait, la responsabilité, évidente de Garamance et de sa maîtresse, que par la conscience du calvaire que Carol avait enduré.

« Est-ce que je la verrai ?

– Non, dit-il. Pas pour l'instant, elle ne doit rencontrer personne. Pardonnez-moi de vous imposer une discipline aussi cruelle, mais abstenez-vous même de lui téléphoner. Sa sécurité est à ce prix ! J'assurerai le relais. Pour l'heure elle doit dormir, elle en a bien besoin !

– Oui, je comprends. »

Ils se levèrent.

« Quand vous la verrez, dit Sophie, dites-lui combien je pense à elle et que je voudrais... »

Elle ne put terminer sa phrase.

Laugel la regarda avec sympathie.

« Je le lui dirai, elle y sera très sensible. Oui, elle a beaucoup souffert, de la solitude surtout. »

Ils se quittèrent, regagnèrent séparément le rez-de-chaussée.

En descendant les marches extérieures du motel, Laugel remarqua un grand gaillard efflanqué, les mains dans les poches de son pantalon de velours à côtes, qui contournait le bâtiment, venant de la direction du court de tennis. L'homme était jeune, avait des yeux perçants, très enfoncés, un faciès osseux dévoré par un nez en bec d'aigle.

Leurs regards se croisèrent. Laugel détourna la tête, avec l'impression qu'il avait déjà rencontré cette personne et qu'elle aussi au même moment faisait une réflexion identique.

Cette pensée l'occupa tandis qu'il s'extrayait du parking, mais il ne put localiser ce visage. Il mit l'espèce de malaise ressenti au compte de l'insomnie qui bandait ses nerfs, n'y pensa plus.

Leporon accepta de le recevoir, dès qu'il se fut fait annoncer par la secrétaire. Laugel retrouva avec plaisir le petit homme au visage ouvert, qui l'avait obligeamment accueilli quelque trois semaines plus tôt.

« Je suis venu vous reparler de Liz, annonça-t-il

d'entrée. J'aimerais que cette conversation reste entre nous.

– Cela va de soi. De quoi s'agit-il ?

– Je vous demande de bien réfléchir, monsieur Leporon. Est-ce que Liz vous a quelquefois parlé du docteur Garamance ?

– Je vous l'ai dit, elle voyait de temps à autre le psychiatre, ce n'est pas un secret. Pourquoi ? »

Laugel déplaça sa cible.

« On m'a rapporté, très exactement Olivier Fallière, que vous aviez vos entrées à la police... »

Les yeux de Leporon s'agrandirent derrière les gros cercles d'écaille. Il sourit :

« Olivier est un bavard ! Tous les journaux ont leurs entrées à la police : la tournée régulière des commissariats, ça fait partie de la routine du métier ! Moi aussi je me tiens au courant.

– Vous avez des informateurs ?

– Je n'aime pas trop le mot, mais c'est à peu près cela.

– Avez-vous eu connaissance de l'incident qui a opposé Garamance à une patrouille de gendarmerie, la nuit du 11 juin dernier ?

– Oui, dit Leporon sans hésiter. Mais c'est devenu du domaine public ! L'affaire était inscrite au tribunal et...

– L'avez-vous su immédiatement ? »

Leporon remonta ses lunettes et, le front plissé, parut battre le rappel de ses souvenirs.

« Je pourrais contrôler, mais ce n'est pas utile : oui, je l'ai appris le lendemain.

– Le 12 donc. Et Liz en a-t-elle été informée ?

– Pas à l'époque. C'est assez étrange... »

Il semblait troublé.

« Qu'est-ce qui est étrange ?

– Votre question vient de me remettre en mémoire une démarche de Liz... »

Il cala ses coudes contre le bureau et se mit à lisser sous son menton la collerette de poils blonds.

« Ça s'est passé plus tard... oui, bien plus tard. Liz un jour m'a demandé si je n'avais rien dans mes dossiers (je collationne scrupuleusement les tuyaux récoltés) concernant cette nuit du 11 juin. J'ai cru qu'elle faisait allusion au P.V. infligé à Garamance, qu'elle l'avait peut-être appris du toubib en personne, qui la suivait de façon régulière. Je lui ai donc communiqué les renseignements que je détenais. A son expression j'ai compris qu'elle entendait les faits pour la première fois, de ma bouche. Elle m'a demandé si j'avais les noms des policiers qui avaient dressé le constat, et elle a paru contrariée en apprenant qu'il s'agissait de la brigade routière, juridiction où nous sommes bien moins introduits. Mais elle n'a pas insisté.

– Cette intervention a dû vous étonner ?

– Sur le moment, oui.

– Vous n'y avez pas repensé, à la mort de Garamance ? »

Leporon écarta mollement les bras :

« Je n'avais pas de raisons d'établir un rapprochement entre les deux faits. »

Il posa sur son vis-à-vis un regard limpide que les loupes étiraient. Laugel amorça un recul :

« Dites-moi, vous connaissiez bien le psychiatre ?

– Dans la mesure où l'on est amené professionnel-

191

lement à connaître les figures marquantes d'une petite ville comme la nôtre...

– Il avait beaucoup de relations ?

– Certes. En dehors de son métier, il s'adonnait à pas mal d'activités sportives, mondaines... Cela allait du "Lyon's" aux cercles de bridge, de tennis, etc. Il côtoyait par le fait des tas de gens... dans la frange la plus huppée, s'entend !

– Dans la police aussi ? »

Leporon continuait de l'observer avec intérêt. Il resta quelques secondes silencieux, comme s'il soupesait les termes de sa réponse. Puis il dit simplement :

« A un certain niveau de classe, je suppose qu'on est partout chez soi. »

Il décrocha d'un râtelier sa pipe à tuyau court, commença de la bourrer avec du tabac hollandais.

« Pourquoi vous intéressez-vous à Garamance ? Est-ce qu'il y a un lien entre sa mort et celle de Liz ? »

Il ne regardait plus Laugel, il préparait sa pipe. Mais Laugel le sentait branché. « Je vais tout lui dire, songeait-il, il peut tout entendre. » Il lisait la bonne volonté sur le visage poupin absorbé, l'honnêteté la plus disponible.

Pourtant, il se déroba, une appréhension irrationnelle de dernière seconde.

« Je ne sais pas encore, je cherche, j'essaie toutes les pistes... »

Il s'engluait dans ses explications, qui n'en étaient pas. Leporon poliment hochait la tête et glissait sa pipe avec flegme entre ses dents. Le fil était cassé. Ils échangèrent encore quelques banalités. Puis Laugel remercia le journaliste et sortit.

Il revint à la Duchesse-Anne, mécontent de sa reculade. Dans la chambre, il dénoua son écharpe, s'assit, essaya de faire le point.

« Liz connaissait assez Garamance pour, à travers les confidences au téléphone de Carol, l'identifier. Quelque chose en particulier lui met la puce à l'oreille : cet enregistrement « pas comme les autres » entendu au lecteur de cassettes. Elle va donc enquêter sur l'emploi du temps de Garamance durant la nuit du 10 au 11 juin. Est-ce que dès le départ elle soupçonne la police d'avoir voulu étouffer l'affaire ? En tout cas, lorsqu'elle s'adresse à Leporon, elle n'a en vue, vraisemblablement, que les conditions du passage de la jeune fille au commissariat de la rue Le Hars. Leporon lui révèle un détail important, à savoir qu'au cours de cette nuit de juin, Garamance a eu des ennuis avec les représentants de la force publique. Elle paraît contrariée en apprenant qu'il s'agissait de la brigade routière. Pourquoi ? »

Laugel se concentra, tenta de se mettre dans la peau de son ex-femme. Si les deux informations – le viol, le PV – avaient touché le même service, la même nuit, à très peu d'intervalle, l'identification de l'un des violeurs était aisée : dans les deux cas il était fait état de déguisements, sinon de masques : Nargeot avait parlé de cotillons. Le fait qu'une structure différente (la gendarmerie) eût procédé au PV cassait momentanément le raisonnement qui avait dû être celui de Liz. Les deux services étaient-ils imperméables au point que personne au commissariat n'eût été en mesure d'établir le lien ? Telle était sans doute la question que Liz s'était posée. Si on se référait à son dernier message, sa conviction était restée absolue jusqu'à la fin : la police dans l'affaire n'avait pas les mains nettes.

Du coup, Laugel y trouvait la justification de sa propre méfiance. Sans pouvoir toutefois se résoudre à en assumer la conséquence logique. Il connaissait déjà deux des personnes impliquées dans le viol, le témoignage de Carol confondrait Vicki, on remonterait au troisième acteur, on débusquerait le maître d'œuvre...

Il suffisait de crier fort, très fort. L'opinion, avait dit Liz, qui pensait à Leporon. Laugel partageait son point de vue, il savait qu'il n'avait pas le choix, qu'il avait l'épée dans les reins. Pourtant il tergiversait encore, piétinait avant le saut.

Et pendant tout ce temps, ce temps perdu, dans un studio à quelques centaines de mètres de là une jeune fille attendait, qui avait remis sa vie entre ses mains et à qui il avait promis que tout serait accompli avant la fin du jour.

Mardi 4 septembre, 12 h 20.

« Attention, dit l'homme, la voilà ! »

L'hôtesse franchissait la baie vitrée du motel et descendait les trois marches en reboutonnant le tricot qu'elle avait enfilé sur sa robe de soie sauvage.

« Alors ? »

La femme se pencha vers le pare-brise, regarda par-dessus ses larges verres teintés.

« Oui, c'est elle. »

Elle se rejeta en arrière, porta les mains à son visage. L'hôtesse se dirigeait vers eux, dansant sur ses talons aiguilles.

« C'est ridicule, dit l'homme. S'il y a quelqu'un qui ne risque rien, c'est bien vous ! »

La jeune fille passa devant eux, à quelques mètres du créneau où ils s'étaient garés. Elle s'arrêta près d'une 104 beige, dont elle ouvrit la portière.

« Partons, dit la femme. Vous savez ce que vous vouliez savoir. »

L'homme consignait quelque chose sur un carnet. Il releva les yeux, suivit la parabole de la 104 sur le parking. Il rangea son carnet.

« Dire qu'on la cherchait si loin ! Alors que ça nous crevait la vue ! »

Il se mit en route à son tour, sortit du parking et prit la direction de Quimper.

12 h 30.

Ce fut peu avant l'entrée en ville que Sophie comprit qu'elle était suivie. Simultanément et elle se rendit compte que sa rétine avait depuis longtemps enregistré l'image de la R 4. Depuis, selon toute vraisemblance, qu'elle était sortie du parking des Genêts.

En temps ordinaire, elle n'y eût peut-être pas prêté attention. Mais ces dernières heures avaient été trop riches d'événements pour qu'elle ne fût pas sur ses gardes : l'annonce du retour de Carol, et aussitôt après l'entrée en scène du jeune policier au long nez, ses questions insidieuses... Et Laugel qu'elle avait tenté de joindre toute la matinée sans succès. Elle avait quitté le motel les nerfs à vif. Et maintenant cette voiture, une R 4 bleu nuit métallisé. Elle se rappela que lorsque Laugel avait été agressé près du Ritmo il s'agissait aussi de ce type de véhicule. Rencontre fortuite ? Des R 4, il en existait des milliers sur les routes !

La voiture demeurait dans son sillage, à une trentaine de mètres, séparée par une 504 commerciale. Sophie appuya sur la droite, ralentit, laissa la 504 la doubler. Mais la R 4 aussi biaisait insensiblement, et une Dyane aussitôt venait s'intercaler.

Les doigts de Sophie se durcirent sur le volant. Non, ce n'était pas une coïncidence ! Elle distinguait le conducteur. Il était seul à bord. Elle apercevait les deux mains gantées au sommet du volant, les revers d'un imperméable clos au ras de la pomme d'Adam, mais de son visage seuls étaient visibles le menton et la lèvre inférieure : le reste de la figure disparaissait derrière le pare-soleil abaissé au maximum.

Et ce détail à lui seul était éloquent : si la matinée était claire, le soleil tardait à filtrer à travers les nuages, et de toute manière ils lui tournaient le dos.

Profitant d'une courbe, elle parvint à décrypter le numéro d'immatriculation de la voiture, se le répéta plusieurs fois de suite. 4548 QT 29. Sur l'allée de Locmaria elle accéléra à fond, et durant une minute elle crut qu'elle l'avait distancée. Mais dès les premiers feux la R 4 était à nouveau dans sa foulée, à l'abri d'une camionnette de livraisons.

Pendant qu'elle attendait elle ouvrit son sac et écrivit le numéro au coin d'un ticket de pressing. Ils repartirent.

Au pont Sainte-Catherine, elle traversa la rivière et coupa sèchement la file de gauche. L'aboiement d'une trompe en colère la fit sursauter. Elle vit l'index vrillant la tempe, la bouche convulsée, mais ne repéra pas la R 4. Elle roula le long de l'Odet, et stoppa à quelques mètres du restaurant du Cap-Horn, où elle déjeunait de temps à autre.

Avant de sortir, elle examina soigneusement dans le rétroviseur l'enfilade du quai, les voitures qui stationnaient. Aucune trace de la Renault métallisée. Il semblait qu'elle l'eût lâchée à l'entrée du pont.

Elle s'introduisit dans le restaurant, prit un jeton, descendit au sous-sol téléphoner. Est-ce que Laugel enfin... Oui, il était là. Sa voix posée, rassurante...

« Allô ?

– C'est Sophie. Je désespérais de vous toucher !

– Qu'est-ce qui ne va pas ?

– Une voiture m'a prise en filature dès mon départ du motel. Une R 4 bleu métallisé.

– Une R 4, dites-vous ? Vous en êtes certaine ?

– Absolument. Le conducteur se cachait, mais j'ai pu noter le numéro.

– Oui, donnez. »

Elle lut sur le papier :

« 4548 QT 29.

– C'est enregistré. D'où m'appelez-vous ?

– Du restaurant du Cap-Horn. Je pense avoir réussi à le semer. Mais il y a autre chose. La police ne vous a pas rendu visite ?

– La police ? Non, pourquoi ?

– Je me faisais un sang d'encre ! Un flic a essayé de me tirer les vers du nez à votre sujet, peu après votre sortie des Genêts. Il était au motel pour une vérification de routine, un client à qui on a dérobé un transistor dans sa voiture sur le parking. Le flic vous a vu sortir.

– Un grand type avec un nez crochu ?

– Oui. Vous le connaissez ?

197

– J'ai dû le croiser au commissariat, ça me revient. Et alors ?

– Il voulait bien entendu savoir pourquoi vous étiez au motel. Je lui ai dit que vous étiez venu vous renseigner pour une location éventuelle, que vous aviez dit que vous réfléchiriez. Je ne sais pas s'il m'a crue. J'avais peur que si on vous interrogeait entre-temps...

– Vous avez bien fait de me prévenir. Gardez votre sang-froid. Je m'occupe de la bagnole. Dès que je sais quelque chose je vous appelle. A bientôt. »

Elle déjeuna au milieu d'une brume d'irréalité, s'ingénia à repousser l'instant où elle aurait de nouveau à affronter la rue, l'œil attaché à son sillage. La salle du restaurant était tiède. Les clients bavardaient paisiblement, des gens simples, habitués pour la plupart, chauffeurs, petits employés. Il y avait sur la desserte un gros bouquet de dahlias pourpres. Et chaque fois qu'il passait devant sa table, le garçon lui dédiait un clin d'œil amical.

Sophie s'abandonnait à la quiétude bourdonnante du lieu. Elle avait le corps brisé comme si on l'avait bastonnée. Elle n'était pas faite pour le drame ! Des semaines déjà qu'elle vivait dans un état de tension insupportable, et cette cascade d'émotions fortes aujourd'hui, en l'espace de quelques heures...

Elle alluma une fine cigarette anglaise, l'aspira à petites tétées précieuses, en rêvant à l'appartement douillet, rue des Réguaires, à la longue lettre qu'elle écrirait ce soir à Laurent, son fiancé. Une de ses toutes dernières lettres avant qu'elle ne le rejoigne à Toulon. « Quelques jours encore, je mets la clef sous le paillasson, je m'envole sans regarder derrière moi. Et adieu les catastrophes ! »

Elle se reprocha aussitôt sa pensée égoïste. Et Carol ? Comment pouvait-elle oublier Carol ? « La pauvre Carolina, se répéta-t-elle, comme elle a dû souffrir ! » Une onde de tendresse la gagnait, mêlée de remords. La revoir, la presser contre sa poitrine, être la grande sœur maternelle qu'elle n'avait pas su être... Carol si proche – la rue Bourg-les-Bourgs n'était qu'à quelques centaines de mètres – et n'avoir pas seulement la possibilité de lui parler...

A 13 h 20, il lui fallut reprendre le volant, et immédiatement elle retrouva ses fantasmes. Mais elle eut beau épier la route, elle atteignit le motel sans avoir remarqué la R 4 bleu nuit.

Elle accrocha son tricot dans la penderie, derrière la réception, vint s'asseoir au comptoir. Le vieux Paugam, qui la remplaçait de midi 15 à 13 h 30, ôtait ses lunettes et se levait avec une grimace fatiguée en se massant les reins.

« On vous a demandée tout à l'heure. »

Elle tourna vivement la tête :

« Qui ? »

Paugam se pencha, attira un feuillet de bloc, lut péniblement :

« Un nommé Albert Lagel... ou Logel. »

Sophie ferma les yeux, respira profondément. « Dieu, que je suis nerveuse ! »

« Il n'a rien dit ?

– Il a dit qu'il serait absent une bonne partie de l'après-midi, qu'il vous rappellerait dès son retour. Il avait l'air très pressé. »

Il reposa le papier, se gratta le front à la lisière de ses cheveux blancs.

« Sophie, vous n'avez pas d'ennuis ? »

199

Elle lui sourit :

« Mais non, monsieur Paugam, tout va très bien ! »
Il secoua la tête, prit la direction du bureau en
raclant ses pantoufles.

Sophie était un peu étonnée. Laugel avait déjà
obtenu son renseignement au sujet de la R 4 ? Impro-
bable, sinon il lui aurait fait tenir un message. De toute
manière, il avait dit qu'il la rappellerait, elle n'avait
donc qu'à attendre. Elle se calma très vite.

16 heures.

Depuis deux heures Laugel rongeait son frein à
l'hôtel. Dès l'ouverture des bureaux de *L'Envol,* il avait
téléphoné à Leporon et lui avait parlé de la R 4. Pour
ne pas se perdre en explications, il lui avait déclaré
que c'était lui-même qu'on avait suivi. Est-ce que le
journaliste ne pouvait pas l'aider à retrouver le propriétaire de la voiture ?

Leporon ne lui avait pas semblé très enthousiaste,
mais il avait quand même pris note du numéro d'immatriculation et dit qu'il allait essayer. Laugel s'était
engagé à ne pas quitter la Duchesse-Anne. Depuis il
était claquemuré dans sa chambre.

Vers les trois heures, il avait repris contact avec
Carol, l'avait trouvée assez calme, reposée.

« Oui, j'ai dormi. C'est Bavoche qui m'a réveillée.
Je ne lui ai pas ouvert, mais j'ai dû lui tenir le crachoir !
Je lui avais dit hier soir que je repartais aujourd'hui
même et il s'étonnait de me savoir encore là. Je lui ai
répondu que j'étais un peu souffrante, que j'avais dû
différer mon départ. J'ai eu du mal à m'en dépêtrer :

il voulait à tout prix me faire mes courses ! Il reviendra. »

Laugel la rassura, lui affirma qu'il attendait un coup de fil très important, et qu'après il attaquerait.

C'était vrai. Il s'était enfin décidé à franchir le Rubicon ! Le cercle autour d'eux se rétrécissait trop dangereusement. La tentation était forte d'associer l'intervention du flic auprès de Sophie à sa prise en charge par un inconnu quelques instants plus tard. Ce que Laugel pressentait depuis longtemps, ce que Liz déjà avait compris, se trouvait encore conforté : d'une manière ou d'une autre la police était mêlée à une affaire qui, lancée une nuit de juin dernier par une agression sauvage, avait abouti au massacre de Saint-Caradec, puis à la fin brutale de l'un des acteurs du viol. L'identification du conducteur de la R 4, le même homme à l'évidence que celui qui lui avait infligé un avertissement « musclé » à la sortie du Ritmo, enrichirait d'une pièce capitale le dossier qu'il s'apprêtait à livrer à Leporon.

Seulement, rien n'était joué : le patron de *L'Envol* accepterait-il lui aussi le redoutable quitte ou double ? Laugel n'avait aucun titre à le lui imposer. Et s'il se récusait, quelle solution ?

Le téléphone nasilla. Leporon enfin ! Fébrilement, Laugel décrocha. C'était Sophie.

« Monsieur Laugel, vous m'avez demandée ?

– Moi ? Quand ?

– Vers 13 h 20, juste avant que je reprenne mon travail.

– Mais pas du tout ! Pourquoi ?

– Oh ! mon Dieu ! »

L'exclamation sourde, puis le souffle pressé de la jeune fille lui nouèrent l'estomac.

« Sophie, calmez-vous ! Quelqu'un vous a appelée ?

– Oui. C'est Paugam, un collègue, qui me remplaçait à la réception. L'homme a dit qu'il était Albert Laugel, qu'il devait sortir, qu'il rappellerait. J'ai donc patienté. Et puis, un doute m'a pris. J'ai interrogé le collègue. Et j'ai cru comprendre que le correspondant s'était simplement enquis de "l'hôtesse", et que c'était Paugam qui sans penser à mal lui avait fourni mon nom. Je me suis dit que la démarche n'avait peut-être pas d'autre but. C'est pourquoi j'ai cru nécessaire...

– Votre interprétation est malheureusement plausible. Ne vous affolez pas. Nous allons agir en conséquence. Je vous verrai avant ce soir. »

Il reposa le combiné, sans en détacher les doigts. L'événement prenait le galop. Jusqu'à ce jour, et contrairement à ses craintes, Carol était restée pour ses poursuivants un prénom : il se souvenait du premier appel anonyme au motel, le matin même du jour où Sophie l'avait reçu chez elle. Ce n'était plus le cas. Laugel ne discernait pas bien le rôle que l'hôtesse avait tenu à son insu dans la partition, mais le résultat était là : la proie désormais était épinglée, fichée. Et Laugel avait le sentiment accablant qu'à deux reprises c'était lui en personne qui avait ouvert la voie aux tueurs !

Plus possible en tout cas de subir la situation passivement. Il décrocha à nouveau l'appareil, donna au standard le numéro de Leporon. Il n'obtint que la secrétaire :

« M. Leporon est sorti il y a une demi-heure... Non, il n'a pas précisé quand il rentrerait. »

La tuile. Tant pis, il lui fallait parer au plus pressé, en ne comptant que sur lui-même : il avait déjà perdu plus de deux heures !

Il appela la jeune fille, rue Bourg-les-Bourgs :

« Carol ? Vous allez vous éloigner de Quimper immédiatement. Non, ne me posez pas de questions ! Je vous expliquerai tout à l'heure. Prenez le minimum de bagages et sortez. Je vous cueille sur le quai, à la hauteur de la venelle, une R 16 verte – dans, disons un quart d'heure. Naturellement, tâchez de vous faire remarquer le moins possible. A tout de suite. »

Ses instructions données à la jeune fille, il demanda les Renseignements à la gare, nota les départs de la demi-journée. Le premier express pour Paris quittait Quimper à 17 h 19. Il n'était que 16 h 20. Non, pas question d'attendre. Les chiens déjà sans doute étaient sur la piste et chaque minute vécue ici était une sorte de défi à la mort. Il la sortirait d'abord de Quimper, la mettrait lui-même au train à la première gare. La première gare c'était Rosporden. Il calcula : une vingtaine de kilomètres, une bonne route... Sauf pépin, il serait de retour assez tôt pour voir Leporon.

Carol avait suivi ses consignes. Elle faisait le guet, blottie à l'encoignure d'un portail de jardin. Elle courut vers la voiture, sac de grosse toile en bandoulière, une petite valise de vinyle ambre dans la main.

Il lui ouvrit la portière, la débarrassa de son bagage, qu'il logea sur la banquette arrière. Ils roulèrent. Laugel au début resta silencieux, tout occupé à décortiquer avec méthode les autos qui se plaçaient dans ses roues, et Carol pour ne pas le distraire évitait de le questionner. Il réussit à s'extraire de la ville, avec la certitude qu'ils n'avaient pas de chaperon.

Il lança la R 16, se détendit. Il lui exposa alors ce qui s'était passé, parla d'une possible collusion entre la police et leurs ennemis.

« Je vous conduis jusqu'à Rosporden. Vous y prendrez l'express de Paris. Puis vous vous rendrez chez moi, en Alsace. Je vous remettrai les clefs de ma maison à Eguisheim, vous y serez à l'abri : là-bas, personne, croyez-moi, ne vous demandera de comptes quand vous ouvrirez ou refermerez vos volets ! Quant à moi, vous sachant en sécurité, j'aurai l'esprit plus libre pour agir.

– Qu'allez-vous faire ?

– Tout raconter à Leporon, le journaliste. Il faut jeter l'affaire sur la place publique ! Seul un scandale énorme peut nous protéger. »

Durant le reste du trajet, il lui parla de son pays avec chaleur, d'Eguisheim et de ses balcons rouges, de géraniums, d'Oderen aussi, sa ville natale, au pied du Markstein, où il avait encore sa mère et son frère.

« Ils vous accueilleraient comme quelqu'un de leur famille. Mais pour l'instant je préfère que votre présence en Alsace demeure secrète. »

Ils touchèrent Rosporden avant 5 heures. L'express ne quittait la ville qu'à 17 h 37. Ils allèrent donc s'asseoir à l'intérieur d'un café, face à la gare. Laugel lui confia les clefs de son logement. Sur une feuille de carnet il traça l'itinéraire précis qu'elle aurait à suivre pour arriver à Eguisheim et dessina un croquis de la petite ville.

« Le quartier est très agréable, vous verrez. Evitez toutefois de vous mêler aux voisins. Rassurez-vous : vous n'aurez pas de Bavoche dans le coin ! De toute manière votre quarantaine sera courte : aussitôt que vous pourrez vous montrer sans risques, je vous fais signe.

– J'attendrai, dit-elle. J'ai confiance en vous. »

Il lut dans ses yeux un tel abandon corps et âme à sa volonté que sa gorge se noua. Gauchement, il posa sa main sur celle de la jeune fille, la garda toute chaude et vibrante au creux de sa paume.

Ils restèrent sans voix quelques secondes. Puis elle demanda :

« Vous préviendrez Sophie ?

– Dès que je serai rentré à Quimper. Ce matin elle m'a chargé de vous dire combien elle avait hâte de vous revoir. Elle vous aime bien. »

Les yeux de Carol brillèrent.

« Comme c'est étrange... On vit côte à côte des années, sans se connaître, sans jamais se livrer... On porte des masques ! Oui, je suis certaine que Sophie et moi, lorsque tout sera fini... »

Un nuage obscurcit son regard. Laugel durcit sa pression sur la menotte frêle.

« Oui, Carol, ayez espoir. Vous reverrez votre sœur... bientôt ! »

Il l'accompagna sur le quai, l'aida à se hisser dans le wagon. Elle vint se coller à la baie du compartiment, et tandis que le « Corail » s'ébranlait, il regarda le visage brouillé qui se forçait à lui sourire et la main derrière la vitre dessinant un au revoir.

Il revint sur Quimper pied au plancher. Il entra dans la ville à sept heures moins cinq, s'énerva près de dix minutes dans les encombrements du soir, gara la voiture en catastrophe rue du Moulin-Vert. Il gravit les trois étages au pas de charge, se heurta sur le dernier palier à la secrétaire, laquelle repartait, sa journée terminée, et toisa avec ahurissement ce colosse haletant qui s'enquérait de son patron :

« Oui, il est encore là. »

Leporon apparut, sa bouffarde au bec, le fit entrer :

« Ça fait deux heures que j'essaie de vous toucher ! Asseyez-vous, monsieur Laugel. »

Il prit un papier.

« J'ai pu avoir le tuyau, non sans mal. La bagnole qui vous occupe a été louée le 8 août dernier au Garage de Pénanguer à Concarneau, pour une durée de deux mois, à un nommé Pierre Merlin, habitant 17, rue de Salonique, à Quimper. Je me suis piqué au jeu et j'ai poussé jusqu'à cette adresse. Là j'ai eu une surprise. »

Il reposa le feuillet.

« Il n'y a aucun Merlin, au 17 rue de Salonique. »

Laugel hocha la tête

« Bien sûr. Le 8 août, avez-vous dit. Le jour exact où Liz et Sébastien...

– Oui, murmura Leporon, j'avais moi aussi fait le rapprochement. »

Un court silence, et Laugel dit :

« Monsieur Leporon, ce que je suis venu vous dire est encore plus grave... »

Leporon fixa sur lui ses yeux doux :

« Plus grave ?

– Infiniment plus grave. Je vous apporte le moyen de démasquer l'assassin de Liz et de mon gosse ! »

Leporon tressaillit. Il raccrocha sa pipe au râtelier.

« Je vous écoute », dit-il.

19 h 15.

Le grelot tinta, délivrant la fièvre mécanique des employées du supermarché. En un clin d'œil, chaque stand revêtit pour la nuit son bonnet de toile crème. L'une après l'autre les lumières s'éteignaient.

Sophie prit la file, se laissa porter par la vague des derniers clients. Une fois à l'extérieur elle s'arrêta. Dix-neuf heures un quart. Le ciel était bas, taché de roseurs diaphanes à l'ouest, le crépuscule s'annonçait. Sur la place Terre-Au-Duc, dans les rues adjacentes, c'était le branle-bas brouillon du soir, l'affairement des ultimes emplettes, les étals extérieurs qu'on rentrait, le crissement des rideaux de fer. A petite vitesse, les autos remontaient la rue du Chapeau-Rouge ; plusieurs déjà arboraient leurs lumignons nocturnes.

Le soir restait doux et cependant Sophie avait la chair de poule. Elle déplia le col de son paletot de tricot, le maintint serré à deux doigts contre sa gorge. Elle fit quelques pas, indécise.

Depuis trois quarts d'heure, Sophie n'était qu'un gibier aux abois. C'était à l'instant où elle s'apprêtait à se garer devant son immeuble, rue des Réguaires, qu'elle avait aperçu la R 4 bleu sombre s'avançant très lentement au bout de la rue, comme surgie du néant. En un éclair, elle avait reconnu le pare-soleil rabaissé, l'imper clos, les deux gants noirs rapprochés au sommet du volant, et elle avait compris que le cauchemar recommençait. Son cœur s'était gonflé de révolte, pourquoi ? pourquoi moi ? Farouchement elle avait redonné les gaz, était repartie.

Durant plusieurs minutes, elle avait tourné dans le quartier, selon le plus imprévisible des itinéraires, s'ingéniant à casser son rythme, sinuant, revenant sur ses bases. Dix fois elle avait cru qu'elle l'avait décramponné, et à la seconde où elle se prenait à respirer, elle voyait le mufle bas qui pointait d'une rue perpendiculaire, et la R 4 patiemment se replaçait dans la file.

L'homme ne la serrait jamais de près, il donnait du mou à la laisse, lui offrait l'illusion qu'elle était redevenue libre, et puis il tirait légèrement sur sa longe. Il ne paraissait pas pressé, on aurait dit qu'il savait où elle allait, où elle devait fatalement aboutir.

A un moment, elle fut incapable de supporter davantage ce jeu sadique. Elle abandonna la 104 place Toul-Al-Laer et courut jusqu'à la poste centrale, sans un coup d'œil derrière elle. Il n'était que sept heures moins dix, les guichets étaient encore ouverts au public. Elle téléphona à la Duchesse-Anne.

« Monsieur Laugel est absent. Désirez-vous que nous lui transmettions un message ? »

Un message ? Quel message ? Elle ne put trouver ses mots, dit non, merci, je rappellerai...

Elle revint à la 104, désemparée. Du regard elle fouilla les alentours, en vain. Il se cachait, il était tapi quelque part, tout près, il la contemplait se débattre dans sa toile.

Elle descendit vers le quai par la rue Juneville. A peine avait-elle viré sur l'avenue qu'il était à nouveau dans ses pas, assez loin, à l'abri de plusieurs voitures. Et la lente traque reprit. Elle devenait folle !

Elle réintégra le centre, continua quelque temps dans le vieux quartier sa noria échevelée. Elle fut saisie d'un malaise. Cahin-caha elle parvint à atteindre le parking de la cathédrale, stoppa.

La sueur brûlait ses pupilles comme de l'acide, son cœur ruait contre ses côtes. Elle ferma les yeux, se dit je vais tomber dans les pommes. Puis le sentiment d'insécurité fut le plus fort, elle rouvrit les paupières, passa au crible les voitures du parking, ne réussit pas à repérer son bourreau. Comme dans un songe elle regarda une GS havane qui reculait pour sortir d'un créneau, un groupe de vieillards qui palabrait sous un tilleul, un bambin faisant du slalom sur sa planche à roulettes.

Elle secoua sa torpeur. Ne pas rester là, offerte, dans sa prison de tôle. S'il s'approchait à pas de loup, si un poing soudain se tendait contre la vitre... Elle s'arracha de la voiture, s'éloigna presque en courant du parking.

Devant le porche de la cathédrale, un agent, mains au dos, surveillait le trafic. Aller vers lui, lui dire... Non, même cela lui était interdit, Laugel avait été formel, pas la police.

Elle coupa la place par le travers, se fondit dans la foule serrée de la fin de journée. Elle n'avait pas de but, elle fuyait. D'instinct pourtant elle avait pris la direction opposée à la rue des Réguaires. Elle remonta la rue Kéréon, trottinant sur ses talons surélevés, bousculée, trébuchante, faisant d'innombrables haltes pour essayer d'identifier parmi tous ces marcheurs indifférents la face de son persécuteur. Mais comment le reconnaître ? Des gants sombres, un imperméable boutonné haut, il n'avait pas de visage.

Place Terre-Au-Duc, les lumières d'un libre-service l'attirèrent. Elle y pénétra, n'ayant qu'une pensée, assez naïve, brouiller la piste, ressortir par une autre porte. Et une fois qu'elle fut à l'intérieur, ses nerfs crièrent grâce. Rumeur humaine, rassurante, musiques susurrées, chaleur des comptoirs éclairés, pacifique remue-ménage de la vie...

Jusqu'à la fermeture elle traînailla d'un rayon à l'autre, engourdie, se répétant : pourquoi moi ? mais la tête trop vide pour pousser plus avant l'analyse.

Maintenant, c'était le réveil, la dure réalité du dehors. Qu'allait-elle faire ? Revenir à la 104, se livrer pieds et poings liés à l'homme qui n'attendait que cela, qui avait certainement pris l'affût et qu'elle piloterait jusque chez elle... Elle frissonna. Le chien au bout de sa corde...

Brusquement elle traversa la place. Par la petite rue Saint-Mathieu elle arriva au parking de la Tour-d'Auvergne. Au bout, le début de la rue Bourg-les-Bourgs. Son cœur se remit à battre très fort. Elle ne l'avait pas prémédité, mais elle comprenait qu'elle devait échouer ici, que c'était le ferment secret de sa course éperdue. Revoir Carol... A elles deux elles seraient plus fortes. Elles mettraient en commun leurs pauvres détresses. Elles réfléchiraient, elles resteraient en contact par le téléphone avec Laugel. Rue des Réguaires elle ne disposait même pas de ce lien nécessaire avec l'extérieur : une fois rentrée dans son appartement, elle serait seule avec sa peur, écoutant s'approcher le pas de l'homme...

Elle remonta la rue, s'introduisit dans l'immeuble, gravit les six étages par l'ascenseur. Le palier silencieux, la plante moribonde dans sa caissette verte. Elle sonna, plusieurs fois, écouta, ne recueillit que le bruit de sa respiration haletante. Carol était sortie.

Sophie eut quelques secondes de flottement. Redescendre ? Replonger dans la rue hostile ? Pour aller où ? Non, elle attendrait ici le retour de sa sœur. Aussi longtemps que ce serait nécessaire. Elle se rappela alors qu'elle avait gardé la clef du studio. Elle la prit dans sa pochette. Elle ouvrit, referma, poussa la porte intérieure, donna de la lumière.

L'horloge électrique de la kitchenette marquait 19 h 31.

20 h 10.

« Vous m'aviez promis des révélations, remarqua Leporon. Le mot était timide : c'est de la dynamite que vous m'apportez ! »

Il acheva de vider sa pipe dans le cendrier et la garda en main cependant qu'il se levait et marchait derrière son bureau.

« Je connais mal cette Vicki. Mais Garamance était une personnalité de premier plan, tant par la position qu'il occupait sur la place que par ses attaches familiales. Les Garamance sont une vieille dynastie de négociants bordelais, très introduits dans le milieu politico-affairiste. Un des cousins du psychiatre est d'ailleurs député centriste de la Gironde. Mme Garamance elle-même est la fille aînée du P.-D.G. de la Grande Faïencerie Mézadieux. Et pourtant, mon petit doigt me souffle qu'il ne s'agit là encore que du menu fretin. Le gros poisson nous échappe !

— Le troisième homme ? dit Laugel.

— Oui.

211

– Ce matin, j'ai eu l'impression que vous n'écartiez pas l'éventualité de liens entre Garamance et la police.

– Non, je l'ignore. Ce que je cherchais à exprimer... Je crois profondément à la solidarité de classe. Même une petite ville tranquille comme Quimper a sa face cachée, un réseau souterrain d'intérêts énormes, complémentaires. Qu'on vienne à s'y cogner, et un peu partout des alarmes tintent, les fils se tendent. Et la ville tranquille n'est pas loin de n'être plus qu'une ville captive, une ville étranglée ! »

Il se rassit, le visage rose d'excitation.

« Revenons-en à la police. C'est le nœud du débat. Nous n'avons aucune preuve formelle qu'elle soit en cause – des présomptions, mais j'insiste, pas la trace d'une certitude. Avec le dossier que vous détenez, la marche à suivre semble aller de soi : vous vous rendez rue Le Hars, vous déballez le tout à Nargeot. Ce que je sais du commissaire ne m'autorise pas à supposer qu'il soit mêlé à une opération malpropre.

– Ça se passe peut-être à son insu ? Dans son entourage ? »

Leporon eut une grimace qui traduisait son scepticisme :

« Ou plus haut, je le crains, beaucoup plus haut. Le problème est celui-ci : concrètement, pièces en mains, que peut Nargeot ? Ça a l'air absurde : on a de bonnes lois, n'est-ce pas, une procédure bien au point... Mais quel est le seuil à ne pas dépasser, au-delà duquel la loi s'efface et un Nargeot n'est plus qu'un numéro matricule impotent ? Je dis : Nargeot, ça pourrait être aussi bien le juge Bernard, qui instruit l'affaire et que le commissaire va informer en priorité, ou le procureur Claron, toutes personnes *a priori* parfaitement respectables. Je repose la question : Dans une conjoncture d'exception, que feront-ils ? Que peuvent-ils faire ? Je n'ai pas la réponse.

– Vous voyez bien, dit Laugel, que mon idée n'est pas si déraisonnable. Entre deux risques... »

Leporon continuait de rouler entre ses doigts le tuyau nacré.

« Je vous en veux un peu, Laugel, dit-il d'une voix douce. Il y a une heure, j'étais un homme plutôt en paix avec lui-même. Maintenant, quoi que je fasse... Comment nier, poursuivit-il en grossissant le ton, que votre suggestion m'émoustille ? Vous m'offrez sur un plateau "l'affaire", la chance de ce "J'accuse !" à quoi nous rêvons tous plus ou moins, nous autres gens de presse ! L'ennui c'est que je ne suis pas Zola... »

Il soupira :

« C'est sans doute de la pusillanimité, le vertige devant l'incendie qui crépite... »

Il s'arrêta à nouveau, ajouta *mezza voce* :

« La police... De toute manière, nous ne pourrons pas nous passer d'elle. Mais il faudrait d'abord créer l'irréversible. »

Ses yeux de gosse brillant derrière les grosses loupes interrogèrent Laugel :

« Je voudrais réfléchir.

– Bien entendu. J'ai pourvu au plus urgent : Carol pour l'instant est à l'abri.

– Je vous donne ma réponse au plus tard demain matin. Autre chose : verriez-vous un inconvénient à ce que je m'en ouvre à Olivier Fallière ? Il a toujours été pour moi d'excellent conseil.

– Oui, dit Laugel, parlez-lui. Il comprendra. Il aimait beaucoup Liz. »

Ils se levèrent.

« Le moment n'est pas le meilleur, dit Leporon : à quarante-huit heures de son mariage, Olivier a d'autres chats à fouetter ! Mais s'il le peut, je sais qu'il nous aidera. »

A la porte, en serrant la main de Laugel, il dit :

« Prenez garde à vous, monsieur Laugel. Il n'y a pas que Carol, vous aussi vous portez le signe !

– Comme vous désormais.

– Comme moi, dit rêveusement le journaliste. Comme la sœur de Carol, et bientôt Olivier... Finalement, cette dilution du secret, c'est peut-être notre meilleure sauvegarde ! »

20 h 30.

La demie de huit heures tomba du clocher de Notre-Dame. Loïc Leporon l'écouta mourir dans le silence, en étreignant l'appareil. Ses mains tremblaient de fièvre. Le poison, se dit-il, le poison est dans mes veines ! Il décrocha, forma le numéro de l'appartement d'Olivier. Personne. Il appela alors Saint-Caradec, sans beaucoup y croire : à cette heure Olivier avait quitté son étude. Effectivement, le téléphone résonna dans un bureau vide.

Leporon décolla de l'ébonite ses doigts humides, essuya ses verres embués. Pendant quelques minutes, après le départ de Laugel, il s'était accordé une halte. Le temps d'une dernière prise de conscience. Mais à quoi bon se donner le change ? Tout était dit, il n'était plus capable de s'arrêter, sans qu'il discernât dans cette force qui le soulevait ce qui était hommage posthume rendu à Liz, fidélité des principes, ou vanité de plumitif.

Il se jetait dans la fournaise et comme toujours dans les circonstances difficiles il avait besoin d'une caution fraternelle. Olivier... S'il téléphonait chez ses parents, à la Croix-Verte ? On pourrait peut-être le renseigner ?

Son troisième essai fut le bon. Léon Fallière en personne lui répondit que son fils était chez lui, qu'il le lui passait.

« Olivier ? Il faut que je te voie.

— C'est-à-dire...

— Ecoute. Il s'agit de l'assassinat de Liz et du gosse. Albert Laugel sort de mon bureau...

— Laugel ? Qu'est-ce qu'il t'a dit ?

— Des choses effarantes. A foutre le feu à la ville ! Il est à peu près établi que la police est dans le bain, et du très beau linge...

— Explique-toi.

— Non, pas au téléphone. C'est trop sérieux, tu comprends ? Est-ce que tu pourrais venir ?

— Oui, bien sûr. Mais pas tout de suite. Je me trouve ici en service commandé ! Il y a des tas de gens... Oui, des trucs de dernière minute à régler pour après-demain. Mais je vais faire l'impossible pour me libérer.

— Je t'attends, Olivier. Je ne quitte pas la rédaction. »

20 h 35.

Olivier reposa le combiné et contourna à petits pas le bureau massif du sénateur-maire. Du salon lui parvenait un brouhaha de conversations et de rires, que

215

dominait par intervalles la trompette péremptoire du chanoine-archiprêtre.

Olivier s'arrêta et bâilla. Il répugnait à se replonger dans leurs jeux, à se remettre à patauger parmi les horaires et les préséances, à ânonner le rôle qu'il tiendrait dans le programme minuté par son père. Il s'appuya à la table. Sentiment d'un décalage absurde : l'appel pressant de Leporon quelques instants plus tôt, et ce caquetage frivole. « Je devrais les plaquer là tous et courir chez Loïc ! »

La porte s'ouvrit doucement et Léon Fallière parut.

« Alors, tu viens ? Le chanoine Lescop te réclame ! »

Il remarqua l'expression absorbée de son fils, qui ne bougeait pas, accoté à l'angle du bureau de chêne.

« Rien de grave ?

— Si, dit Olivier. Je vais être dans la triste obligation de sécher ta surboum ! Loïc a besoin de moi. »

La fine moustache du sénateur-maire frémit : Fallière n'aimait pas le journaliste.

« Qu'est-ce qu'il te veut ? dit-il d'un ton rogue. Ça ne peut pas attendre ?

— Non, dit Olivier, ça ne peut pas attendre. »

Léon Fallière observa un moment son fils.

« D'accord, tu partiras un peu plus tôt. Mais il nous reste quelques détails importants à mettre au point. Viens. »

Il ajouta avec un sourire forcé :

« Dois-je te rappeler qu'il s'agit de ton mariage ?

— Oui, dit Olivier, et de ta carrière ! »

Léon Fallière n'avait pas perdu son sourire pointu. Il écarta les bras avec résignation :

« On ne va pas recommencer... Viens, tu veux ? »

Olivier le suivit docilement.

21 h 10.

Leporon lut l'heure à sa montre. Déjà 21 h 10 ! Il reposa son stylo. Il y avait près de trois quarts d'heure qu'il écrivait, tout entier possédé par son travail. Il relut les trois feuillets qu'il avait rédigés, presque de jet, de sa haute écriture élégante.

Il parlait du massacre de Saint-Caradec-d'en-Haut, démontait la genèse du crime, relatait fidèlement le viol à trois sur la route de Rosporden. Il disait comment, prévenue par Carol, Liz avait été amenée à entreprendre sa propre enquête. Il n'omettait aucun détail, parlait de la Rover et, d'*Amazing-Grace*. Sans les nommer, il évoquait « le praticien quimpérois éminent », bientôt poussé au suicide, et la commerçante de la région, « qui avait pignon sur rue ». Il soulignait l'attitude ambiguë de la police locale, il affirmait : « On a cherché à toute force à étouffer une affaire qui éclaboussait la respectabilité de quelques élus de la fortune, et on n'a pas craint de pousser cette logique du clan jusqu'à ses conséquences les plus monstrueuses. Et maintenant on voudrait bâillonner les dernières bouches qui crient justice ! Oui, Carol Ridoni est en péril de mort ! Oui, Albert Laugel est en péril de mort ! Pour ces deux-là, les tueurs sont déjà en marche dans notre ville ! »

Il demandait : « Qui est ce troisième homme qui lâchement se terre ? Quels intérêts si considérables sont en cause, ou quels privilèges, que pour les préserver on bafoue les prescriptions les plus élémentaires du droit et de l'humanité ? »

Et il concluait gravement sur la dégradation d'un système « qui conduit les victimes à trembler devant ceux-là mêmes dont c'était la charge de les protéger ! ».

Leporon effectua plusieurs corrections et polit quelques phrases de son texte. Mais il ne souhaitait pas en modifier l'équilibre : l'article se tenait, dans sa forte coulée. Il traça dans la marge en lettres capitales le titre qui chapeauterait toute la largeur de la première page : LA VILLE ÉTRANGLÉE.

Il se leva, fit craquer ses phalanges engourdies. Oui, de la dynamite. Il fallait qu'il joue très serré. Il verrait demain Ledoyen, son chef imprimeur, un type sérieux, d'une rare intégrité. Ensemble ils étudieraient la meilleure façon de garder l'article secret jusqu'à la dernière minute. Ce ne devait pas être un problème insurmontable. *L'Envol* n'était qu'une très modeste feuille, dont Leporon était à la fois le rédacteur en chef, l'éditorialiste et le metteur en pages. Hormis la secrétaire, il n'avait pas de personnel appointé à temps plein. Ses rencontres avec ses collaborateurs se limitaient à la remise des textes le mercredi, et encore plusieurs d'entre eux lui arrivaient par poste des quatre coins du département.

L'Envol paraîtrait très normalement jeudi matin. Leporon eut un rire sourd. A l'heure même où le ministre serait en train de faire le joli cœur à Saint-Caradec ! Il avait conscience des remous qu'il allait soulever, des coassements indignés, de l'avalanche de procès qu'on allait lui jeter dans les jambes. Il acceptait la tempête ! Il avait choisi son camp ! Il songea avec émotion à Liz. Oui, il n'avait fait que reprendre le flambeau de sa main : il lui devait bien ça !

A nouveau il interrogea sa montre. 21 h 15. Pourvu qu'Olivier ne l'ait pas oublié ! Il lui soumettrait son papier, solliciterait ses critiques, mais il était certain que son ami serait avec lui.

Il téléphona à son domicile, à Penhars, dit à Blanche, sa femme, qu'il avait un travail à terminer, qu'il rentrerait tard, de ne pas l'attendre. Il n'avait pas dîné. Par la fenêtre, il vit que le café-tabac Richou était encore ouvert. Il ferma les bureaux et descendit les trois étages, après avoir fixé sur la porte, à l'aide d'une punaise, une carte où il avait écrit, à l'intention d'Olivier : « Je reviens tout de suite. »

Deux clients consommaient au bar, en discutant football. Richou se décolla de son tabouret et tendit la main :

« Toujours à la tâche, monsieur Leporon ? »

Il dit oui, l'édition du surlendemain à boucler. Il but sa bière en échangeant quelques banalités avec le patron, ne s'attarda pas. Il acheta un sandwich, deux œufs durs et un deuxième bock qu'il fit décapsuler, remonta. Il décrocha la carte, se renferma dans le cabinet de travail, attaqua son sandwich et but au goulot en arpentant la pièce. Il était très calme, détendu, heureux.

On toqua à la porte. Fallière enfin ! Mais pourquoi est-ce qu'il ne sonnait pas ? Il était 21 h 25. Leporon posa son bock à demi vide sur le bureau, alla ouvrir :

« Entre, Olivier. »

Ce n'était pas Fallière.

21 h 25.

« Hôtel la Duchesse-Anne, j'écoute.

– Bonsoir, dit Sophie. Est-ce que M. Laugel est rentré ?

– Non, madame, mais il ne devrait pas tarder. Ce n'est pas déjà vous qui...

– Si.

– Il est passé en coup de vent tout à l'heure. Je lui ai signalé qu'on l'avait demandé. Je pense qu'il est allé à pied au restaurant. Il dîne presque chaque soir au Monaco, face à la gare. En tout cas sa voiture est au parking. Je suis désolé, madame. Vous ne voulez pas lui laisser un mot ? Où peut-il vous joindre ? »

Elle eut une très courte hésitation.

« Dites-lui d'appeler chez Carol. Il comprendra.

– Carol, c'est noté.

– Merci. »

Elle coupa, ouvrit l'annuaire. Son index glissa le long de la colonne, s'immobilisa. Café-Restaurant Le Monaco. Elle souligna de l'ongle le numéro, mais n'alla pas jusqu'à relancer Laugel aussitôt : elle avait de ces invraisemblables pudeurs qui la paralysaient !

Depuis qu'elle avait pénétré chez Carol, à deux reprises déjà elle avait essayé de toucher Laugel à la Duchesse-Anne, mais n'avait pas décliné son nom, ni précisé l'endroit où elle s'était réfugiée, écartelée entre des appréhensions contradictoires, subodorant même sous l'invitation obligeante de l'hôtelier Dieu sait quelle curiosité intéressée !

« Il va se manifester d'une minute à l'autre. J'aurais

dû commencer par là, je ne suis qu'une affreuse gourde ! »

Elle éteignit la lampe de chevet, s'écarta du téléphone, revint s'asseoir dans un des fauteuils cannés du salon. Autour d'elle, le désordre, les traces patentes d'un départ précipité : la penderie grande ouverte, de la lingerie en boule sur le lit, deux valises abandonnées à même la moquette. Où était Carol ? Qu'est-ce qu'ils avaient décidé tous les deux ?

Elle ne savait rien, tout s'était fait sans elle, elle n'était qu'une, vraiment oui, pauvre cloche, égarée dans un logement déserté, se demandant encore par quel sortilège elle y avait jeté l'ancre, n'osant plus en bouger et bien incapable d'imaginer comment tout ceci allait se dénouer.

Elle soupira, se cala dans l'attente. Elle n'avait touché à rien, avait seulement allumé une des appliques, du salon. Volets et doubles rideaux étaient ouverts. La nuit battait contre la fenêtre, faisant moutonner au loin quelques taches de lumière.

Chez le voisin la télé marchait très fort. Elle l'avait entendu rentrer, très peu de temps après son arrivée. Il y avait eu des tintements de couverts et son pas inégal sur le dallage du coin cuisine. Il avait dîné très rapidement, avait fait la vaisselle en chantonnant *Les Feuilles mortes*, avait ouvert le poste pour les informations de vingt heures. Maintenant il ne bougeait plus, il était installé devant l'écran, tout à son spectacle, un film de la troisième chaîne. Il devait être dur d'oreille, car il avait poussé le son : Sophie pouvait presque suivre le détail du dialogue. Elle ne s'en plaignait pas, c'était réconfortant, rassurant. Elle aurait aimé sortir et causer avec l'homme, tellement proche. Elle ne l'avait jamais vu, mais Carol un jour lui avait parlé de « son » retraité solitaire, si bourru et si prévenant...

Attendre... La pendulette pépiait imperceptiblement, la trotteuse par bonds effaçait les secondes. 21 h 29. Il ne tarderait pas. A l'hôtel, on lui transmettrait son message, il appellerait aussitôt. Ensuite... Sa prévision n'allait pas plus loin. Elle réalisait encore mal ce qui s'était passé. A cette heure elle devrait être rue des Réguaires, tranquille, sa douche prise. Elle bavarderait avec Laurent. Elle s'imagina penchée, le stylo courant sur le papier bleu parfumé que le faisceau de la lampe mordorait. *Laurent, une de mes toutes dernières lettres avant mon départ. Dans quelques jours nous serons ensemble...*

Elle y rêva plusieurs secondes. Au fait, pourquoi n'écrirait-elle pas à son fiancé ? Cela lui occuperait au moins l'esprit. Carol avait bien un bloc... Elle fit mine de se détacher du fauteuil, retomba aussitôt. C'était irréalisable : elle était si nerveuse qu'elle arriverait tout juste à tracer ses lettres.

Attendre, le regard cabotant entre ces deux bornes : le cadran argenté de la pendule et le récepteur téléphonique dans sa gaine vert tendre, étalé sur son socle comme une grosse chenille morte.

21 h 31. Respiration minuscule de l'horloge, voix discordantes au poste du voisin. Elle n'avait rien à redouter, elle avait choisi l'asile inviolable. Personne ne savait qu'elle était ici, et dès que Laugel... Lente coulée de glace le long de son échine. Et si malgré sa vigilance on l'avait suivie ? L'homme aux gants noirs et à l'imper boutonné jusqu'au col...

Elle se mit debout, marcha jusqu'à la porte extérieure, les jambes molles. Elle examina la serrure. Pas de dispositif de sécurité. Elle se rappela : Carol un jour s'était esclaffée en découvrant la porte de sa sœur, impressionnante avec sa batterie de verrous, sa chaîne antivol, ses paumelles renforcées et sa loupe de contrôle :

« Pourquoi pas un double blindage en acier ? Quimper n'est pas New York ! Qui donc veux-tu qui... »

Sophie sursauta. Deux détonations venaient de retentir, très sèches. De l'autre côté du palier, le voisin poussait une exclamation, puis s'éclaircissait la gorge bruyamment. Le poste...

Sophie revint dans le studio, alluma le transistor posé sur la table de la cuisine, obtint une musique d'orchestre qu'elle régla au plus bas. 21 h 35. Laugel n'aurait-il pas dû être rentré du restaurant ? A moins que... Elle s'arrêta. L'ascenseur avait mugi. Quelqu'un l'appelait. Carol ? ou Laugel ? Oui, Laugel prévenu par l'hôtel et qui avait préféré accourir immédiatement.

Immobile au centre de la pièce elle écouta en comprimant sa poitrine. La cabine remontait. Elle calcula, 3e, 4e, 5e... Oui, c'était pour elle. D'ailleurs pour qui d'autre ? L'immeuble semblait encore en vacances. S'il n'y avait pas le voisin... 6e. La porte très doucement s'ouvrait, se refermait. Plus rien. Elle n'avait même pas entendu le frôlement d'une chaussure sur le travertin du palier.

Le cœur de Sophie battait à se rompre ; sous ses doigts crispés elle recevait les soubresauts du muscle affolé. Si c'était Laugel...

Mordant son haleine elle passa dans le hall sur la pointe des pieds, s'arrêta contre la porte, à l'instant où un doigt frappait le panneau, très légèrement. Elle demanda, dans un souffle :

« Qui est-ce ? »

Elle ne reconnut pas le timbre de sa propre voix. Elle n'enregistra pas de réponse, se rapprocha encore, colla son œil à la serrure. De l'autre côté rien que du noir, mais la certitude que quelqu'un était là, à quelques centimètres d'elle, dont elle croyait entendre la respiration.

Elle se rejeta en arrière. Pourquoi n'avait-il pas allumé la minuterie ? Et pourquoi ne parlait-il pas ? A la télé c'était l'apothéose, cris, pétarades d'armes automatiques, stridence des pneus qui dérapaient, rugissement des moteurs fouaillés.

A reculons, Sophie rentra dans le studio. Elle referma sans bruit la porte de communication. Elle était glacée de peur, elle se disait, je ne pourrai pas, je vais tomber et pourtant elle comprenait qu'il lui fallait agir très vite. Sa seule chance, sa seule toute petite chance... L'annuaire était resté sur la courtepointe, ouvert. Elle ralluma le chevet réussit à former le numéro. Une voix de femme très lasse dit :

« Restaurant le Monaco.

— Je voudrais parler à M. Laugel. Est-ce qu'il est chez vous ?

— M. Laugel... Attendez. »

Rumeur composite, appels, claquements de pas.

« Oui, dit-on, il est encore là. C'est de la part ?

— De Sophie. C'est très urgent !

— Ne quittez pas. »

Secondes de plomb. Elle grelottait. Murmure du transistor, irréel. A quelques mètres, grondements des voitures emportées dans une course-poursuite fantastique. Est-ce qu'une clef n'avait pas remué dans la serrure ? Elle écouta, tendue, ses dents écrasant sa lèvre, essayant de filtrer le tintement suspect. Non, ce devait être dans sa tête. Mais vite, mon Dieu, qu'il réponde vite !

Magma sonore là-bas, souffles et craquements. Et puis la voix nette de Laugel :

« Sophie ? Je suis passé deux fois rue des Réguaires ! Où êtes-vous ?

— Chez Carol.

— Quoi ?

— Je vous expliquerai ! Venez tout de suite, monsieur Laugel, je vous en supplie ! Il y a quelqu'un derrière la porte qui essaie d'entrer !

— Quelqu'un... »

Une seconde d'arrêt, et il disait :

« Je viens, Sophie !

— Ce sera trop tard ! J'entends la clef qui... Mon Dieu...

— Appelez, Sophie ! Appelez votre voisin, criez ! Faites du bruit ! Et barricadez-vous ! Dans la salle d'eau. J'arrive. »

Elle lâcha le combiné, sans avoir réussi à le replacer correctement sur sa fourche, fit quelques pas comme soûle vers le corridor. Avant d'atteindre la porte communicante, elle entendit distinctement un ferraillement au niveau de la serrure extérieure.

Brusquement elle se mit à hurler.

21 h 40.

Bavoche eut un haut-le-corps. Il se redressa en grimaçant (sa jambe gauche s'ankylosait très vite), éteignit le poste, écouta. Le silence. Il n'avait pourtant pas rêvé ? Ce long cri de femme....

Il enfila son pantalon sur le pyjama qu'il avait revêtu comme chaque soir pour regarder son film bien à l'aise. Carol, ce ne pouvait être qu'elle : il n'y avait personne qu'eux deux dans l'immeuble sur deux étages. Qu'est-ce qu'il s'était passé ? Il regrettait de n'avoir pas osé sonner chez elle en rentrant tout à l'heure. Il acheva de boutonner sa braguette en boitillant vers la porte, déboucha sur le palier qu'éclairait seule la réverbération de la lampe du salon, demanda d'une voix ferme :

« Carol ? Vous avez appelé ? »

Il avança la main vers le voyant de la minuterie, mais il ne put actionner le bouton. Un objet dur venait de lui heurter le sommet du crâne avec une violence inouïe. Il émit un petit soupir très niais, glissa les bras en avant le long du panneau de l'armoire des compteurs et s'abattit inconscient sur le travertin.

L'homme écoutait. Une porte s'était ouverte au-dessous, au troisième ou au quatrième. Des gens chuchotaient sur le seuil ; on avait dû entendre quelque chose. Le conciliabule dura quelques secondes, on referma. Fausse alerte.

L'homme se pencha, attrapa aux aisselles la forme inerte et la tira dans le hall. Puis il referma la porte, écouta encore, ne perçut que le grésillement de la minuterie. Il traversa souplement le palier.

21 h 43.

Sophie s'était réfugiée dans le cabinet de toilette, avait tourné le bouton de l'arrêtoir. Elle n'alluma pas, pensant confusément que l'obscurité la protégeait. Elle nota la sortie de son voisin, son appel. Elle voulut répondre, ne réussit qu'à extraire de sa gorge une sorte de râle déchiqueté.

A nouveau le silence, massif. Et puis la clef se remit à tintinnabuler. Un grattage patient, léger comme un grignotement de souris. Elle se répéta, si la serrure tient bon, quelques minutes encore, Laugel est en route, il sera ici d'un instant à l'autre... Ses yeux rencontrèrent le carré blême de la petite fenêtre. Elle l'ouvrit, se haussa sur la pointe de ses chaussures, reçut sur son visage enflammé l'haleine crue de la nuit. Très loin, quelques lucioles éparses à travers les arbres du Frugy et en contrebas le pointillé jaune du quai.

Elle se décolla du mur. La porte extérieure rendait les armes, des huisseries lentement gémissaient. Puis on poussa la deuxième porte. Sophie jeta autour d'elle un regard égaré. Elle était bloquée dans sa nasse ! Désespérément, elle rechercha le carré de nuit. Un rêve fou... Six étages d'une chute dans le noir, ponctuée par l'écrasement sur le ciment de la cour. Son cœur explosait. Laugel, il ne peut plus être loin, Laugel...

L'homme marchait dans la pièce, mais elle était incapable de le localiser, la moquette étouffait ses pas. Une musique jaillit, un rythme de disco, allègre et puissant, disproportionné. Il avait amplifié le son du transistor, et Sophie savait pourquoi.

Une fois encore elle ouvrit la bouche, poussa une plainte grêle, aussitôt cassée par la terreur. Le visiteur était derrière la porte. Le bec-de-cane jeta un bref crissement. Sophie enjamba la cuve de la baignoire-sabot, recula, s'inséra dans l'angle, se rapetissa, les bras collés à l'émail. Coups de boutoir sauvages de son

227

cœur, martèlement du disco. Un nom bizarrement traversa sa tête, Travolta... John Travolta... Qui était Travolta ? Est-ce que ce n'était pas Carol qui...

La porte jaillit dans un craquement de bois déchiré, percuta la cloison.

Et elle le vit en contre-jour, la tête répugnante sous la cagoule du bas clair, les yeux impassibles qui l'observaient. Il avança, tendit ses mains gantées. Elle songea, il va m'étrangler, comme la femme de Laugel, le même homme, c'était fatal, je le savais, Laugel arrivera trop tard. Laurent, mon amour, jamais plus...

Elle ne fit aucun geste quand les griffes noires lui entourèrent le cou.

21 h 49.

Laugel se jeta dans l'immeuble, écrasa la touche de commande de l'ascenseur. La cabine était au terminus. Il n'eut pas la patience de l'attendre et se propulsa dans l'escalier. Près de dix minutes de perdues déjà depuis l'appel de Sophie. Il lui avait fallu courir du restaurant de la gare au parking de la Duchesse-Anne où était garée la R 16 et après, il avait eu beau mettre la gomme, l'écart s'était dangereusement creusé.

D'un dernier coup de reins il se hissa jusqu'au palier, le souffle raide, un goût de sang dans la bouche. La porte de Carol n'était que poussée, elle céda sous sa main. Il entendit la musique, entra, vit l'applique du salon allumée. Une fraction de seconde il espéra :

« Sophie ? »

A peine le nom murmuré, il remarqua la porte de

la salle d'eau entrouverte et dans le même temps se rappela sa recommandation à la jeune femme. Il se précipita, jeta une plainte.

Elle était assise au fond de la baignoire-sabot, sans ses chaussures qui gisaient sur le carrelage, ses jambes fines dénudées jusqu'aux cuisses. Sa tête reposait sur son épaule, la bouche ouverte dans un retroussis hideux, les yeux écarquillés sur l'horreur.

Il s'appuya au cadre de la porte, luttant de toute sa volonté pour repousser une autre image de feu – Liz recroquevillée au bas du buffet de Saint-Caradec, et à quelques mètres, la forme enfantine dans son pyjama bleu clair... Il se ressaisit, il se pencha, toucha le front tiède encore, presque vivant. Comme elle ressemblait à Carol ! Il regarda la marguerite de fiançailles qui chatoyait sur le doigt effilé, songea, la pauvre môme, pourquoi elle ? Il avait l'impression d'une substitution, d'un tour de passe-passe, macabre. Est-ce que l'assassin...

« Bougez pas ! ordonna une voix rude derrière. Levez les mains. Plus haut ! »

Par-dessus son épaule, il aperçut Bavoche, le voisin, qui pénétrait dans le studio en veste de pyjama rayé et pantalon côtelé dont les bretelles pendouillaient, un gros pistolet braqué sur lui.

« Retournez-vous. Doucement. Venez par ici. »

Il obéit à l'injonction sèche. Un militaire en retraite, avait dit Carol. Et c'était évident qu'il s'en donnait, le sous-off, les ordres claquaient, martiaux, comme au temps béni où il entraînait la bleusaille !

« Avancez. Et gardez les mains en l'air ! Plus vite. Halte ! »

Laugel avait stoppé à la limite du coin-cuisine.

L'homme amorçait une manœuvre tournante en direction de la salle d'eau sans perdre de vue sa cible, un œil à demi voilé par les lourdes paupières craquelées, l'autre tout rond sous la houppette hirsute du sourcil. Bavoche de son pas de crabe arrivait à la hauteur du cabinet de toilette. Il y plongea un bref regard, en plissant le front (il avait certainement la vue basse), ses lèvres s'amincirent, le pistolet tangua :

« Fumier ! Vous l'avez pas loupée, hein !

– Mais mon vieux, je vous assure...

– La ferme ! Gardez vos salades ! Amenez-vous ! »

Tout en dirigeant de son arme les opérations, il se massait le haut du front, où luisait une bosse énorme. Ses larges bretelles kaki battaient ses jarrets.

« Allez ! Vers moi ! En arrière maintenant. Là, contre le mur. Et un seul geste, je vous troue la peau ! »

Toujours à reculons, Bavoche entra dans l'alcôve et progressa jusqu'au chevet. A tâtons il détacha le combiné : son index glissa sur le clavier jusqu'à la perforation du « 1 », qu'il forma. Le temps d'un roulement de prunelles, il avait repéré un deuxième numéro. Il le composa, souleva l'appareil, attendit en dardant sur Laugel un regard féroce.

« Allô ? Police-secours ? Y a une morte au 7 bis de la rue Bourg-les-Bourgs !... Non, assassinée ! J'ai le type au bout de mon flingot, mais grouillez-vous !... C'est ça, le 7 bis, dernier étage... »

Il se débarrassa du combiné au petit bonheur, changea son pistolet de main : il commençait à avoir des crampes, son souffre-douleur aussi du reste.

« Vous vous trompez, dit Laugel. Je ne suis pour rien dans cette saloperie. Elle m'a appelé et...

– A d'autres ! ronchonna le juteux. Votre boniment,

230

vous le servirez aux poulets. Et jouez pas au con, hein !
Bavoche a encore l'œil ! »

Il traça avec son arme un ample moulinet.

Laugel réfléchissait à toute vitesse, des tiraillements
dans les biceps. Le type ne bluffait pas. L'œil du pistolet
était à trois mètres, il ne le manquerait pas. Alors ? Attendre que les policiers le cueillent ? Il ne pouvait s'y résigner. Ceux qui avaient liquidé Sophie n'hésiteraient pas
à l'abattre lui aussi, avant même qu'il n'ouvre la bouche.
Plus que jamais il flairait le complot, la vaste machination collective, où la police tenait sa partie. Au mieux,
ce serait la mise à l'ombre, et durant les heures qui
allaient suivre tous les mauvais coups étaient possibles.

« Salaud quand même ! dit Bavoche, que le silence
et l'imminence du dénouement rendaient nerveux.
Vous l'avez violentée, hein ? »

La bosse de son crâne avait l'air de grossir de minute
en minute.

« Vous déconnez, mon gars, dit Laugel. Je me tue à
vous expliquer... »

L'appel d'un klaxon de police déchira la nuit. Le
bonhomme tressaillit et étreignit avec vigueur la crosse
du pistolet.

Sournoisement Laugel lorgna vers sa gauche. Il y
avait un petit tabouret gothique accolé à la cloison, à
l'entrée de l'alcôve. S'il réussissait à l'atteindre... Le
klaxon résonnait tout près. Dans le poing de Bavoche
le pistolet dansait. Parler, le distraire deux secondes...

« Voyons, réfléchissez un instant. Si c'était moi, vous
devriez comprendre... »

La jambe gauche de Laugel se détendit. De la pointe
de son mocassin il frappa le tabouret qui fusa jusqu'à
Bavoche. L'automatique cracha le feu, mettant en

231

miettes une des vitrines. Laugel avait plongé, il boulait dans la ruelle du lit vers le sous-off qu'il attrapa aux jambes et déséquilibra. Une sèche manchette au poignet, le pistolet tomba. Il le ramassa, assena de la crosse un coup appuyé à l'occiput du militaire qui s'affala contre le chevet avec un grognement.

Laugel bondit à la porte, traversa le hall, le palier. Les flics entraient dans l'immeuble. Il entendit le piétinement des godasses, un échange de propos animés. L'ascenseur vibrait. Il n'y avait pas d'alternative. Laugel se risqua dans l'escalier éclairé. Au troisième, un couple en robe de chambre guettait sur le paillasson, la femme était casquée de bigoudis. Ils le regardèrent avec des yeux exorbités. Il continua à descendre, se trouva à l'avant-dernier niveau nez à nez avec un agent, qui dit halte, on ne passe pas ! Laugel avait gardé en main le pistolet de Bavoche, mais il ne souhaitait pas s'en servir. Il chargea, tête en avant. Le flic dit ouille ! et bascula sur le dos.

Laugel atterrit dans le hall d'entrée. Une balle miaula à son oreille. Mais il était déjà dehors, il courait en zigzag dans la rue Bourg-les-Bourgs, cependant que derrière ça vociférait, ça tiraillait, ça s'engueulait allégrement. Il déboucha au parking, sauta dans la R 16 qu'il n'avait pas eu le temps de refermer et démarra dans un concert d'appels, de sifflets et de sommations d'usage. Il était 21 h 56.

21 h 59.

Olivier entrait dans Quimper lorsqu'il entendit une sirène de police. Il en éprouva un désagréable pressentiment et força encore l'allure. 21 h 59. Il était furieux d'avoir gaspillé tout ce temps chez son père en parlotes imbéciles. Il stoppa la CX rue du Moulin-Vert. Le quartier paraissait dormir, mais le bistrot-tabac était encore ouvert. A travers la vitre du troquet il distinguait plusieurs hommes accoudés au bar.

Il sortit, leva la tête, fut surpris de ne pas voir de la lumière au troisième, à la fenêtre du cabinet de travail de Leporon. Sans doute était-il passé derrière, dans le bureau de la secrétaire ?

Il monta, sonna, insista. Leporon n'était plus là. Olivier en fut troublé, agacé. Derechef il maudit son retard, songea, il s'est fatigué à m'attendre, il sera rentré à Penhars. Pourtant, ce qu'il avait à me dire...

Il hésita. Appeler chez lui ? Mais si Leporon n'y était pas ? Il risquait au téléphone d'affoler Blanche, sa femme. Il était préférable qu'il aille aux nouvelles sur place.

Il redescendit vivement les trois étages, repartit aussitôt.

22 h 30.

Il y avait un peu moins d'une demi-heure que la police avait investi le studio. Nargeot était arrivé très vite, précédant de quelques minutes Cadoc, qu'on avait arraché à sa télé, où il suivait un reportage d'athlétisme, ce qui l'avait mis de méchante humeur.

Bavoche péniblement récupérait. Assis sur une chaise de cuisine, encore trop secoué pour songer à corriger l'abandon de sa tenue (les bretelles kaki continuaient à dégringoler jusqu'au sol), il finissait de narrer les épisodes marquants d'une soirée fertile en émotions : l'appel au secours de sa voisine, l'agression sur le palier. Aussitôt revenu à lui, il avait empoigné son pistolet (oui, monsieur le commissaire, j'ai le port d'arme, je vous montrerai ça tout à l'heure), et avait tenu Laugel en respect, avant de se faire de plus belle matraquer.

« Deux fois au tapis en moins d'un quart d'heure, qui dit mieux ? Mais vous en faites pas pour moi, j'en ai vu d'autres ! »

Il bomba le plastron, annonça, la moustache altière :

« Adjudant Bavoche, vingt-cinq ans de service actif, dont treize au front, F.F.L., Indochine, quatre fois blessé, croix de guerre avec palmes ! »

Il exhibait à présent deux rondeurs symétriques sur le crâne. On lui avait collé un Tricostéril en travers de la tempe, car il s'était blessé en tombant.

Bavoche était catégorique : il s'agissait bien de Laugel. Non, il ne le connaissait pas particulièrement, mais il se souvenait d'avoir entendu Carol lui donner ce nom, la veille, en lui ouvrant sa porte. Il rappelait à ce propos que Laugel était déjà venu ici à deux reprises et que dès le départ il lui avait trouvé une allure « pas catholique », avec un « sale accent ».

En fait, la présence de Laugel dans le studio quelques instants plus tôt ne faisait aucun doute : l'un des agents postés au bas de l'immeuble l'avait formellement identifié.

Pour Bavoche c'était clair : Laugel, après l'avoir assommé sur le palier, avait étranglé Carol. Et Nargeot constatait qu'autour de lui cette conviction était très largement partagée. On soulignait que Laugel avait pris la fuite, un pétard à la main. Certes, il ne s'en était pas encore servi, mais il n'avait pas hésité à attaquer sauvagement l'agent Mercier. Celui-ci, après une galipette sur le dos dans l'escalier, s'en tirait avec des contusions sans gravité, mais le fait demeurait : l'homme avait balancé un flic et ceci, Nargeot en était très conscient, allait peser lourd.

A 22 h 35, le gardien de la paix Barrazer téléphona de la Duchesse-Anne, où Nargeot l'avait expédié aux fins de contrôle. Il rapporta les quatre coups de fil successifs d'une femme qui n'avait pas fourni son nom. La dernière tentative se situait à 21 h 35 ; la correspondante avait chargé Pellen, le patron de l'hôtel, de demander à Laugel, quand il reviendrait, de l'appeler « chez Carol ».

« Laugel en a eu connaissance ?

– Pas de la dernière communication. Il devait être en train de dîner, sans doute au Monaco, à la gare. Pellen ne l'a pas vu rentrer. Pourtant Laugel a repris sa voiture qu'il avait remisée au parking de l'hôtel à vingt heures trente. Qu'est-ce que je fais, patron ?

– Tu montes à la chambre et tu y piques tout ce qui peut l'être. Après tu files au Monaco. Note spécialement l'heure à laquelle Laugel aurait quitté le restaurant. Et reviens au rapport. »

Nargeot reposait l'appareil, lorsque Cadoc, qui passait en revue la pochette de la jeune fille qu'on découvrait à l'instant glissée entre les coussins d'un des fauteuils de rotin, poussa une exclamation :

« Dites donc, vous êtes certain qu'elle s'appelait Carol ?

– Sûr, rétorqua le vieux. Cette petite, ça fait deux ans que je la connais, alors, vous pensez...

– Regardez. »

Cadoc lui tendit une carte d'identité. Bavoche cligna des paupières, lut avec effort :

« Ridoni, Sophie, Laure, 43, rue des Réguaires... »

Il leva sur le rouquin des yeux stupides. Puis il se mit debout avec un rictus, se traîna jusqu'à la salle d'eau et en s'appuyant au rebord de la baignoire se courba sur le corps qu'un inspecteur venait de découvrir.

« Nom de Dieu ! dit-il, c'est pas elle ! Carol n'avait pas cette bague, et elle n'était pas coiffée comme ça ! »

Il se redressa, se frappa le front :

« Mais oui, bien sûr ! C'est la sœur !

– Elle avait une sœur ? demanda Cadoc.

– Je l'ai jamais vue : elles ne devaient pas se fréquenter des masses ! Mais elle m'en a parlé. Elle travaillait dans un hôtel, je crois. »

Cadoc et Nargeot échangèrent un regard.

« Le motel des Genêts, dit Nargeot.

– Ça, je ne pourrais pas le dire... Mais alors, où elle est, Carol ? »

Nargeot décida de dépêcher l'inspecteur Crenn rue des Réguaires, nanti du trousseau de clefs qui figurait dans la pochette.

« Fouille l'appartement, interroge les voisins. Ensuite tu passeras au motel. Je veux le maximum de tuyaux sur cette fille. File. »

Crenn partit sur-le-champ. Bavoche revint à pas lents s'asseoir.

« Et pourtant Carol est bien rentrée hier soir !

– Rentrée ?

– Elle était absente depuis trois semaines. Je l'ai vue arriver, je lui ai parlé ! C'est juste après, que l'autre salaud s'est amené. Elle l'a introduit chez elle, elle avait l'air de le connaître.

– Il est resté longtemps ?

– Je ne l'ai pas entendu repartir. Carol n'a pas bougé de la matinée. Vers midi j'ai sonné. Elle n'a pas ouvert, mais on a causé, à travers la porte. Elle m'a dit qu'elle était un peu souffrante, mais qu'elle n'avait besoin de rien. Je n'ai pas insisté. Je suis sorti en début d'après-midi, vers les 15 h 30 : j'étais convoqué à la commission de contrôle médical ; c'est pour mon genou, une saloperie que j'ai chopée à Cao-Bang, en 53, et maintenant c'est la hanche qui trinque ! Bon, comme toujours, ça a traînaillé. Après, j'ai fait des courses. Quand je suis revenu, il était dans les 19 h 20, 19 h 30. Carol était toujours là : je l'ai entendue marcher, déplacer un siège, toussoter, enfin les petits bruits qui font que...

– Vous lui avez adressé la parole ?

– Non, j'ai pas osé, vu qu'à midi elle ne m'avait pas paru très coopérative !

– Vous ne pouvez donc pas affirmer qu'il s'agissait d'elle », dit Nargeot.

Patiemment, il essayait de s'orienter dans le labyrinthe.

« Vous disiez qu'elle s'était absentée. Vous savez où ?

– Elle m'a dit en Italie, des ennuis de famille c'est son pays d'origine, l'Italie. Elle m'a assuré qu'elle repartait dès aujourd'hui, qu'elle n'était là que pour prendre quelques affaires... »

Cadoc désigna les valises, la penderie ouverte.

« Il semble en effet qu'elle en ait eu au moins l'intention. »

Le téléphone sonnait à nouveau. Cadoc qui avait

pris le combiné écoutait en bâillant avec bruit, grommelait :

« C'est un monde ! Mais bien entendu ! On met la sauce, contrôles et barrages, l'ensemble des bagnoles disponibles, le grand jeu, c'est ça ! Garde la liaison avec la gendarmerie. O.K. »

Il revint au centre de la pièce en tirant sur ses phalanges :

« Rien. Le fiasco intégral ! »

Il grinça :

« Une histoire de dingues ! A midi c'est Carol, à 19 h 20 ce n'est déjà sans doute plus elle ! Sophie déserte sa carrée pour venir se faire trucider dans celle de sa sœur – laquelle à peine sortie de l'ombre y est retournée ! Au centre, Laugel, qui passe son temps à se trimballer d'une Ridoni à l'autre, qui aurait donc des choses intéressantes à nous dire... Mais voilà, plus de Laugel ! Escamoté lui aussi, volatilisé ! Tiens, voilà le toubib ! »

Le vieux docteur Miossec faisait son entrée et pestait contre la tabagie ambiante. Il s'agenouilla, se plia sur le corps, l'examina sommairement. Il se releva, jeta d'un ton bourru :

« Strangulation. »

Et réclama un coin de table pour son papier.

« Comme la journaliste de Saint-Caradec, observa Cadoc. Ça va peut-être remettre certaines choses au point ! »

Nargeot ne répliqua pas. Il avait cru sentir sous la remarque de son subordonné un reproche voilé. Dans la matinée ils avaient eu un petit accrochage, quand Abaléa, le stagiaire au grand nez, était venu rapporter qu'il avait vu Laugel sortir du motel. De sa propre initiative il avait interrogé la réceptionnaire, dont les explications, disait-il, ne l'avaient pas convaincu. Il se trompait peut-être, mais il avait l'impression que ses questions « embêtaient la dame ». Cadoc avait alors proposé que l'on revît et l'hôtesse et Laugel, mais Nargeot ne l'avait pas jugé opportun. Il le regrettait à présent. S'il avait écouté Cadoc, qui sait si Sophie ne serait pas encore en vie...

Les services techniques étaient arrivés. On déployait un décamètre, le photographe de l'Identité commençait à mitrailler le studio.

Nargeot les laissa à leurs manipulations et demanda le juge Bernard, avec qui il discuta des mesures à prendre pour la descente du Parquet.

Il était 22 h 45. Le gardien de la paix Barrazer rentra, mission accomplie. Chez Laugel, il n'avait rien déniché de notable ; pas de papier, la pièce affichait la froide ordonnance d'une chambre d'hôtel, avec un ourson tout neuf qui trônait sur un chevet. Au Monaco, on lui avait déclaré que Mlle Ridoni avait bien appelé Laugel vers 21 h 40.

« Sophie Ridoni ?

– Oui, elle a donné ce nom. La patronne se rappelle sa voix très tendue. Laugel finissait de dîner. Il a insisté pour prendre la communication dans la cabine. L'entretien a été très bref. Laugel a quitté aussitôt le restaurant. Toutes les personnes qui l'ont vu partir ont remarqué que... »

Barrazer s'arrêta, dit, ça alors ! et marcha vers le bahut qui soutenait l'électrophone. Il attrapa dans la niche le cadre de chagrin vert, répéta, ça alors... Nargeot et Cadoc s'approchèrent.

« C'est la morte ? » dit Barrazer.

239

Il n'était pas encore venu au studio. Nargeot l'avait appelé rue Le Hars et il était parti directement à la Duchesse-Anne.

« C'est sa sœur, dit Cadoc. Pourquoi ?

– Je suis certain que je l'ai déjà vue... »

Il chercha un moment en détaillant la photo sous l'œil attentif des deux policiers. La phosphorescence des flashes éclaboussait leurs visages.

« Ça me revient ! dit Barrazer. Une nuit que je me trouvais à la boîte au service d'accueil, ça fait pas mal de temps... »

Il calcula :

« Fin mai, peut-être, ou début juin, on pourra contrôler... Cette fille est rentrée. Comment elle s'appelle ?

– Carol... Carol Ridoni.

– Non, dit Barrazer, c'est pas ce nom, je m'en rappellerais... Quelque chose de beaucoup plus courant... Et pourtant...

– Pourquoi elle venait ? dit Cadoc.

– Elle a pas voulu le dire. Je l'ai passée à Lepelletier qui assurait la permanence. Elle est restée un moment avec lui, une demi-heure à peu près, et elle est ressortie. Oui, je la revois très bien traversant le hall : y a des têtes comme ça qu'on n'oublie, pas ! Faudra demander à Lepelletier. »

Nargeot et Cadoc se consultèrent. Le rouquin dit que c'était la merde qui continuait, que l'officier de police Lepelletier était en congé et que ç'allait être du gâteau pour lui mettre le grappin dessus, car il croyait se souvenir qu'il faisait du caravaning quelque part dans le Sud.

« Il ne t'a rien dit au sujet de cette visite de la fille ? »

Barrazer fit la grimace et dit :

« Non, bien sûr, c'est pas le genre ! Lepelletier est pour la hiérarchie, vous saisissez ? Pour être franc, on n'est pas très copains ! »

On questionna les autres policiers présents, mais sans résultat : personne n'était au courant de la démarche de Carol.

« De Carol ? remarqua le rouquin, ou de Sophie ? Faudrait peut-être s'entendre ! »

Barrazer alla regarder le corps et dit, visiblement troublé :

« Je m'avancerai pas ! Y a comme qui dirait entre elles plus qu'un air de famille ! »

23 heures. Nargeot déclara qu'il fallait qu'il passe au commissariat, qu'on le rappelle dès que le Parquet se présenterait. Il sortit. Pendant qu'il attendait l'ascenseur, il entendit le grelot du téléphone, Cadoc qui répondait d'un ton rogue, allô, oui, j'écoute, et lâchait presque instantanément une exclamation. Et il surgit sur le palier :

« Accroche-toi, Saint-Just ! C'est plus Quimper ici, mais Fort-Alamo ! Leporon à présent...

– Quoi Leporon ?

– Descendu lui aussi, dans son bureau. C'est Fallière qui vient d'appeler au commissariat.

– Le sénateur ?

– Non, son fils. Il est sur place. »

Olivier avait donc poussé jusqu'au domicile de Leporon, à Penhars, dans la banlieue quimpéroise. Blanche, la femme du journaliste, ne lui avait pas paru très inquiète. Loïc avait prévenu qu'il rentrerait tard, ce qui lui arrivait assez souvent. Sans doute, ne voyant pas venir Olivier, avait-il estimé qu'il n'avait pu se libérer. Et comme il n'était pas attendu chez lui, il aurait voulu utiliser au mieux sa soirée en ville : il avait parfois de ces foucades. Par exemple, il était fana de cinéma, et justement, il y avait un festival « non-stop » du film canadien, au Comoedia. Blanche était persuadée qu'il s'y trouvait.

Tout en évitant d'extérioriser son anxiété, Olivier n'avait pas été convaincu par les explications de la jeune femme. Il avait encore à l'oreille les paroles de son ami, sa voix fiévreuse. Cet homme-là n'avait rien de commun avec l'amateur dilettante qu'on lui décrivait.

Vers 22 h 30, il avait pris sur lui de joindre la secrétaire de Leporon. Elle détenait les clefs des bureaux et elle l'avait accompagné rue du Moulin-Vert. Ensemble ils avaient découvert le corps. Il était 22 h 52.

Leporon était couché sur le ventre, derrière la table de travail. Nul désordre autour de lui, si ce n'était le siège métallique renversé, qu'il avait dû faire basculer en tombant. Il portait un hématome au front, à la racine des cheveux. On l'avait d'abord assommé, puis apparemment étranglé.

Avant l'arrivée de la police, et bien qu'encore sous le choc, Olivier avait cherché partout. Il supposait que son ami n'était pas resté inactif en l'attendant ; il comptait dénicher au moins quelques mots, la trace d'un brouillon. Il n'avait rien trouvé. La table de travail était nette. La chemise cartonnée posée sous le sous-main renfermait des textes dactylographiés pour *L'Envol* du 6, mais sans rapport avec l'affaire dont Leporon souhaitait entretenir Fallière. L'assassin avait déjà, sans aucun doute, effectué le grand nettoyage.

Au coin du bureau, un bock de Kanterbraü aux trois quarts vide, les reliefs d'un sandwich et deux œufs, posés sur un papier gras.

Nargeot procéda aux premiers interrogatoires. Il entendit d'abord la secrétaire de Loïc Leporon, qui lui raconta l'irruption de Laugel, alors qu'elle quittait son patron à 19 h 15. Richou, le tenancier du café-tabac, fournit également des informations intéressantes. Il bouclait sa boutique quand il avait noté l'arrivée des voitures de police et le remue-ménage dans l'immeuble. Il se présenta spontanément et déclara que Leporon était descendu vers 21 h 20, 21 h 25 et avait consommé au comptoir. Il n'y était pas resté plus de cinq minutes : sa bière bue, il était remonté avec quelques provisions.

Leporon avait donc été agressé entre 21 h 25 et 22 heures et des poussières, moment où Fallière avait vainement sonné chez son ami. Il apparaissait que le directeur de *L'Envol* avait ouvert à son visiteur, qu'il connaissait peut-être : il n'y avait pas eu d'effraction. L'assassin avait refermé en emportant vraisemblablement la clef de sa victime.

Jusqu'à l'entrée des policiers, Olivier ignorait tout de l'autre drame. Il l'apprit de la bouche de Cadoc, qui ne cacha point le mauvais pas dans lequel Laugel s'était mis. Olivier parut encore plus malheureux, mais il se contenta de murmurer :

« Ce n'est pas possible... »

A Cadoc qui lui demandait les raisons de sa visite chez Leporon, il répondit simplement que son ami lui avait téléphoné à la Croix-Verte, chez son père, vers 20 h 30, en lui disant qu'il avait besoin de le voir. Non, il ne lui avait donné aucune explication, non, il ne connaissait ni Sophie ni Carol Ridoni, non, Leporon n'avait jamais cité ces noms devant lui...

Il était affalé sur une chaise, l'œil éteint, et il répétait comme un leitmotiv qu'il s'en voulait du temps gâché à Saint-Caradec, qu'il se sentait responsable.

Un peu avant minuit, Nargeot, qui devait impérativement réintégrer le commissariat, quitta les lieux et regagna sa voiture. Il entendit un pas pressé derrière lui et s'étant retourné il vit Fallière qui accourait :

« Monsieur le commissaire, je voudrais vous parler. Seul. »

Malgré l'éclairage médiocre de la rue, Nargeot se rendit compte de l'état d'agitation du jeune homme. Il alla lui ouvrir la portière :

« Entrez. »

Ils s'assirent.

« Eh bien ?

— C'est très grave, dit Fallière d'une voix flageolante. Tout à l'heure je ne vous ai pas tout dit. »

Il s'arrêta, reprit avec plus d'assurance :

« Leporon avait appris quelque chose de très important, sur l'assassinat de Saint-Caradec. C'est au cours de son entretien ce soir avec lui que Laugel lui a fait des révélations.

— Quelles révélations ?

— Loïc ne l'a pas précisé. Il m'a déclaré seulement que beaucoup de personnes très en vue de la région étaient impliquées dans l'affaire. Il a même ajouté... »

Il hésita, gêné par l'énormité de ce qu'il allait dire.

« D'après lui, la police elle-même n'aurait pas les mains blanches... »

Nargeot tourna légèrement le visage vers son interlocuteur :

« Pourquoi ne me l'avez-vous pas dit tout de suite ?

– Il y avait beaucoup de monde là-haut, dit Fallière. J'ai pensé que... Je ne sais plus. »

Un silence, plein de son souffle raboteux.

« Leporon savait la vérité, on l'a donc descendu. Et à présent Laugel... »

Il ouvrit la portière, dit d'un ton de supplication :

« Sauvez-le, monsieur le commissaire ! Laugel est innocent. De tout ! »

Cadoc à son tour apparaissait à la porte de l'immeuble. Il aperçut Fallière qui sortait de la 504 de Nargeot et s'éloignait sur le trottoir. Il s'approcha, toqua contre la glace. Nargeot abaissa la vitre.

« Qu'est-ce qu'il te voulait ? »

Il ne répondit pas tout de suite. A quelques mètres devant eux la CX de Fallière s'arrachait du créneau et partait à très vive allure.

« Une histoire incroyable », fit Nargeot.

Il résuma à son subordonné les déclarations de Fallière. Quelques secondes, ils restèrent silencieux. Cadoc enflamma une cigarette.

« En somme, dit-il, c'est la deuxième fois que Fallière intervient en faveur de Laugel. Tu te rappelles ? L'épisode du cinéma...

– Tu en tires quelles conclusions ?

– Aucune, hélas ! dit le rouquin. Simple constat. Je suis comme toi, grand chef, je nage ! »

Ils se séparèrent. Cadoc retourna rue Bourg-les-Bourgs avec la consigne de réentendre Bavoche, qui avait eu le temps de se remettre de ses émotions et pourrait donc affiner son témoignage. Nargeot rallia le commissariat.

En y pénétrant il apprit que la gendarmerie de

245

Briec, petite localité à une quinzaine de kilomètres au nord de Quimper, venait d'annoncer la découverte de la R 16, abandonnée dans un parking à l'entrée du bourg.

Nargeot se fit communiquer l'état général des recherches, donna des ordres, eut un premier et long entretien téléphonique avec le juge Bernard. Il ne quitta pas son P.C. de la nuit.

Vers trois heures, Cadoc l'y retrouva. Ils disposaient d'ores et déjà d'assez d'éléments pour dresser une première synthèse. Ensemble ils établirent une chronologie minutieuse des temps forts de la soirée.

19 h 15. Laugel entre chez Leporon – 20 h 30. Leporon demande à Olivier Fallière de le rejoindre à son bureau. A la même heure, Laugel passe à l'hôtel de la Duchesse-Anne, où on lui signale qu'à trois reprises (18 h 55, 19 h 32, 20 h 08) une inconnue a essayé de le toucher. Il repart aussitôt à pied. – 20 h 45. Laugel entre pour dîner au Monaco. – Vers 21 h 20. Leporon descend au café Richou. Il y reste environ cinq minutes. – 21 h 25. Quatrième coup de fil de la correspondante à l'hôtel : « Qu'il m'appelle chez Carol. » – 21 h 38. Sophie demande Laugel au Monaco. – 21 h 40. Laugel quitte le restaurant. Vers 21 h 40, également, Bavoche se fait assommer. (Cette précision capitale est fournie par le couple Patoiseau qui occupe le 3e étage de l'immeuble de la rue Bourg-les-Bourgs, et qui, lui aussi, a entendu un cri de femme à l'un des étages supérieurs. Tous les deux sont catégoriques quant à l'heure.) 21 h 55. Bavoche téléphone à Police-Secours. – 22 heures. Laugel réussit à s'enfuir. – Autour de 22 h 05. Olivier sonne chez Leporon.

Si ce tableau présentait certaines zones d'ombre (par

exemple, entre le départ de Laugel de la Duchesse-Anne et son arrivée au Monaco il y avait un trou d'une dizaine de minutes, il ne lui avait pas fallu plus de deux à trois minutes pour gagner à pied le restaurant), il permettait du moins de faire deux constatations essentielles :

1°) Laugel n'était pas l'agresseur de Bavoche. Le cri de Sophie avait été perçu alors qu'il se trouvait encore au restaurant, et il mettrait quelque dix minutes avant d'atteindre le studio.

2°) Laugel n'avait pas davantage été en mesure d'exécuter Leporon. Le directeur de *L'Envol* avait été abattu entre 21 h 25 et 22 h 25. Or Laugel avait quitté le Monaco à 21 h 40, et Bavoche devait le surprendre dans le studio de Carol une dizaine de minutes plus tard. La distance séparant la rue Bourg-les-Bourgs de la rue du Moulin-Vert excluait rigoureusement l'hypothèse qu'il fût d'abord passé chez Leporon.

« C'est mathématique, approuva Cadoc. Mais alors pourquoi cet enfoiré a-t-il mis les bouts ?

– Parce qu'il a eu peur, dit Nargeot sombrement. Peur de nous. Rappelle-toi ce que m'a dit Fallière. C'est consternant, mais il va falloir en tenir compte. Notre boulot maintenant est à deux niveaux : démasquer l'assassin qui a déjà frappé trois fois, et récupérer Laugel. Laugel qui, n'en doute pas, est désormais devenu l'homme à abattre ! »

Le pronostic de Nargeot allait se trouver bientôt confirmé. Pourtant le reste de la nuit s'écoula sans incident notable. La découverte de la R 16 sur un parking de Briec avait conduit à penser que Laugel, après avoir réussi à se dégager de la ville, se terrait dans la campagne environnante. On quadrilla le secteur, sans se dissimuler que l'obscurité rendait assez minces les chances de l'opération.

A 6 h 30, une demoiselle Rannou, qui habitait chez ses parents à Briec, constata que la mobylette qu'elle utilisait quotidiennement pour se rendre à Quimper (elle était téléphoniste auxiliaire aux PTT) avait disparu du couloir de l'immeuble ou elle l'avait garée la veille : la porte extérieure n'était jamais fermée à clef. Elle ignorait tout des péripéties des heures précédentes lorsqu'elle s'en fut porter plainte à la gendarmerie. Là on établit aussitôt le rapprochement avec la R 16 trouvée au parking. On dut rectifier le tir. Car Laugel avait disposé de plusieurs heures pour emprunter l'un des nombreux chemins qui en début de nuit avaient échappé aux contrôles de police. Toutes les directions devenaient théoriquement possibles.

C'est vers cette même heure que les abonnés les plus matinaux commencèrent à prendre connaissance de leur quotidien, qui venait de tomber dans les boîtes. Les événements de la soirée étaient parvenus trop tard à la rédaction pour qu'elle pût refondre sa mise en pages. La nouvelle n'y figurait qu'en rubrique *Grande Région*, sous la mention « Dernière heure ». Le flegmatique Nargeot piqua sa plus grande colère de l'année lorsque Cadoc lui lut l'article, très succinct, dévoré par un titre gras :

DEUX ASSASSINATS À QUIMPER
Le principal témoin n'a pu être entendu par la police.

Les faits y étaient relatés assez correctement. Mais en contraste avec la prudente litote du chapeau, Lau-

248

gel y était nommément mis en cause. On racontait sa fuite mouvementée, après qu'il eut assommé Bavoche et attaqué le gardien de la paix Mercier. On rapprochait les deux crimes de ceux commis à Saint-Caradec-d'en-Haut, en soulignant que dans les trois cas la technique d'exécution avait été identique. « Une véritable signature », affirmait le rédacteur anonyme. Et pour faire bonne mesure, on signalait la disparition « plus qu'inquiétante » de Carol Ridoni, la sœur de la jeune fille étranglée.

Nargeot demanda aussitôt la direction et protesta véhémentement. On lui témoigna de l'embarras, on mit la « maladresse » au compte du délai très court dont le journaliste avait disposé pour concocter son papier, on promit d'apporter dans l'édition du lendemain toutes les rectifications souhaitées. Mais ne serait-ce pas bien tard ?

Les premiers rapports commencèrent peu après à tomber rue Le Hars, décrivant les prémices d'une agitation qui devait enfiévrer le pays durant plus de quarante-huit heures. Si Quimper apparaissait calme, et devait dans l'ensemble le demeurer jusqu'à la fin, plusieurs gendarmeries rurales de la périphérie signalèrent des attroupements inhabituels et les signes précurseurs d'une effervescence populaire qui très vite allait devenir manifeste. Un mythe prenait chair : celui d'un fou sanguinaire lâché dans la nature. En quelques heures, la peur étendit ses tentacules sur toute une région. La psychose fut, il est vrai, puissamment favorisée par le déploiement exceptionnel de l'appareil policier : barrages, contrôles, navette des motards et des voitures-radio. Et l'impossibilité où l'on fut durant la journée de localiser le fugitif aigrit encore le climat.

La Bavure

A Saint-Caradec-d'en-Haut, la tuerie de Quimper fut ressentie avec une particulière acuité. Depuis l'assassinat de Liz et de son fils, le village était resté traumatisé. L'inefficacité de la police y était ouvertement brocardée. D'un coup, les rancœurs assoupies s'enflammèrent et se cristallisèrent sur cet homme que, pour la deuxième fois, on leur livrait en pâture.

Le moins qu'on pût dire, c'est que le sénateur Fallière ne fit rien pour désarmer cette fronde.

Dès huit heures, une réunion tumultueuse eut lieu dans la salle du conseil municipal, à l'initiative du « Comité de protection des citoyens », récemment créé et depuis lors maintenu en sommeil. Léon Fallière n'y assista pas en personne, mais il était évident que l'assemblée avait son aval : n'était-ce pas lui-même qui, quelques semaines plus tôt, avait tenu le « Comité » sur les fonts baptismaux ?

Aux raisons connues qui inspiraient les choix d'un politicien chevronné, très habile à flairer le vent (« à s'y coucher », disaient ses adversaires), s'ajoutait sans doute un élément très intime, mais non le moins déterminant : Fallière mariait son fils dans quarante-huit heures, cérémonie fignolée de longue date, qu'il avait voulue fastueuse et à laquelle il s'était assuré la présence de X, le ministre. Et il n'était pas contestable que le sénateur souhaitât offrir à ce parangon de la justice « vite faite, bien faite » l'image d'un pays en ordre.

On s'y employa pour lui. A l'issue de la réunion, le tocsin sonna au clocher de Saint-Caradec, malgré l'opposition du curé, qui tenta vainement de tempérer l'excitation de ses ouailles. De nombreux volontaires, qui avaient boudé le premier rassemblement chez Fallière, accoururent proposer leur services. On déserta champs et boutiques. Dans la fièvre on fourbit armes et matériel et on se répartit les tâches ; il y aurait ceux qui devraient garder le bourg, et les autres, dont les voitures sillonneraient la campagne en patrouilles volantes. C'était l'union sacrée et fraternelle, comme en 40, quand on traquait l'espion (les plus âgés en parlaient avec un brin de nostalgie), et c'était la fête, le grand défoulement pour tous ces chasseurs-nés qui allaient étrenner leur « calibre 12 » trois semaines avant l'ouverture officielle.

Nargeot voyait avec écœurement s'organiser la curée qu'il avait pressentie. Bombardé d'appel insistants, de conseils ou d'injonctions comminatoires qui lui tombaient dessus de tous les azimuts de la hiérarchie (préfecture, juge, procureur), il avait quelque mérite à garder l'esprit froid. Vingt fois il refit sa démonstration, ressortit ses horaires. Mais qui, réellement, se souciait d'horaires ? Il disait : « arracher Laugel au piège », et on lui répondait : « paix sociale, rétablissement du calme ». Pourtant c'étaient tous d'honnêtes personnes, le juge Bernard, par exemple, un père tranquille à qui on ne connaissait que deux faiblesses, sa famille et le jardinage – ou le procureur Claron, humaniste de la vieille école qui, disait-on, lisait Sophocle dans le texte...

La vérité était qu'ils avaient tous peur de la foule en folie, bête grondante et imprévisible, dont il importait de reprendre le contrôle à tout prix. A tout prix !

Nargeot sentait monter la nervosité jusque dans son propre entourage. Les patrouilles de police revenaient harassées, désabusées. L'initiative de Saint-Caradec avait été reprise en divers points de la région, et les frictions se multipliaient entre les forces régulières et les bandes de « justiciers » fanatisés. Le lynch, songeait Nargeot, on en parle comme d'une denrée étrangère, vaguement folklorique... Et il est là, au milieu de nous.

Il n'avait pas encore réussi à prendre contact avec l'O.P. Lepelletier. Un parent avait confirmé qu'il tirait la caravane familiale dans le Sud-Ouest. Mais ni les recherches effectuées par le canal officiel ni les messages passés à la radio n'avaient abouti. On n'avait pas davantage retrouvé la trace de Carol Ridoni, sur le sort de laquelle les bruits les plus pessimistes continuaient à circuler.

En fin de journée, un homme appela de Toulon, Laurent Ségalen, le fiancé de Sophie. Il venait d'apprendre la nouvelle en touchant le port et était encore effondré. Il put toutefois préciser à Nargeot que Sophie avait passé auprès de lui à Brest le week-end des 9 et 10 juin derniers. Il l'avait lui-même vue rejoindre Quimper au volant de sa 104, le lundi 11, à 7 h 30.

Cette déclaration réglait un point : la personne qui était entrée au commissariat de Quimper dans la nuit du 10 au 11 juin était Carol. Mais le mystère demeurait opaque, sur les motifs de sa démarche, comme sur sa disparition ou sur la présence de sa sœur Sophie dans son studio, la nuit écoulée.

Quand le crépuscule tomba, Nargeot se prépara à sa deuxième veille. Il n'était pas rentré chez lui depuis vingt-quatre heures, s'était seulement allongé quelques instants dans une salle du commissariat, pendant que Cadoc le relayait. Mais il ne songeait pas à sa fatigue, il songeait à cet homme qui lui aussi entamait sa seconde nuit de bête traquée, seul contre tous, et à qui il n'était même pas capable de garantir la protection des lois.

Mercredi 5 septembre, vers minuit.

Collé au mur du jardin, Laugel épiait la route éclairée encore par le bec électrique du carrefour. Le quartier dormait. Grondement d'une voiture passant très vite au croisement. Un chien tout près aboya. Il reconnut la voix enrouée : le basset des Gourmelon, et il se ramassa un peu plus contre la paroi.

Cela faisait vingt-quatre heures qu'il était en cavale, gîtant le jour au cœur d'un fourré, progressant la nuit d'un champ à l'autre, évitant les chemins, les sens en alerte, prêt à se jeter à couvert au moindre bruit. Sa course à vélomoteur lui avait permis d'aboutir avant la fin de la nuit précédente à la hauteur de V..., car jusqu'à cette heure, dans cette direction du moins, les mailles du filet étaient encore assez lâches. Il avait dissimulé la mobylette au fond d'un taillis, et avait attendu la tombée du jour, blotti dans une sapinière. De sa cachette il voyait la pimpante petite cité au-dessous, les moires capricieuses de la Douve, la nationale et sa procession motorisée. Vrombissement modulé d'une scierie proche, romance des pigeons ramiers dans les branches, et toujours quelque part un klaxon de police.

Pour tromper sa faim il avait cueilli des pommes aigres sur un talus. Il avait bu dans un lavoir désaffecté. Des fumées flottaient sur les jachères, charriant des odeurs de pain brûlé et d'étables. Dès que l'ombre s'était appesantie, il avait repris sa marche en contournant la ville. Il connaissait bien cette campagne où il lui arrivait naguère de faire de longues randonnées solitaires, réceptif aux voix de la nature, dans la fraîcheur acide des sous-bois. Il s'orientait aisément dans l'ombre, parmi les formes décomposées. Il était chez lui au milieu des arbres et des bêtes de la nuit dont les craquements légers des feuilles mortes sous ses pas suspendaient l'activité et qui le regardaient passer sans effroi.

Vers vingt-trois heures il avait deviné les toits d'éverite de la Briqueterie Le Guen. Là-bas, les premières habitations de Saint-Caradec-d'en-Haut, éclairées. Par avancées prudentes, coupées de longues pauses, il était parvenu en face de ce qu'il continuait d'appeler « la maison ».

Il l'apercevait à quelques mètres, rustaude et râblée, sa façade chaulée aux contrevents clos, irradiant sous la clarté diffuse. Il distinguait le pignon, garni de sa toison de clématites, la silhouette tourmentée du cryptomeria, la haie de buisson ardent. Il analysait mal ce qui l'avait conduit ici : sentiment qu'il ne serait nulle part plus en sécurité qu'au cœur même de la place, au milieu de la meute enragée, que c'était par ailleurs le seul endroit d'où il pût enfin appeler Leporon (il y songeait depuis le début de sa fuite) – et puis sans doute il y avait autre chose, une force mystérieuse qui le poussait vers l'asile instinctif, la maison où il avait aimé et souffert. La maison de Liz et de Sébastien.

Les lumières extérieures enfin s'éteignirent. Le basset durant quelques secondes commenta l'événement, puis retourna à ses songes. Laugel traversa la route sur la pointe des pieds. Il escalada la grille de bois, retomba dans le jardinet. L'herbe avait poussé entre les dalles de schiste et buvait le bruit de ses pas. Comme il l'espérait, la porte du garage, qui depuis longtemps ne fermait plus à clef, s'écarta docilement. Il entra, repoussa le battant. Il tâtonna, rencontra le phare d'une voiture, la 2 CV de Liz. Il remonta vers le fond du garage, sa main glissant le long de la carrosserie. A gauche, la porte de communication, en isopan léger. Deux bons coups d'épaule suffirent à faire céder la gâche. Il monta quelques marches, accéda au couloir, progressa à l'estime le long de l'escalier, et pénétra dans le séjour.

Il buta dans quelque chose, s'arrêta, écouta, impressionné par le silence total : même l'horloge s'était tue. Les masses des meubles familiers peu à peu se dessinaient. Il fit à nouveau quelques pas en direction de la crédence sur laquelle était posé le téléphone. Il alluma un briquet qui traînait sur la table du salon, compulsa l'annuaire. Quimper... Leporon... Rien à ce nom. En revanche, le répertoire mentionnait *L'Envol*, rue du Moulin-Vert.

Il tenta sa chance. Oui, quelqu'un était à la réception.

« Allô ? dit une voix de rogomme.

— Pourrais-je parler à monsieur Leporon ?

— Ça m'étonnerait, dit l'homme. Leporon est mort.

— Mort ?

— Qui êtes-vous ? Allô ? Allô ? »

Il raccrocha en tremblant. Qu'est-ce qui s'était passé ? Il avait le sentiment accablant d'une malédiction, frappant tous ceux qu'il approchait : Sophie, Leporon... Et bientôt Carol ?

Il s'accota à un meuble et pendant quelques secon-

255

des resta inerte, dans un état de complet abattement.
Il avait atteint la limite de la résistance physique.
Accepter l'inexorable, dormir, oublier tout... Et une
fois encore un sursaut rageur le fit se redresser. Il sortit
de son portefeuille la carte que lui avait remise Olivier
Fallière, il composa le numéro. Fallière ; la dernière
planche de salut. Est-ce qu'il serait chez lui ? Laugel
se rappelait que son mariage était pour le matin
même, et il était à redouter que quelques heures seulement avant... Mais on décrochait, la voix d'Olivier
disait allô ?, fluette et sèche, comme irritée.

« C'est Laugel ! »

Exclamation de stupeur :

« Laugel ! Où donc êtes-vous ?

– Chez moi... chez Liz. Oui, j'ai pensé que c'était le
dernier endroit où l'on viendrait me chercher ! J'ai
d'abord essayé d'avoir Leporon.

– Leporon, dit Olivier dans un souffle... Il a été assassiné, hier soir, vers les vingt-deux heures, dans son
cabinet de travail. »

Un silence écrasant.

« Il voulait m'aider...

– Oui, il me l'a dit au téléphone.

– Il vous a expliqué...

– Pas le détail. Assez pour que je comprenne pourquoi on l'a liquidé. Et pourquoi vous aussi Laugel, on
vous a jugé.

– Qu'est-ce que je peux faire ?

– Je cherche... On exclut la police, n'est-ce pas ? Il
y a Nargeot, mais Nargeot est un homme seul et je le
crains, impuissant ! L'opinion ? Entendez-la qui
hurle ! Il n'y a plus ni lois ni règle du jeu ! Nous sommes à l'heure des fauves, mon vieux ! »

Nouvelle et courte pause.

« Vous mettre d'abord à l'abri, c'est la priorité. On verra ensuite. Vous êtes seul ?

– Seul ? Bien sûr.

– Bon. Ne bougez pas, faites rigoureusement le mort. Je vais piocher le problème, et je vous rappelle. D'accord ?

– Oui, dit Laugel, je vous attends. Merci. »

Il reposa l'appareil, se dit, je vais manger quelque chose, une conserve... Après j'essaierai d'avoir Carol. Elle est arrivée en Alsace, et si elle a appris pour sa sœur...

Il esquissa un pas vers la cuisine, mais ses jambes fléchirent, la fatigue d'une masse pesa sur lui. Il s'affala dans un fauteuil, sombra immédiatement dans l'inconscience.

Jeudi 6 septembre, 1 h 30.

Olivier alla à la fenêtre, écarta les doubles rideaux. La rue du Parc était encore éclairée. Les lampadaires poussaient leurs fluorescences or et rose au cœur des marronniers, dont les branches se dessinaient en noir avec une précision d'estampe. Au-dessous les soieries argentées de la rivière s'effrangeaient. De loin en loin une voiture surgissait, secouait un moment le silence et retournait très vite à la nuit.

La ville dormait. Mais Olivier savait que ce n'était qu'une apparence et que, insidieuse, la ronde de mort continuait. Il laissa retomber la draperie, s'écarta de la fenêtre. Autour de lui, il y avait des fleurs partout, les essences les plus rares, assemblées en corbeilles somptueuses ou mariées savamment au cristal. Les meubles étaient neufs, raffinés, neuve aussi la précieuse tapisserie japonaise.

Il murmura avec dérision « Notre nid d'amour... C'est dans quelques heures... » Sur un bonheur-du-jour en merisier, Béatrice lui souriait tendrement. D'ici à quelques heures ce serait la foule chamarrée, les accords de Mendelssohn, les cloches, la sortie dans la lumière sous le porche gothique.

Il eut un éblouissement, s'assit. Il ressentait une impression pénible de distorsion, comme si tout ceci ne le concernait pas et que ce ne fût pas lui, cet homme comblé, envié, dont on s'apprêtait à célébrer le « brillant mariage », en présence des dignitaires du clergé, du ministre, de tout ce qui, notoriété ou fortune, comptait dans la région. Béatrice était belle, elle l'aimait, ils étaient jeunes, riches, considérés. D'ici à quelques heures...

Mais pour le moment, au fond de la bonbonnière qui devait être le cadre douillet de leur intimité, il n'y avait qu'un pauvre type transi, aux prises avec ses fantômes. Le passé une fois de plus cornait à ses oreilles et sa tête éclatait, pleine de tumulte et de grands éclairs aveuglants. Cette fille maîtrisée qui rue et se tord... Les larmes sur le visage misérable décomposé... Les jambes maigres, comme d'une enfant, les cuisses que deux pattes velues descellent, la lingerie arrachée, la fourrure dorée qui miroite à la lueur mate du plafonnier... Ces trois gargouilles qui se penchent, ces trois halètements de fauves, et le rire hideux dégoulinant des lèvres de carton...

Olivier ouvrit les yeux, papillota sous la lumière qui

embrasait le lustre. Il chercha le cadre, se suspendit au beau visage...

Mais les souvenirs malignement revenaient à l'assaut et déferlaient par cette brèche... La foule musarde, jacassante et bon enfant. Flonflons d'un orchestre de brasserie, odeurs de merguez et de frites. Ils sont venus au Mans le matin, en voisins. Olivier, qui goûte à ses premières 24 Heures, a regardé la fin de la course, sans trop comprendre. Maintenant ils se promènent en attendant l'heure de son départ. Béatrice est à son bras et il la sent mal à l'aise dans le grouillement populeux, elle répète :

« Olivier, vous allez manquer votre train ! Il serait sage... »

Il ne se résigne pas à partir. La journée a été maussade, avec des orages violents qui ont un moment contrarié le bon déroulement de l'épreuve, mais c'est à nouveau le soleil, la douceur d'un printemps retrouvé.

Dans la cohue une haute silhouette soudain agite les bras :

« Fallière ! Quelle surprise ! »

C'est Jacques Garamance, le psychiatre. Il est en compagnie d'une brune capiteuse qu'Olivier a déjà vue, mais qu'il n'identifie pas. Présentations :

« Vicki, une amie.

— Béatrice, ma fiancée. »

On s'en va consommer à une terrasse. Garamance est très en verve. C'est curieux, Olivier, qui ne le fréquente pas, a gardé d'une précédente rencontre l'image d'un homme assez réservé. Mais ce soir il témoigne d'une faconde intarissable. Il possède un assortiment de bonnes histoires et il est le premier à s'en divertir. Vicki lui fait écho ; elle a un rire rauque, qui grelotte longuement au fond de sa gorge. Olivier la trouve très séduisante, ses yeux noirs glissent sur vous comme une caresse.

« Vous rentrez ce soir ? dit Garamance. Par le train ? Mais profitez donc de la bagnole !

– Si je savais ne pas vous déranger... »

Les adieux à Béatrice, le départ du Mans vers 18 h 30, les deux heures de voyage sans incident. Ils atteignent Loudéac, font halte dans une auberge à la sortie de la ville. Ils mangent, boivent, fraternisent autour du Perrier-Jouet que Garamance a commandé. Olivier, qui, en règle générale, est sobre, communie avec l'euphorie de ses compagnons. Béatrice est déjà loin, et Garamance veille à ce que sa coupe ne reste pas vide. Il se laisse aller. C'est comme s'il quittait un uniforme étriqué et se mettait à l'aise. Comme une revanche aussi, l'exutoire après ces deux jours empesés, entre le marquis catarrheux entiché d'héraldique et son épouse, belle-maman de demain, grassouillette et rose comme un furoncle. Et Béatrice, quand ils sont seuls et qu'il lui prend la taille, qui le gronde, qui dit :

« Mon gros sensuel, soyez donc patient ! Le lien sacré qui va nous unir... »

Vertueuse jusqu'à la fibre, inexpugnable, d'une rectitude de mœurs accablante...

Ils quittent l'auberge à vingt-deux heures trente... Vicki s'est mise derrière, près d'Olivier. Le parfum de la jeune femme le pénètre, l'étourdit. Sa robe, remontée haut, lui dévoile les genoux et les cuisses, qu'elle sépare mécaniquement comme pour les éventer. Dans un glissement doux sa jolie tête vient s'appuyer contre l'épaule d'Olivier. Il entrevoit sa gorge gonflée, toute proche. Ils se cherchent du regard dans la pénombre, leurs lèvres se joignent, et il commence à lui mignoter les seins.

Devant, Garamance chantonne ou siffle ou passe des cassettes. Il en est une qu'il semble entre toutes affectionner, car il l'a déjà mise deux fois, une cantilène nostalgique qu'Olivier a déjà entendue et dont il découvre le titre : *Amazing-Grace*.

Parfois Garamance tourne la tête :

« Ça va derrière ? On ne s'ennuie pas trop ? »

Ils se caressent maintenant sans vergogne, comme de vieux complices. Vicki sent bon la chair exaltée. Elle se plaint sourdement, et Olivier sait que Garamance l'entend. Il en est mortifié, il continue cependant, le sang aux joues, les oreilles vibrantes.

Une réflexion du chauffeur le détache du corps langoureux :

« Une guinguette ! Allez, on y va ! »

Il distingue une construction basse, un rassemblement de voitures, des lumières qui scintillent entre les pins. Il est un peu plus de vingt-trois heures au moment où ils pénètrent dans le hall de l'établissement, accueillis par l'accordéon d'un orchestre musette. Des affiches rouges annoncent :

AMICALE LAÏQUE D'ARZANO – GRAND BAL COSTUMÉ

A la porte on leur vend avec leurs billets des cotillons, des serpentins et des têtes caricaturales en carton bouilli, qu'ils coiffent avec des rires de collégiens. Ils entrent, ils boivent, ils essaient quelque temps de se mettre au diapason de la fête. Mais il leur en faut davantage, des plaisirs plus épicés.

« On s'emmerde, les amis ! résume Vicki. Visez un peu la tronche de ces péquenots ! »

261

Ils réintègrent la Rover. Vicki s'est aussitôt soudée à son partenaire, ils reprennent leurs jeux lascifs, cependant que Garamance gueule *Old Man River.* Une vingtaine de minutes plus tard – ils viennent de traverser Rosporden – le psychiatre s'écrie :

« Une auto-stoppeuse ! On la prend ? »

Déjà il freine, ordonne, hilare :

« Remettez vos masques ! On va bien rigoler ! »

La suite...

Olivier se leva. Il n'avait rien prémédité, ni eux sans aucun doute. Un prurit de folie collective, la rage de jouir comme des bêtes, aux dépens d'une innocente créature, lui Olivier Fallière, le docteur Garamance, Vicki, trois êtres aux mains fines, le beau linge... Première séquence d'un film diabolique qui allait tout de suite échapper à leur contrôle. Liz et son enfant, Garamance, Sophie, Leporon... La chaîne de l'horreur...

Et maintenant un homme épuisé appelait au secours. Laugel. Laugel, son rachat... Il allait téléphoner à Béatrice, il lui dirait... Il regarda longuement le combiné, se répéta, mélancolique, c'était dans quelques heures... Dans quelques heures il serait derrière les barreaux. Il ferma les yeux. L'immensité du scandale lui donnait le vertige.

Il se ressaisit, détacha l'appareil, le reposa presque aussitôt. Non, il devait d'abord voir Vicki. Qu'il garde dans son avilissement un semblant d'élégance. Il lui dirait sa décision, elle en ferait ce qu'elle voudrait. Après seulement il préviendrait Béatrice et son père.

Il enfila un veston, descendit, monta dans la CX et fila sur le quai désert.

6 septembre, vers 7 h 30.

Cadoc décrocha le téléphone, dit :
« Qui ? J'entends mal. Comment ? Lepelletier ? Ah !
tout de même !... Oui, il est là, je vous le passe. »
Il tendit l'appareil à Nargeot :
« C'est Lepelletier ! »
Et sur un signe de son supérieur il porta le
deuxième écouteur à son oreille.
« Allô ! Lepelletier ? Où diable êtes-vous ?
– Salut, patron ! Près de Saint-Sever, dans les Lan-
des. Alors, qu'est-ce qui arrive ? Quimper c'est Chi-
cago, on dirait ? Je viens de lire dans le canard...
« Quoi ? Vous ne saviez rien ?
– Rien. J'étais de l'autre côté : Navarre espagnole.
Pas de télé, pas de journaux, la cure totale ! C'est tout
de suite, quand je me suis arrêté pour faire le plein...
Vous avez besoin de moi ?
– Plutôt ! Ecoutez-moi bien, Lepelletier. Dans la nuit
du 10 au 11 juin dernier, vous étiez de service rue Le
Hars. Une femme est venue, vous l'avez reçue plus
d'une demi-heure. Une très jeune femme menue,
jolie, blonde. Vous vous rappelez ?
– Le 11 juin ? Alors là, vous me cueillez à froid !
Attendez... Ça ne serait pas la mythomane ?
– Expliquez-vous.
– Une bonne femme est entrée dans mon bureau,
une sorte de névrosée. On l'avait violée dans une
bagnole, deux hommes et une femme, pas moins !
Une sacrée futée, cette minette ! A l'en croire, ses

263

agresseurs avaient opéré masqués, ce qui, conséquemment...

– Masqués ? Vous en êtes certain ? coupa Nargeot, qui adressa un petit signe à Cadoc.

– Je suis en tout cas certain que c'est ce qu'elle racontait ! Vous comprenez, pas folle, la nana : ça lui évitait de trop se creuser pour le signalement ! Je lui ai conseillé d'arrêter son cinéma. Elle a saisi qu'elle ne m'aurait pas au baratin, elle a retiré sa plainte.

– Vous n'en avez parlé à personne ?

– A personne ? »

On aurait dit qu'il ne comprenait pas la question. Il s'éclaircit la gorge, dit d'un ton contraint :

« Non, non, bien sûr, puisqu'elle avait renoncé à... Pourquoi ? Vous vous intéressez à elle ?

– A peine ! Cette mythomane comme vous dites s'appelle Carol Ridoni. C'est la sœur de la femme assassinée avant-hier soir.

– Carol Ri... Ah ! elle n'a pas donné ce nom ! Là je suis catégorique ! Ce que je comprends pas... »

Il s'arrêta net.

« Quoi ?

– Non, rien, patron, une pensée idiote. Rien.

– Vous pouvez venir ? »

Immense soupir résigné.

« Ça va. Je vais tâcher de caser la famille quelque part. Je laisserai la bagnole à ma femme et je prendrai le train. Avec un peu de pot je devrais pouvoir être à Quimper dans la soirée.

– Merci. On vous attend. A bientôt, mon vieux.

– Salut, patron. »

Nargeot se mit debout, ses mains en éventail sur le bureau.

« C'est à pleurer ! Depuis le début la solution était sous nos yeux, et on n'y a vu que du feu !

– Le truc des masques ?

– Evidemment. Le gendarme Batany lui aussi en a parlé. Je vais le convoquer, mais la cause est entendue : nous connaissons le chauffeur violeur...

– Garamance.

– Garamance. Et la violeuse est sa maîtresse, l'antiquaire. »

Il étreignit le téléphone, hésita quelques secondes :

« Non, le mandat on l'aura après ! Tu vas t'assurer de la personne de la poule ! Amène-la-moi, de gré ou de force, je m'en fiche ! Je la veux !

– Bigre ! ironisa le rouquin, Saint-Just qui se dessale ! »

Il alla vers la porte, puis se retourna.

« Je repense à ta réflexion. En fait, théoriquement, seul Lepelletier a été en situation de faire le rapprochement s'il a eu connaissance du rapport de la gendarmerie. Et encore, dans ce rapport, Batany, sauf erreur, ne mentionne pas les masques, il écrit simplement que Garamance « rentrait d'une foire carabinée ». C'est après l'accident du toubib, sur notre demande expresse, qu'il a été amené à expliciter sa formule. Tu te rappelles ? »

Nargeot approuva des paupières.

« Il est comment, Lepelletier ? Tu le connais mieux que moi. Comment tu le vois, humainement parlant, je veux dire ?

– Le genre grande gueule, râleur, aigri...

– Aigri ?

– La solde de misère, les promotions au compte-gouttes, le boulot dingue... Rien de très neuf : des poulets de ce gabarit, il en existe des flopées dans nos salles de garde ! Un type correct, tout compte fait.

– Bien. Il s'expliquera lui-même, dit Nargeot. Va, petit. »

Resté seul, il lut en diagonale la presse qu'on venait d'apporter. Laugel, naturellement, y tenait la vedette. On décrivait l'importance du dispositif mis en œuvre pour rattraper le fugitif, l'émotion de toute une région qui, etc.

Il repoussa les journaux avec humeur. Balivernes. La partie allait se jouer ailleurs. Dans la course de vitesse engagée, il avait marqué un point sans doute décisif. Dès que la femme serait là... Garamance et l'antiquaire. Est-ce qu'il n'aurait pas dû le deviner depuis longtemps ? Laugel, lui, l'avait compris, avant même d'avoir retrouvé Carol. Raison pour laquelle sa vie ne tenait qu'à un fil.

Cadoc téléphona peu après :

« L'oiseau a pris le large. Maison bouclée, pas de bagnole au garage. On force la baraque ?

– Non, inutile. J'en avise d'abord le juge Bernard. Qu'il se mouille un peu, celui-là ! »

Le mandat d'arrêt concernant Victorine Lemarchand, dite Vicki, fut signé à 9 h 20.

Toute la matinée, le téléphone carillonna dans le bureau de Nargeot : des journalistes, qu'il éconduisit, mais aussi le procureur Claron et les plus hautes instances de la mairie et de la préfecture, tous avides d'éclaircissements. Nargeot exposa sa thèse. On l'écouta avec intérêt, et on se permit de lui conseiller réserve et prudence, eu égard à la gravité du problème qu'il soulevait. Il était clair qu'on digérait mal ce pavé et que le possible étalage en place publique d'un scandale d'une telle dimension donnait des sueurs froides.

Le ministre débarqua à l'aéroport de Pluguffan à dix heures. Un quart d'heure après, Nargeot entendit les sirènes des motards de l'escorte qui traversaient Quimper à vive allure. Il ne sut pourquoi il se représenta à nouveau Laugel dans sa cache, qui lui aussi peut-être les écoutait...

Il ne voulut pas abandonner son P.C. même pour le déjeuner. A midi et demi il chargea son adjoint d'aller lui acheter des sandwichs et de la bière. Cadoc était sorti depuis quelques minutes au moment où Lepelletier pour la seconde fois se manifesta. D'entrée de jeu il demanda :

« Vous êtes seul ?

– Oui. D'où m'appelez-vous ?

– De la gare de Bordeaux. J'ai un problème, patron. Rien de grave, j'espère, mais ça me turlupine. C'est à propos de cette Carol, de sa visite chez nous une nuit de juin. Tout à l'heure, je vous ai dit que je n'en avais parlé à personne...

– Eh bien ? Ce n'est pas exact ?

– C'est-à-dire... »

Il soufflait lourdement.

« Voilà, patron, je vous explique... »

Nargeot reposa le récepteur avec une lenteur extrême. Le rouquin s'encadrait dans la porte, tenant les pochettes de sandwichs d'une main, les deux bocks de l'autre, et Nargeot le regardait s'approcher, mais ses yeux semblaient se porter au-delà de lui, s'accrocher à quelque chose d'infiniment lointain.

Cadoc déposa les provisions sur un coin du bureau :
« Mauvaises nouvelles, Saint-Just ? Tu en fais, une binette ! »

Nargeot redescendait sur terre.

« C'était Lepelletier, depuis Bordeaux. Il s'est souvenu d'un détail, concernant la visite de Carol le 11 juin... »

Cadoc décapuchonnait son sandwich.

« Quel détail ?

– Je n'en sais toujours rien ! Il n'a finalement pas osé me le donner au téléphone ! »

Le sandwich s'immobilisa au ras des lèvres du rouquin :

« Alors pourquoi il t'a appelé ?

– Oui, pourquoi, en effet... Lepelletier avait l'air plus que bizarre, et je me demande... »

Il n'acheva pas sa pensée.

« Il arrive ce soir, au train de 21 h 20. Il dit qu'il passera d'abord chez lui pour se rafraîchir, et qu'il viendra ensuite ici. Attendons. »

13 h 08.

La sonnerie éclata dans sa tête. Laugel se redressa avec un grognement, sa main tâtonna, il mit plusieurs secondes à comprendre où il se trouvait et qu'il avait dormi en chien de fusil au fond d'un fauteuil. La lumière du grand jour soulignait les cannelures des contrevents.

Tout près, le téléphone insistait. Il se mit debout, considéra l'appareil avec méfiance. Olivier ? ou bien qui ? Il détacha le récepteur, n'ouvrit pas la bouche, attendit, sur le qui-vive.

« Allô ? » s'étonna la voix.

Il reconnut le fausset de Fallière.

« Oui, Laugel, bonjour.

– Vous devez vous demander si je ne vous ai pas oublié ? Ça n'a pas été commode. J'ai épluché la situation de A à Z. Et il fallait que j'en parle à Béatrice...

– Béatrice ?

– Ma femme, depuis deux heures.

– Félicitations. Quelle heure est-il donc ? Je dormais.

– 13 h 10. Je vous appelle de l'auberge où a lieu le repas. Vous n'entendez pas le boucan ? Le ministre est en grande forme. Je dois faire vite : pour s'isoler seulement cinq minutes ici c'est la croix et la bannière ! Voici donc ce qui me paraît le plus sage, compte tenu des circonstances. Ce soir le papa donne une garden-party à la Croix-Verte. Pas moyen d'y couper, trois fois hélas ! Bon, on y figurera le temps qu'il faudra, et puis on se sauvera, Béatrice et moi – la discrète évasion des amoureux, vous savez...

– Oui, dit Laugel durement, j'ai connu ça.

– Nous viendrons à la porte du jardinet et nous vous embarquerons. Vous vous planquerez au mieux, il y aura des monceaux de fleurs dans la bagnole, ça ne devrait pas poser de problème. Personne ne vous cherchera noise : on n'embête pas un couple de jeunes mariés qui court à sa nuit de noces ! On vous emmènera aussi loin que nécessaire, hors du département, en tout état de cause, Rennes peut-être, ou Le Mans : Béatrice y connaît du monde. Et les gens n'y sont pas encore devenus fous furieux comme ici ! Ça vous va ?

– Oui. Quelle heure ?

– Minuit, une heure... Difficile à préciser, avec ce cinéma qu'on nous prépare ! J'amènerai la voiture le plus discrètement possible. Soyez prudent : ne sortez qu'à coup sûr. Je préfère ne pas entrer, je sifflerai quelque chose depuis la bagnole, par exemple...

– Le début d'*Amazing-Grace*, proposa Laugel, un peu à l'étourdie. Vous connaissez ? »

Olivier parut surpris :

« *Amazing-Grace*, oui, bien sûr... Pourquoi pas ? »

Il s'essaya aux premières notes.

« Je dois fausser abominablement !

– Mais non, c'est très bien.

– Attention, je crois qu'on vient. Je vous laisse. Continuez à faire le dos rond jusqu'à la nuit. Bon courage, et à ce soir !

– A ce soir. »

Laugel était à présent bien sorti de l'hébétude du réveil. Il se souvint qu'avant de tomber dans le fauteuil il avait eu l'intention d'appeler Carol. Il forma le numéro d'Eguisheim. Et écouta longtemps le timbre qui chevrotait dans une maison vide...

21 h 25

Nargeot perçut le chuintement massif de la motrice, le raclement des roues qui ripaient sur les rails.

La 504 de Nargeot était garée sur l'avenue à quinze mètres en retrait de la R 4. Une R 4 bleu métallisé. Au volant, un homme attendait. De sa place Nargeot ne pouvait pas le voir, mais il savait qu'il n'avait pas bougé, qu'il épiait l'esplanade. Des voyageurs déjà apparaissaient, la cour de la gare s'animait d'une courte fièvre, des voitures démarraient. A travers la glace ternie d'un bar, Nargeot distinguait un serveur en boléro lie-de-vin qui maniait un percolateur. La sonnerie du Korrigan, derrière, annonçait la fin de l'entracte. Quelques promeneurs déambulaient sur le trottoir. La soirée avait la fraîcheur moelleuse des belles fins de saison.

Les derniers arrivants passaient le large portail. Une portière claqua, et Nargeot vit l'homme (imper beige chiffonné, casquette à soufflets et lunettes teintées) traverser en courant la chaussée entre les voitures et gagner la place.

Il sortit de la 504, suivit des yeux la silhouette furtive qui pénétrait dans le hall de la gare.

L'homme ressortit quelques minutes plus tard. Il avait plongé les mains dans les poches de son imperméable et revenait à petits pas, tête baissée, absorbé.

Il ne remarqua Nargeot qu'à l'instant où il fut devant lui, à la hauteur de la R 4.

« Bonsoir, David. »

Cadoc eut un petit sursaut. Il ôta ses lunettes :

« Tiens, tu es là, patron ?

– Pour la même raison que toi sans doute ? Lepelletier ? On a tous hâte, n'est-ce pas, de l'entendre ?

– Il n'est pas arrivé, dit le rouquin piteusement.

– Non, il a changé d'avis. Viens à ma bagnole, je t'expliquerai. »

Ils marchèrent jusqu'à la 504.

« C'est à toi, la Renault ?

– Oui, une occase. Ma Fiat est un vrai gouffre !

– Ah ? J'ignorais... Entre. »

A peine assis, Cadoc demanda :

« Tu savais que Lepelletier ne viendrait pas ce soir ? »

Un bref silence. Le boxer, allongé sur la banquette arrière, s'était réveillé et laissait filtrer un mince gémissement amical.

« C'est moi qui lui ai demandé de ne pas rentrer ! »

Il ne regardait pas Cadoc, il regardait la rue, les autos, un couple qui traversait aux feux en s'embrassant, la fille riait. Un autobus virait sur l'esplanade.

« Je ne comprends pas, dit Cadoc.

– Si, je crois que tu as très bien compris. Avant de raccrocher, ce midi. Lepelletier a eu le temps de me dire une petite chose, au sujet de la déclaration de viol du 11 juin – une chose qui te concerne directement. »

Il tourna la tête :

« Tu ne devines pas ? »

Cadoc, inerte, contemplait le pare-brise. Nargeot entendait sa respiration.

« Dis toujours...

– Il m'a appris que tu étais passé à son bureau, alors qu'il finissait son quart, et qu'il t'avait signalé la visite de Carol. Exact ?

– Exact. Je lui ai recommandé de n'en parler à personne, puisque l'affaire était classée. Mais je ne savais pas qu'elle s'appelait Carol : elle avait laissé un autre nom. D'ailleurs sitôt entré, sitôt sorti : des histoires de ce genre, on en entend des dizaines et on les oublie.

– Tu n'as pas établi de rapprochement avec Garamance ?

– Franchement non. Ce n'est que ce matin, lorsque Lepelletier a appelé...

– Pourquoi, même alors, ne m'en as-tu rien dit ?

– Ç'aurait servi à quoi ? Je n'étais pas très fier de ma boulette : mets-toi à ma place !

– J'essaie, dit Nargeot, et ce n'est pas facile. Pourquoi voulais-tu voir Lepelletier ?

– Pour lui demander de ne pas me mettre en cause. J'ignorais qu'entre-temps il avait mouchardé ! »

Cadoc fit jouer la molette d'un briquet, alluma une blonde.

« Il y a autre chose, dit Nargeot. Tu vas me répondre sans détour. C'est très important, tu comprends ? »

La voix avait les inflexions d'une prière. Cadoc ramassait son briquet, disait :

« Le grand sermon qui s'annonce ! Vas-y, Saint-Just !

– Comment as-tu financé ta nouvelle voiture ? Je ne parle pas de "l'occase", je parle de l'autre, du "gouffre". »

Cadoc parut interloqué :

« Mais par un emprunt, comme tout le monde ! Et la tante Léontine a fait l'appoint, je te l'ai déjà dit : aucun mystère là-dessous !

– Si ! dit Nargeot tristement. Le 13 juin dernier, tu déposes au siège du CIO à Quimper une somme de 50 000 francs en espèces. »

Il agita un feuillet :

« J'ai dû faire procéder cet après-midi à quelques contrôles. »

Cadoc siffla :

« Tu en es là, Saint-Just !

– Réponds-moi : d'où venait l'argent ? De la tante de Vannes ?

– Oui.

– Le 10 août, tu acquiers au guichet de la même

banque des titres pour un montant de 80 000 francs, toujours réglés en coupures. La tante encore ?

– Oui, oui et oui ! Où veux-tu en venir à la fin !

– A ceci, David : la tata miracle n'existe pas ! La note confidentielle des R.G. du Morbihan m'est parvenue il y a deux heures. Tu désires en prendre connaissance ? »

Il y eut un silence lourd, insoutenable. Cadoc, méthodiquement, écrasait sa cigarette.

« Non, dit-il enfin, pas nécessaire, je la lis d'ici. Cadoc David, né le 17 février 1943 à Plumélec (56). Etudes au Petit Séminaire de Vannes, puis boursier à Rennes. Famille très modeste. Parents décédés, deux frères vivants, l'un installé à Marseille, l'autre expatrié en Australie. L'intéressé a bien une tante, paternelle, sa marraine, Léontine Cadoc, soixante et onze ans, impotente et aveugle, actuellement pensionnaire de l'hospice de Vannes, quartier des nécessiteux. »

Il eut un bref ricanement :

« Eh oui, Saint-Just, on est des fauchés ! Mon père n'était qu'un journalier, qui noyait sa misère dans le tord-boyaux, jusqu'au jour où il l'a noyée tout de bon au fond d'un étang ! Ma mère vidait les pots de chambre dans une clinique de Baud ; elle aussi a fini à l'hosto des pauvres : il y avait des années qu'elle débigochait. Ça vous suffit-il, monsieur le commissaire ? Faites excuse, Votre Honneur, on est vraiment pas présentables !

– Tais-toi, dit Nargeot. Tu sais bien que je ne fais pas de la pauvreté une tare. »

Il répéta, très doucement :

« Cet argent...

– Ça va, Saint-Just, ça va, je me mets à table. J'ai une

liaison ici, à Quimper, une dame de la haute, un peu mûre, mais...

– Je ne vois pas la relation.

– Ah ! non ? Alors écoute. Je me fais entretenir, Saint-Just ! On me paie à l'acte ! Tu saisis, cette fois ? C'est moins reluisant que la tata, hein !

– Qui est-ce ?

– Je ne peux pas répondre. Son mari est très en vue...

– Tu vas pourtant me le dire, l'enjeu est trop grave... Mais bon Dieu, est-ce que tu ne te rends pas compte ? C'est pour moi aussi que tu dois parler ! »

Il ajouta, plus sourdement :

« Un simple mot, David, je te le demande... »

Nouveau silence. Le chien émit un long bâillement.

« Bien. Je lui soumets le cas : elle sera juge. Je peux téléphoner ? Il y a une cabine, là-bas. »

Nargeot ne répondit pas tout de suite. Puis :

« Passe-moi ton feu. »

Cadoc haussa les épaules, tendit le pistolet. Il sortit, contourna la voiture et se pencha à la portière :

« Je vais insister pour qu'elle accepte de te recevoir. Sinon tu agiras comme tu l'entends. Adieu, Saint-Just. »

Nargeot accompagna du regard la silhouette sportive qui s'éloignait à amples foulées sur le trottoir. Il le vit pénétrer dans la cabine vitrée, porter le combiné à son oreille. Deux minutes s'écoulèrent. Le rouquin avait les yeux fixés sur l'esplanade, rigoureusement immobile. Puis il tourna le dos, s'accouda à la tablette et Nargeot comprit qu'il était en conversation. L'échange ne dura pas. Déjà Cadoc ressortait. Il fit quelques pas, parut flotter. Un instant il disparut du champ de vision du commissaire, masqué par une camionnette à l'arrêt.

Il l'aperçut de nouveau qui s'extrayait d'entre deux voitures et débouchait sur la chaussée. Les feux passaient au vert. La suite fut très rapide. Nargeot enregistra dans la même seconde l'autocar vide qui fusait et la forme penchée en avant comme d'un plongeur. Hurlement déchirant des pneus, un cri quelque part. Il bondit de la 504, se mit à courir.

Cadoc gisait dans une mare de sang rouge, la tête en bouillie. Les badauds déjà faisaient cercle. Le chauffeur du car, qui avait stoppé trente mètres plus loin, s'avançait en blouse grise, pâle comme la mort :

« Vous l'avez vu ? Il s'est jeté sous mes roues...

– Oui, dit Nargeot, vous ne pouviez rien. Un désespéré. »

Ce fut un peu plus tard, en remontant dans sa voiture, qu'il reçut un message du commissariat. Un télex tombait à l'instant : on avait retrouvé Carol vivante ! Il demanda où mécaniquement. A travers un voile il crut entendre que la jeune fille avait été découverte prostrée sur un banc de la gare de Strasbourg. Puis on cita une autre ville, à consonance étrangère, où elle se serait d'abord réfugiée. On ajouta qu'elle était hors d'état de supporter un interrogatoire, qu'il avait fallu l'hospitaliser, et qu'elle avait simplement, à plusieurs reprises, prononcé un nom : Laugel.

Il dit, c'est bien, j'arrive, et lança la 504. Il aurait dû savourer comme une victoire ce premier accroc dans le scénario tragique. Mais il ne le pouvait pas, il n'arrêtait pas de penser à Cadoc, dont on venait de lui apporter le portefeuille. Parmi les papiers, un titre de location établi par un garage de Concarneau, à la date du 8 août, au profit d'un nommé Pierre Merlin.

Le 8 août, le jour même qui avait vu un flic jusqu'alors sans histoires devenir tueur à gages. Au service de qui ? Son ultime appel téléphonique depuis la cabine de l'avenue avait été sans doute pour son employeur, pour dire que c'était fini, qu'il passait la main.

Et puis le rouquin était mort, avec son secret.

23 h 30.

A l'affût derrière les volets de la cuisine, Laugel scrutait le morceau de rue vide, au-delà du jardin. La turbulence du soir s'apaisait, les pavillons du quartier avaient déjà pris leur position de nuit. Au croisement, des voitures passaient. Il écoutait grossir la rumeur, tendu. L'auto freinait à l'intersection dans un concert discordant de pneus martyrisés et de plus belle c'était le crescendo des moteurs cravachés dans la longue descente vers V...

Il ne l'entendit pas approcher. Il perçut le souffle du moteur alors que la voiture était déjà engagée dans la ruelle. Elle s'arrêta avant la maison. La portière fut ouverte sans bruit. Le frôlement d'un pas sur la chaussée, un gravillon roula. Laugel colla son œil à la rainure extrême du volet, mais il ne vit rien. Le pas s'était figé. Et les sept premières notes d'*Amazing-Grace* s'élevèrent. Le basset des Gourmelon dans son demi-sommeil en recueillit quelque chose et à tout hasard poussa un grommellement acrimonieux.

Laugel abandonna son observatoire et descendit dans le garage. Il ouvrit la porte, atteignit la clôture, escalada le muretin et sauta souplement. Il observa la ruelle, surpris de ne pas apercevoir la voiture de noce, enrubannée de tulle.

« Monsieur Laugel ? » souffla une voix.

Une forme se détachait d'une encoignure à quelques mètres devant lui. Laugel cligna des yeux, esquissa un mouvement de recul. Ce n'était pas Olivier. L'homme l'avait rejoint, grand, jeune, longue chevelure frisée, des yeux très clairs. Il portait une liquette à carreaux et un Lewis délavé. Il chuchota :

« Monsieur Olivier craint de ne pouvoir venir assez tôt. La fiesta, là-bas, débute à peine, et avec toutes ces huiles qui lui tiennent la jambe ! Il m'a chargé de vous conduire où vous savez.

– Qui êtes-vous ?

– Je travaille chez Monsieur Léon. Vous faites pas de mouron : ils sont calmes, ce soir. J'ai mis la bagnole à l'ombre, on ne sait jamais. Venez. »

Laugel hésita. Leur colloque n'avait que trop duré. Le basset, bien réveillé pour le coup, s'étranglait de fureur. Laugel emboîta le pas à son visiteur, jusqu'au fond d'une impasse bordée de jardinets aux haies touffues. La voiture était garée dos à la route, large, haute sur pattes, du type Range-Rover, pour autant qu'il pût en juger dans la pénombre. Il monta à côté du chauffeur, qui lança le moteur et revint à la ruelle en marche arrière. Il partit vers le croisement, tourna à gauche en direction de Saint-Caradec.

Laugel ressentit un pincement désagréable au cœur :

« Où allez-vous ?

278

–Je prends un raccourci, vous inquiétez pas. Le sénateur a fait distribuer à boire dans tous les débits. "Ils" sont trop bourrés pour être dangereux. »

Il avait une voix traînante, sa crinière moutonnait sur ses épaules.

Ils traversèrent en trombe Saint-Caradec. Laugel vit défiler les lumières du café-tabac, quelques silhouettes sur la place de l'église, et déjà la Range-Rover passait le faubourg. Elle roula quelques kilomètres, vira sec sur sa gauche dans un chemin de terre que Laugel ne connaissait pas. Il lorgna vers le chauffeur :

« Où me conduisez-vous ? »

Les boucles souples dansèrent.

« Vous alors, comme nerveux ! Puisque je vous dis...

– Ça suffit ! Arrêtez ! »

La main droite de Laugel glissa vers la poche de son veston. Un objet froid lui vrilla la nuque, une bouche qui sentait l'alcool murmura à son oreille :

« Pas un geste. »

Une main le ceintura, le palpa, le délesta de son arme, le pistolet de Bavoche qu'il avait gardé.

« Mets la gomme, Walter », dit l'homme.

La Range-Rover s'extrayait du chemin de terre, débouchait sur une route goudronnée, accélérait.

« Qui êtes-vous ? »

On ne lui répondit pas. Le canon lui piquait toujours le cou.

« Vous allez me liquider ?

– Non, on va à la chasse ! »

Le chauffeur gloussa. L'homme, derrière, allumait une cigarette. La fumée se répandit et Laugel crut en sentir la tiédeur sur sa nuque.

Ils descendaient par une petite route en lacet. Laugel flaira l'odeur puissante, avant de repérer le site : ils approchaient de la mer. Une plaque surgit de la nuit, annonçant : Saint-Nic. Ils sortirent du village, dévalèrent vers la côte à tombeau ouvert. Il reconnut le terre-plein, le muret délimitant le parking. La Range-Rover appuyait à gauche et s'engageait sur le front de mer, bordé de campings disséminés au milieu des genêts. Ils parcoururent deux bons kilomètres le long de l'immense grève.

« Ralentis, Walter, dit la voix. Il y a un passage là-bas. »

Le conducteur freina court, inséra la voiture dans le couloir cimenté qui en pente douce menait à la plage. Les roues patinèrent dans le sable poudreux, puis s'accrochèrent fermement. A petite vitesse ils roulèrent vers l'eau. Le grondement des vagues grossissait, des traînées phosphorescentes déchiraient la nuit.

« On va te donner un peu d'exercice, dit l'homme qui le tenait en joue. C'est bon, Walter, tu peux arrêter. Mets en veilleuse.

– Tu es bien sûr, Luigi..., dit le chauffeur.

– Oui. Les campings sont fermés depuis fin août.

– Mais le dancing.

– Beaucoup trop loin pour nous gêner. Regarde, il n'y a pas une seule bagnole sur la corniche ! C'est la bonne heure. »

Le bout du pistolet griffa la peau de Laugel :

« A toi de jouer, mon gars. Sors maintenant et tire-toi ! »

Laugel ne bougeait pas. L'explosion des vagues résonnait dans sa tête, lancinante, l'abrutissait.

« Je compte 3, dit l'homme. Et je te fais sauter la

cervelle ! Tentative de fuite, ça passera comme lettre à la poste. Top chrono. Un... »

Laugel ouvrit la portière, se laissa glisser. Sans cesser de pointer son arme, l'homme – crâne chauve et ciré, lourde face bouffie – vint occuper sa place auprès du conducteur.

Immobile, Laugel essayait d'improviser un plan de survie. La nuit l'engluait et l'immensité de la plage, comme un désert sans limites. Une voix cria :

« File ! Sauve-toi ! »

Et aussitôt, après avoir un peu reculé pour se placer dans son axe, la Range-Rover commença à marcher sur lui, lentement, les deux hommes côte à côte grimaçant derrière la vitre. Alors il se mit à courir en direction de l'eau. Ses chaussures claquaient sur le sable dur. Parfois une flaque invisible s'interposait, le liquide glacé emplissait ses mocassins, jaillissait contre ses mollets.

La Range-Rover suivait pas à pas. Il ne se retournait point, il entendait le grondement cruel, régulier. Il bifurqua, dessina plusieurs crochets. Et posément l'engin se coula dans son sillon, maintint l'intervalle requis. Il remit le cap sur la mer. Il approchait, le sable devenait spongieux il discernait les crêtes laiteuses, la mousse des déferlantes. Espoir insensé... Il était bon nageur : s'il réussissait... La voiture poussa un grognement joyeux et le frôla, le dépassa, opéra un virage court au ras du flot, revint sur lui. Il tenta de la contourner, elle virevolta, lui coupa à nouveau la route.

Il s'épuisait. Ses pieds clapotaient dans ses chaussures chargées d'eau. Il dérapa sur un coquillage, tomba, se redressa d'un coup de reins. Le mufle était tout près. Les phares crachèrent une brève flamme qui l'aveugla. Il étendit les mains devant ses yeux, entendit les gloussements ravis de ses tourmenteurs. Il repartit en titubant, les jambes lourdes, zigzagua, incapable de s'orienter, comprenant qu'ils ne le lâcheraient pas, qu'ils ne lui accordaient que le sursis nécessaire à leur amusement, et qu'ensuite ils l'achèveraient.

Il buta sur quelque chose, s'affaissa une fois encore et resta allongé, se disant, cette fois c'est fini. Il regardait le robot qui s'avançait, très lentement, la progression implacable des roues. Le sable gorgé d'eau glaçait sa poitrine. L'Océan et sa musique somptueuse... Il songeait, ma mort qui vient, je vais mourir. Un cadre qu'il n'avait jamais imaginé.

Sa main droite devant lui heurta un corps dur et gluant, s'y accrocha : une épave hérissée de clous, celle-là même qui avait provoqué sa chute. La gueule du monstre était tout près.

Il se remit sur les genoux et propulsa la planche sur le phare gauche avec toute l'énergie qui lui restait. A travers le crépitement du verre brisé, il distingua leurs vociférations. La Range-Rover stoppa, lanterne morte. Laugel avait déjà basculé, il attaquait le deuxième projecteur, s'y acharnait, le neutralisait et immédiatement plongeait, rampait vers l'arrière.

Ils étaient descendus. Une voix furieuse ordonna : « Walter, la lampe ! »

Un pinceau courut sur la plage. Puis il y eut un glissement symétrique de chaque côté de la voiture. Laugel s'était encastré sous l'arrière contre l'une des roues. L'homme à la torche arrivait à sa portée. Laugel lui offrit encore un demi-mètre, et se déplia, lui jaillit dans les jambes. La torche s'envola, tandis qu'une détonation retentissait, se répercutait dans l'immensité, mêlée au fracas des vagues. Laugel avait plaqué l'homme sur le ventre, il lui bloquait la nuque, lui enfonçait, sauvagement la face dans le sable. Les doigts lâchèrent le pistolet. Laugel s'en saisit, lui colla le canon, dans l'oreille, tira. Puis il fit volte-face.

L'opération n'avait duré que quelques secondes. Le chauffeur débouchait tout juste à l'angle gauche de la Range-Rover, il s'arrêtait, appelait, inquiet :

« Luigi ? T'es là, Luigi ? »

La torche avait roulé à plusieurs mètres et traçait un long rail jaune sur le sable. L'homme hasarda un pas, s'inscrivit en ombre chinoise dans la clarté sourde des feux arrière.

Accroupi sur ses talons, Laugel visa, appuya sur la détente. Un cri de douleur. La forme vacillait, rebondissait contre le pare-chocs et s'abattait.

Laugel ramassa l'automatique de sa victime, alla éteindre la torche et prit place au volant. Il écouta un moment la chanson âpre des vagues. Un oiseau de mer jetait un appel métallique sur deux notes. La corniche là-bas demeurait plongée dans l'obscurité.

Il mit en route, revint au petit bonheur vers l'entrée de la plage.

7 septembre, 1 h 05.

« La gendarmerie de V. a appelé, patron. Allô ! patron ?

– Oui, j'écoute. Qu'est-ce qu'ils voulaient ?

– On aurait aperçu Laugel, il y a une demi-heure.

– Ça ne sera guère que la dixième fois depuis ce soir ! C'est sérieux ? Où ça se serait passé ?

– Devant le dancing le Manhattan, à Pentrez-Plage. Un couple de jeunes gens qui... enfin qui s'étaient isolés dans leur voiture sur le parking, et qu'un type a délogés sous la menace d'un flingue. Il s'est taillé avec la bagnole.

– Ils sont sûrs que c'était Laugel ?

– Ils disent que oui. Sa photo était dans le canard et ils affirment...

– On a les coordonnées de la voiture ?

– Oui, patron. Je répercute ?

– C'est cela, répercute. »

1 h 12.

« C'est le commissaire central de Brest, patron. Je vous le passe.

– Commissaire Nargeot ? Inspecteur Morizur, salut. J'ai entre les mains une de vos paroissiennes ! Victorine Lemarchand, antiquaire de son état.

– Vicki ? Où l'avez-vous pêchée ?

– Un contrôle de routine, à l'entrée de la voie express. Elle filait sur Paris. Elle était planquée ici depuis hier matin, dans un petit hôtel de la périphérie.

– Elle est auprès de vous ?

– Elle n'est pas bien loin, oui.

– Passez-la-moi... Eh bien ? Vous me la passez ?

– Elle refuse de bouger. Elle prétend qu'elle n'a rien à vous dire.

– Ah !... Elle est au courant pour Cadoc ?

– Cadoc ?

284

– Faites-lui savoir qu'il est mort. Elle comprendra...
Allô ?

– Elle a l'air sonnée. C'est qui Cadoc ?

– Un flic. Elle ne veut toujours pas causer ?

– Attendez... Allô ? Elle dit qu'elle a besoin de preuves. Elle demande aussi si vous avez déjà vu le fils Fallière.

– Fallière ! Qu'est-ce que Fallière... Il faut absolument que je lui parle ! Allô ? Qu'est-ce qu'elle dit ?

– Elle dit que ce n'est pas commode, au téléphone.

– Vous me l'amenez ?

– On s'en occupe, d'accord. Qui est Fallière ?

– Un jeune marié. Merci, Brest. J'attends la livraison. »

2 heures.

C'était incontestablement une soirée réussie. La nuit était si douce pour la saison que personne ne songeait à prendre congé. Par petits groupes les invités bavardaient en se promenant dans les allées. Les serveurs en livrées à la française officiaient derrière les longues tables drapées de blanc qu'on avait disposées au bas de la terrasse. Des musiques éthérées tombaient des haut-parleurs dissimulés dans les frondaisons des marronniers et des cèdres vénérables. L'éclairage pour l'occasion avait été renforcé : aux bornes lumineuses plantées sur les pelouses et dans les massifs on avait joint des guirlandes d'ampoules qui formaient au-dessus des allées des arabesques dansantes.

A 2 h 5, la voiture franchit la grille de la Croix-Verte. Une main haut gantée salua le gardien qui faisait les cent pas. Les larges nœuds de tulle rose frémissaient aux poignées des portières. L'auto prit de la vitesse en direction de Saint-Caradec.

C'est en débouchant d'un virage appuyé que le chauffeur aperçut le corps en travers de la route. Il freina à mort, jura, nom de Dieu !

« Olivier, je vous en prie ! » dit la passagère d'un ton de reproche.

La voiture s'immobilisa. Fallière sourit, s'approcha. Il était à un mètre quand la forme se redressa prestement et pointa un pistolet.

« Laugel ! s'écria Olivier. Qu'est-ce que...

– Rentrez dans votre voiture. »

Il agita son arme.

« Allez ! »

Fallière s'exécuta sans un mot et se remit au volant, pendant que Laugel se plaçait derrière lui, au milieu des corbeilles de lis.

La jeune femme était restée muette de saisissement. Elle se retourna. Dans la pénombre Laugel entrevoyait le délicat visage, aussi pâle que sa voilette.

« Qu'est-ce que cela signifie ? Qui êtes-vous ? Que nous voulez-vous ?

– Demandez-le à votre mari. Je m'appelle Albert Laugel. En route ! »

La CX s'ébranla.

« Olivier, dit-elle, allez-vous enfin m'expliquer...

Il haussa les épaules et ne desserra pas les lèvres.

La voie se rétrécissait. On traversait une futaie de hêtres.

« Ralentissez. Vous tournerez à droite au premier embranchement. Marchez au pas. »

Ils s'engagèrent dans un chemin vicinal, sommairement goudronné. Au bout d'une centaine de mètres, les phares léchèrent une construction sur leur gauche, nichée au milieu d'un bosquet de chênes courtauds. Progressivement les faisceaux détaillèrent les contreforts patinés d'une chapelle. Un vitrail aux carreaux grisés étincela.

« Passez le portail. »

La voiture exécuta un arrondi pour s'infiltrer entre les deux piliers de granit sculptés, sans porte. En silence elle roula dans l'enclos herbeux.

« Appuyez à droite. Prenez plus large. Braquez à gauche. Doucement. »

Les ordres tombaient avec la sécheresse d'un couperet et Fallière obéissait. La jeune femme avait posé sa main dégantée sur l'épaule de son mari, comme si elle voulait lui signifier qu'elle était solidaire, « pour le meilleur et pour le pire ».

Les lanternes maintenant arrosaient à plein jet la façade étroite, l'ogive d'une porte aux voussoirs disjoints, hérissés d'herbes folles, les deux gargouilles décapitées coiffant les piliers d'angle trapus.

« Coupez le moteur. Descendez. »

Ils sortirent l'un derrière l'autre. Les escarpins de Fallière à chaque pas lâchaient un petit cri.

« Ouvrez grand la porte. »

Elle n'était retenue que par un bout de corde. Ancien lieu de pèlerinage local, la chapelle avait été désaffectée après la guerre et tombait en ruine. Laugel y était venu plusieurs fois au cours de ses escapades solitaires et y avait fait halte, dans l'ombre de l'enclos. Olivier défaisait le nœud et repoussait le double vantail qui roulait avec bruit sur ses gonds rouillés. Les projecteurs plaquèrent leurs deux ombres contre le chœur dévasté où seul subsistait un autel bancal. Ils pénétrèrent dans l'édifice. Leurs pas sonnaient sur les larges dalles. Une chauve-souris tournoyait dans la lumière.

« Arrêtez-vous. »

Ils se tenaient face à face au centre du vaisseau, Fallière encadré par le feu des lanternes, qui lui brûlaient les pupilles, Laugel à un mètre devant lui, l'arme au poing. A son tour, la jeune femme entrait dans la chapelle, boitillant sur ses talons effilés, une main soutenant la traîne, qui glissait dans la poussière. Elle s'immobilisa à la hauteur d'Olivier et le regarda. Une tôle quelque part grinçait.

« Maintenant parlez, dit Laugel. Nous vous écoutons. »

Olivier tourna les yeux vers elle, qui attendait, pétrifiée, et il secoua la tête, il disait non, en silence, non, Béatrice, je ne peux pas... Laugel se pencha et le frappa à la face. Il tomba sur les genoux.

« Lâche ! »

Elle s'était jetée sur Laugel, elle s'accrochait à lui, essayait de lui arracher le pistolet. Il la repoussa sans douceur.

« Parlez ! »

Olivier ne se relevait pas. Un filet de sang coulait de sa narine. Laugel agita son arme :

« Vous allez tout dire, à l'instant, en présence de votre femme. Vous allez lui raconter comment vous avez assassiné mon gosse et Liz et Sophie Ridoni et votre ami Leporon ! Avant de me livrer à vos tueurs ! Allons, parlez ! »

Les lèvres tuméfiées remuèrent :

« Je n'ai tué personne... J'ai voulu vous aider, Laugel... »

Le menton s'affaissa dans le nœud papillon. Il pleurait :

« Je n'ai pas pu...

– Qui a tué Liz et notre enfant ?

– Le policier Cadoc.

– Et Sophie ? Et Leporon ? Vous étiez le seul avec moi à savoir ce qu'il projetait ! Il vous a téléphoné...

– Oui, mais je n'en ai rien dit à Cadoc. Je vais tout vous expliquer... »

Commissariat, même heure.

« Par quoi je commence, commissaire ?

– Par Fallière. Qu'est-ce qu'il vient faire dans l'histoire ?

– Je croyais qu'il s'était déjà confessé ! Non ? Alors, mon vieux, accrochez-vous ! Ce troisième homme qui manquait à votre tableau de chasse, c'est lui : il était de la fête, la nuit du 11 juin. Avouez que ça vous la coupe !

– Olivier Fallière ?

– C'est vrai, à qui se fier ! Un p'tit gars si correct, si comme il faut ! On l'a rencontré par hasard au Mans, il a profité du wagon, on a tous bien éclusé, et voilà. D'autres détails sur cette nuit baroque ?

– Plus tard. Cadoc, quel a été exactement son rôle ?

– Décisif, j'en ai peur.

– Mais encore ? Au début, oui, je comprends. Cadoc perce l'identité du propriétaire de la Rover et monnaie son silence...

– C'est plus subtil que ça. Pas l'ombre d'un chantage dans la prestation de votre homme de confiance ! Il se présente comme un simple intermédiaire, déclare que la victime est disposée à accepter un dédommagement financier. On le croit, on se cotise, on lui refile une enveloppe.

– C'était faux ?

– Jamais su exactement. Ce qui est certain c'est que la fille, après avoir retiré sa plainte, s'empresse de confier ses problèmes au porte-drapeau de la féminité souffrante, Eve, ou Liz ex-Laugel. Laquelle en mouille d'excitation, mène son enquête personnelle et à partir d'un détail subalterne remonte jusqu'à Garamance, son toubib préféré. Garamance nie en bloc. Elle lui octroie quarante-huit heures de réflexion, à l'issue desquelles, menace-t-elle, elle déballera publiquement l'affaire. Gros émoi dans le trio. On se retrouve au magasin le 7 août, en fin d'après-midi, Jacques, Fallière et moi...

– Pas Cadoc ?

– Il a d'abord dit non, que c'est pas ses oignons. On le relance. Il se pointe en fin de séance, il jure ses grands dieux qu'il n'a pas touché un kopek dans l'opération, bref que la mignonne l'a blousé autant que nous. On se sépare, pas très joyeux, sans avoir rien pu décider. Et le surlendemain matin j'apprends par un coup de fil de Garamance la boucherie de Saint-Caradec...

– Cadoc ?

– Qui d'autre ? Il devait être dans un sacré merdier ! D'ailleurs, Liz, Leporon, la fille du motel, c'est du boulot de professionnel. Seul un spécialiste entraîné...

– Pourquoi Sophie ?

– Sais pas. Erreur de tir, sans doute. Il paraît que les deux sœurs se ressemblaient.

– Et Leporon ?

– Nuit et brouillard. Voyez donc plutôt du côté de Fallière. C'est tout ? J'ai la gorge comme une râpe ! Vous m'offrez un pot, commissaire ? »

2 h 30.

Aucun des trois occupants de la chapelle n'avait bougé. On aurait dit les figurants d'un groupe funéraire. Fallière était toujours à genoux aux pieds de Laugel, sa femme à un mètre, les mains jointes sur sa poitrine, sa traîne étalée jusqu'à la muraille. Infatigable la chauve-souris passait, ses ailes fouettant la poussière d'or dans un frou-frou de satin déchiré.

Ensemble à la suite de Fallière ils avaient parcouru les cercles de l'horreur. Laugel savait tout. Presque tout.

« Pourquoi disiez-vous tout à l'heure que vous aviez essayé de m'aider ? »

Olivier continuait de fixer le dallage, pareil à un suppliant qui attend son verdict. Le plastron de sa chemise était rouge.

« Quand vous m'avez appelé, j'ai décidé de me confesser à Nargeot. Depuis la mort de Loïc j'y songeais, mais je n'en avais pas eu le courage. J'ai d'abord prévenu Vicki. Après, je suis allé voir mon père et je lui ai dit que je voulais me constituer prisonnier. C'est alors que j'ai su que je ne pourrais pas...

– Pourquoi ? Parlez ! Qu'est-ce qu'il s'est passé chez votre père ? »

La lèvre enflée se tordit :

« Le 7 août, à l'issue de la réunion chez Vicki, qui n'avait abouti à rien, Cadoc s'est rendu à la Croix-Verte et a tout raconté à mon père. Cadoc avait compris qu'il était prêt à payer n'importe quel prix pour éviter le scandale. Il lui a proposé le marché, mon père a accepté. C'est la nuit suivante que Liz et... »

Il redressa la tête :

« Il ne savait pas que l'enfant était là, Laugel ! Mon père me l'a juré ! Il croyait que vous l'aviez emmené ! Il ne savait pas, vous devez me croire ! »

Le regard de Laugel avait pris une fixité effrayante. Dans sa tête un mot résonnait, c'était Cadoc qui l'avait prononcé, un mot terrible : une bavure... La tôle à nouveau cria sur la toiture.

« Si je vous suis bien, dit Laugel, c'est votre père qui vous impose le traquenard de ce soir et, faute de Cadoc, m'expédie ses vigiles. Mais il restait Carol. Il l'avait oubliée ?

– Non, dit Fallière. Tout à l'heure au téléphone j'ai failli vous demander où elle se cachait. Mon père l'attendait de moi...

– Vous ne l'avez pas fait. Pourquoi ? »

Fallière ne répondit pas. Il regardait sa femme, qui semblait prier, paupières baissées.

« Une dernière question. Comment Cadoc a-t-il été informé, pour Leporon ?

– Mon père était là quand Loïc m'a téléphoné. Il se sera douté de quelque chose, aura chargé le policier de sonder Leporon. Après... »

Il frissonna, longuement. Un filet d'air s'insinuant par le trou d'un vitrail faisait tinter une chaîne qui pendait à l'un des piliers. Béatrice s'ébroua, battit des paupières :

« Je dois rêver, dit-elle. Je n'arrive pas à comprendre...

– Demandez-lui les détails, dit Laugel. Il est votre mari, il n'aura plus jamais de secrets pour vous. »

Il marcha vers la porte.

« Laugel ! »

Olivier était debout, cocasse et pathétique avec sa gueule de clown peinturlurée.

« Pardonnez-moi. J'aimais bien Liz. Pardonnez-moi...

– Non, dit Laugel. Jamais. »

Il pénétra dans la CX, recula. Une dernière fois les phares clouèrent aux vieilles pierres le couple pitoyable, puis ils l'abandonnèrent à la nuit.

Il sortit de l'enclos, reprit la direction de la Croix-Verte. Il était effroyablement calme. Il franchit à bride abattue la grille d'entrée : le gardien, qui s'était assoupi sur son tabouret, n'eut que le temps d'entrevoir le friselis d'une écharpe rose à la portière. La CX remonta au pas l'allée principale, phares en veilleuse. Penché vers le pare-brise, Laugel fouillait parmi les groupes essaimés sur les pelouses. Il le repéra enfin devant le buffet, au milieu d'un cercle d'invités. Il pesa sur l'accélérateur, les roues chassèrent sur le gravier, la CX s'arracha et bondit, vint stopper à quelques mètres du buffet.

Il fut aussitôt dehors, il s'avança, les deux mains dans les poches de sa veste. Ils le regardaient venir, comme s'ils découvraient un spectre, et insensiblement s'écartaient du sénateur. Il y eut un immense silence. Et soudainement Léon Fallière étendit les bras, supplia :

« Non, Laugel ! Non, ne faites pas... »

Les deux pistolets avaient jailli des deux poches et vomissaient le feu, alternativement, visant la poitrine, le visage, le ventre. Catapulté en arrière, le sénateur pirouettait et s'écrasait sur la table dans le fracas des cristaux pulvérisés.

Autour de Laugel c'était la panique. Il y avait le ministre couché – une vieille habitude – et qui bavotait, c'est un malentendu !, un chanoine en camail violet dans les bras de la mairesse, elle-même cul par-dessus tête, on voyait ses dessous vert tendre à petits volants, un fier militaire rampant sous la mitraille, un seigneur de la charcuterie à quatre pattes dans le gravillon, cherchant sa rosette, un procureur criant : pitié !, un ténor du barreau sans voix, et le sang qui giclait partout et le champagne qui grésillait, des oh ! et des ah ! des : Grâce ! et des : Pas d'affolement !

Et Laugel n'en finissait pas de vider ses chargeurs sur sa victime, pour Leporon... pour Sophie... pour Liz... et pour la « bavure »... Comme si, à travers le grotesque gisant étalé sur la nappe blanche, il réglait leur compte une bonne fois à tous ces porteurs de médailles, à ces ventres repus – l'immonde syndicat du fric !

Et au-dessus des ombres bouffonnes, soudain Laugel aperçut, crevant la fumée des déflagrations, une tête bouclée qui se dessinait, lentement, et qui lui souriait.

En manière d'épilogue

... Il m'a dit, alors que j'allais le quitter :

« Quand tout sera fini, je repartirai pour l'Alsace. Viendrez-vous ? Vous n'avez fait que l'entrevoir, et dans quelles conditions ! Mon pays aussi est très beau. L'été, il n'est qu'une corbeille fleurie qui s'étage jusqu'aux toits, et l'hiver, les Vosges lui font une collerette sans tache... »

Il a répété :

« Est-ce que vous viendrez ? »

J'ai dit oui. Il s'est alors rembruni, il a murmuré :

« Ce sera long... Comment oublier ? »

Nous n'oublierons pas. Longtemps encore, en chacun de nous, la blessure restera ouverte. Il nous faudra tout réinventer, redécouvrir le charme d'un matin de grésil, ou d'une pluie qui tombe, douce, sur le chemin, la ferveur d'une poigne qui s'offre, la musique des verres choqués ensemble...

Oui, ce sera très long. Liz, Sébastien, Sophie et ce pauvre Leporon... nous avons l'un et l'autre nos échardes à l'âme.

Mais nous serons deux. Albert, je t'aiderai, de ma

jeunesse et de ma foi ! Et je sais que dans quelques jours, lorsque tu franchiras la porte de la maison d'arrêt, je serai là, pour te prendre par la main et pour t'accompagner sur ta route...

Du même auteur

Aux Éditions Albin Michel
LA NUIT ROUGE
YESTERDAY
NARCOSE
LA DANSE DES MASQUES
(Grand Prix des Écrivains de l'Ouest
Prix du Suspense)
DES CROIX SUR LA MER
(Prix Pierre Mocaër des Écrivains Bretons
Prix Bretagne)
DES FEUX SOUS LA CENDRE
LA PORTE DE L'ENFER
BALLET NOIR
(Prix de la Ville de Limoges)

Aux Éditions Denoël
NOCTURNE POUR MOURIR
ALIÉNA
BABY-FOOT
J'AI TUÉ UNE OMBRE
LA VOIX DANS RAMA
LE SQUALE
LES SIRÈNES DE MINUIT
(Grand Prix de Littérature policière)
LE MASCARET
ON L'APPELAIT JOHNNY...
MORTE FONTAINE
ESCROQUEMORT

À la Librairie des Champs-Élysées
CHANTAGE SUR UNE OMBRE

Aux Éditions Terre de Brume
(en collaboration avec Claude Le Gall)
ESCALES À BREST

Aux Éditions du Batsberg
NOCTURNE POUR MOURIR

Cet ouvrage, composé
par I.G.S. - Charente Photogravure
à L'Isle-d'Espagnac,
a été achevé d'imprimer sur Roto-Page
par l'Imprimerie Floch à Mayenne,
pour les Éditions Albin Michel
en octobre 2000.

N° d'édition : 19299.
N° d'impression : 49781.
Dépôt légal : novembre 2000.
Imprimé en France.